PrépaBAC

1re GÉNÉRALE

Histoire Géographie

TRONC COMMUN

Cours & entraînement

- Christophe Clavel
  Professeur certifié d'histoire-géographie
- Grégoire Gueilhers
  Professeur agrégé d'histoire-géographie
- Florence Holstein
  Professeure agrégée d'histoire-géographie
- Jean-Philippe Renaud
  Professeur agrégé d'histoire-géographie
- Nathalie Renault
  Professeure agrégée d'histoire-géographie
- Matthieu de Sauvage
  Professeur agrégé de géographie

ISBN : 978-2-401-09500-7

Hatier

Mode d'emploi

Voici les ressources que vous trouverez dans ce Prépabac :

Dans chaque chapitre

Un cours visuel

1. Des fiches synthétiques et illustrées
2. Des méthodes détaillées
3. Une carte mentale récapitulative

Un entraînement progressif

1. Des quiz pour se tester
2. Des exercices guidés
3. Des sujets de type bac

Des corrigés détaillés

Et aussi : Des vidéos de révision.
Retrouvez leur liste **p. 8**

Nous vous recommandons d'utiliser régulièrement l'ouvrage, en fonction de vos besoins. Ainsi, vous pourrez aborder vos contrôles en toute sérénité et acquérir les compétences nécessaires pour la Terminale.

Les auteurs

Christophe Clavel

Grégoire Gueilhers

Florence Holstein

Jean-Philippe Renaud

Nathalie Renault

Matthieu de Sauvage

SOMMAIRE

Histoire

1 La Révolution française et l'Empire

2 L'Europe entre restauration et révolution (1814-1848)

3 La France dans l'Europe des nationalités (1848-1871)

4 Le projet républicain et la société française (1870-1914)

FICHES DE COURS

5 Métropole et colonies

FICHES DE COURS

6 La Première Guerre mondiale

FICHES DE COURS

Géographie

7 Urbanisation et métropolisation dans le monde

8 France : la métropolisation et ses effets

9 Les espaces de production dans le monde

10 Les systèmes productifs français

11 Les espaces ruraux : multifonctionnalité ou fragmentation ?

12 La Chine : des recompositions spatiales multiples

La liste des méthodes

Histoire

Géographie

Les méthodes du bac

Les vidéos de l'ouvrage

Retrouvez des vidéos de révision
sur la chaîne Youtube **annabac**

Histoire Géographie 1re – Les notions-clés
hatier-clic.fr/h-g_1

HISTOIRE

1 La Révolution française et l'Empire : une nouvelle conception de la nation

Le 10 août 1792, le peuple parisien prend le palais du roi aux Tuileries puis se rend à la salle du Manège, où se réunit l'Assemblée législative. Cette journée met fin à la monarchie.

1 1789, la fin de l'Ancien Régime

En bref *La Révolution française est marquée par des changements politiques, économiques, sociaux et juridiques majeurs. Les bouleversements de l'année 1789 sont d'une telle ampleur qu'ils marquent définitivement la fin de l'Ancien régime et inaugurent une décennie révolutionnaire.*

I Le début d'une décennie révolutionnaire

1 La souveraineté nationale s'impose contre le roi

- Les États généraux s'ouvrent le 5 mai 1789 à Versailles. Déçus par le roi, les députés du tiers état se proclament Assemblée nationale, le 17 juin. Rejoints par des membres du clergé, ils jurent le 20 juin dans la salle du Jeu de paume de ne pas se séparer avant d'avoir rédigé une constitution.

- Le roi cède et ordonne, le 27 juin, aux députés de la noblesse et du clergé, de rejoindre l'Assemblée nationale, qui se déclare Assemblée constituante. La France n'est plus une monarchie absolue : la **souveraineté** passe du roi aux représentants de la nation.

> **MOT CLÉ**
> La **souveraineté nationale** fait de la nation et de ses représentants les détenteurs du pouvoir politique. L'Assemblée nationale exerce le pouvoir au nom de l'ensemble de la nation.

2 Le peuple, accélérateur de la Révolution politique

- Louis XVI veut reprendre le contrôle de la situation. Il masse des troupes aux portes de Paris et renvoie Necker, un ministre favorable aux réformes.
- Révoltés, les Parisiens créent alors une municipalité et une garde nationale (milice de citoyens armés) pour maintenir l'ordre. À la recherche d'armes, le 14 juillet, ils prennent d'assaut la prison de la Bastille, symbole de l'arbitraire royal. Le peuple a fait irruption de manière violente dans le processus révolutionnaire et le roi reconnaît son action.

- Le reste de la France connaît aussi une forte agitation populaire et municipale. La noblesse commence à émigrer.

3 La fin de la société d'ordres

- Dans les campagnes, à partir du 20 juillet, des rumeurs se répandent. Les seigneurs auraient armé des bandes de brigands pour lutter contre la Révolution. En réaction, des paysans attaquent des châteaux, c'est la Grande Peur.

- Pour mettre fin à ces troubles, les députés de la Constituante abolissent, au cours de la nuit du 4 août, les privilèges, les droits seigneuriaux et la dîme.

- La proclamation de la Déclaration des droits de l'homme et du citoyen (DDHC), le 26 août 1789, confirme la fin de la société d'Ancien Régime.

II De nouveaux principes

1 | Une nation souveraine et libre

MOT CLÉ
La **nation** est la communauté unie, vivant sur le même territoire et affirmant sa volonté de vivre ensemble.

■ En 1789, les sujets du roi deviennent des citoyens et les pouvoirs (législatif, exécutif et judiciaire) sont séparés. La **nation** est souveraine. C'est une réponse aux attentes des philosophes des Lumières.

■ La DDHC est un des textes fondateurs de la démocratie moderne. Elle instaure une démocratie libérale, basée sur l'exercice des libertés individuelles et l'État de droit.

■ L'article I garantit l'égalité et la liberté : « Les hommes naissent et demeurent libres et égaux en droit. » Les articles suivants énoncent les libertés nouvelles comme la liberté d'opinion et d'expression.

2 | La proclamation de l'égalité juridique

■ L'été 1789 marque la fin de la société d'ordres et de privilèges. La mobilité sociale profite surtout à la bourgeoisie, qui obtient le partage du pouvoir politique et l'égalité juridique. En revanche, les femmes et les esclaves sont les oubliés de la DDHC. Quant aux sans-culottes (petit peuple), ils veulent poursuivre la révolution.

■ Les femmes marchent sur Versailles, les 5 et 6 octobre, et contraignent le roi à s'installer à Paris. Désormais, le roi et l'Assemblée sont au milieu du peuple parisien dont ils redoutent la violence.

zoOm

La Déclaration des droits de l'homme et du citoyen

■ Les 17 articles de la DDHC sont gravés dans la pierre comme les Dix Commandements. Ces nouvelles Tables de la Loi donnent au texte un caractère sacré et universel.

■ Deux allégories féminines représentent la France qui a brisé ses chaînes (à gauche) et la loi (à droite). Le triangle équilatéral symbolise la raison qui perce de ses rayons les nuages de l'erreur. Le bonnet phrygien, emblème de la liberté retrouvée, surmonte la pique et le faisceau romain antique.

Jean-Jacques-François Le Barbier, *Déclaration des droits de l'homme et du citoyen*, huile sur bois, v. 1789, musée Carnavalet

2 L'échec de la monarchie constitutionnelle (1790-1792)

En bref *La première Constitution française s'inscrit dans l'esprit de 1789 mais c'est un texte de compromis. Fragilisée par d'âpres débats et des conflits à différentes échelles, la monarchie constitutionnelle ne parvient pas à mettre en place un ordre politique stable.*

I Les tensions entre le roi, l'Assemblée et la nation

- Le 14 juillet 1790, la fête de la Fédération célèbre l'unité du roi et de la nation. Louis XVI jure de maintenir et de respecter la future Constitution.
- Pour autant, il est hostile aux réformes. Le 20 juin 1791, le roi et sa famille tentent de fuir pour retrouver des troupes fidèles dans la Meuse. Ils sont reconnus et arrêtés à Varennes le lendemain. De retour à Paris, le roi perd la confiance d'une grande partie de l'opinion.
- Le 17 juillet 1791, une manifestation populaire soutenue par les **clubs** patriotes réclame la déchéance du roi. Or, les députés soutiennent la monarchie constitutionnelle. La garde nationale est envoyée par l'Assemblée et disperse violemment les contestataires. La Constitution est votée le 3 septembre.

MOT CLÉ
Les **clubs** sont des associations où les citoyens débattent des questions politiques. Ils tirent leurs noms des lieux de réunion, souvent d'anciens couvents (Jacobins, Cordeliers).

II L'entrée en guerre d'un pays divisé

1 La réforme du clergé brise l'union nationale

- La situation financière catastrophique conduit l'Assemblée à nationaliser les biens du clergé pour les revendre. La Constitution civile du clergé, votée le 12 juillet 1790, prévoit que les curés et évêques doivent prêter serment sur la Constitution. Ils deviennent des fonctionnaires élus par les fidèles et payés par l'État.
- Cette réorganisation de l'Église est condamnée par le roi et le pape Pie VI. Le clergé se divise entre les « jureurs », qui prêtent serment, et les « réfractaires », qui s'y opposent. Nombreux dans l'Ouest et soutenus par des catholiques hostiles à ces réformes, ces derniers alimentent la contre-révolution.

2 Le débat sur l'entrée en guerre

- Les princes européens craignent la contagion révolutionnaire. Les nobles émigrés les poussent également à secourir Louis XVI.
- Les Girondins → FICHE 3 souhaitent entrer en guerre afin de renforcer le régime par la victoire. Le roi y est également favorable, pariant sur une défaite pour restaurer son pouvoir. Robespierre (montagnard → FICHE 3) plaide la prudence.
- Le 20 avril 1792, la France entre en guerre contre l'Autriche qui s'allie à la Prusse.

III La chute de la royauté

■ Les troupes étrangères pénètrent dans le Nord et l'Est de la France. La patrie est proclamée « en danger » le 11 juillet, mais le roi s'oppose à une levée en masse de soldats citoyens. Des volontaires affluent de toute la France, comme les fédérés marseillais, marchant au rythme du ***Chant de guerre pour l'armée du Rhin***.

> **MOT CLÉ**
> La *Marseillaise* tire son origine du ***Chant de guerre pour l'armée du Rhin***, composé par Rouget de Lisle en avril 1792. En route pour Paris, les volontaires marseillais le chantent jusqu'à leur entrée dans la capitale en juillet 1792.

■ Le 10 août 1792, une insurrection parisienne prend le palais des Tuileries et force l'Assemblée législative à voter la déchéance du roi.

■ C'est la fin de la monarchie constitutionnelle. Ce régime n'a pas survécu à l'accélération de la Révolution, à la division des révolutionnaires en plusieurs camps et à la résistance du roi. Louis XVI et sa famille sont enfermés à la prison du Temple.

■ Le 21 septembre 1792, au lendemain de la victoire de Valmy, une nouvelle Assemblée élue au suffrage universel, la Convention, se réunit dans le but d'élaborer une nouvelle Constitution.

zoOm

La Constitution du 3 septembre 1791

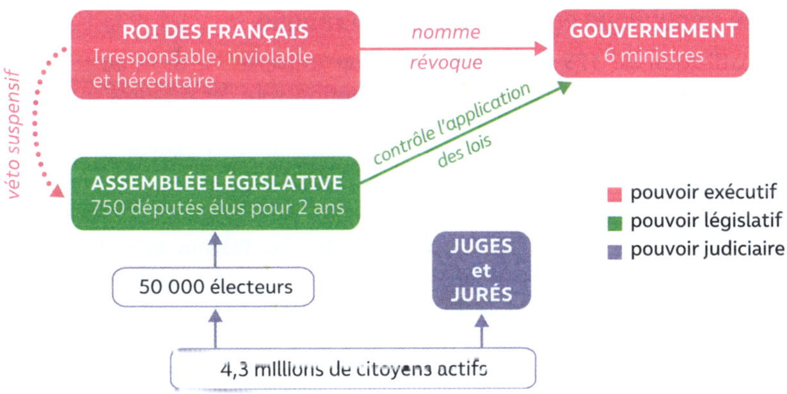

■ Le pouvoir royal est limité par l'Assemblée législative élue et par la décentralisation de l'administration. Le véto suspensif du roi lui permet seulement de différer l'application de la loi votée par l'Assemblée. Le pouvoir judiciaire est confié à des juges élus.

■ Le suffrage est censitaire et indirect. Les plus pauvres et les femmes sont exclus du droit de vote.

3 La Ire République (1792-1799)

En bref *Entre 1792 et 1799, la France connaît sa première expérience républicaine. Deux conceptions s'opposent : l'une d'inspiration libérale et légaliste, l'autre, plus sociale et usant de moyens exceptionnels, la Terreur.*

I La République des Girondins (1792-1793)

- La République est proclamée le 22 septembre 1792. Deux groupes dominent la Convention : les **Girondins** et les **Montagnards**. Le procès du roi révèle leurs divergences. Les Girondins reconnaissent la trahison de Louis XVI mais tentent de le sauver. Cependant, le roi est guillotiné, le 21 janvier 1793.
- La France est attaquée par ses voisins et l'armée bat en retraite. Aussi, les paysans vendéens refusent la levée en masse de 300 000 hommes et la persécution des prêtres réfractaires. Ils se soulèvent en mars 1793.
- Sous la pression populaire, l'Assemblée vote l'arrestation des chefs girondins, le 2 juin. Cela entraîne une insurrection « fédéraliste » en province.

MOT CLÉ
Les **Girondins**, attachés à la propriété, sont des modérés. Ils condamnent les violences et le centralisme politique. Les **Montagnards**, plus proches du peuple, insistent davantage sur l'égalité sociale.

II La République des Montagnards (1793-1794)

1 Une République égalitaire et démocratique

La Constitution de 1793 garantit le suffrage universel, le droit au travail et à l'instruction. L'esclavage est aboli. La Convention vote des mesures sur le maximum des prix et des salaires. Le culte de l'Être suprême et le calendrier révolutionnaire diffusent l'esprit républicain et participent à la déchristianisation.

2 Un gouvernement révolutionnaire

- Pour sauver la République, la Convention met « la Terreur à l'ordre du jour » et confie le pouvoir à un Comité de salut public de quatorze membres. Les libertés sont suspendues ainsi que la nouvelle constitution. Les opposants, à l'image de Mme Roland, sont éliminés.

INFO + **Deux personnages clés**

- Georges Jacques Danton (1759-1794) et Maximilien de Robespierre (1758-1794) sont tous deux avocats. Députés aux États généraux puis élus à la Convention, ils sont membres du club des Jacobins.
- Ils se divisent au printemps 1794 au sujet du maintien de la Terreur.

Danton

Robespierre

■ Avec la loi des Suspects et le tribunal révolutionnaire, les opposants sont éliminés. La Terreur fait 40 000 victimes et la guerre civile en Vendée plus de 150 000 morts.

■ Les armées étrangères sont refoulées. Le maintien de la Terreur divise alors les Montagnards. Les dirigeants jugés extrémistes ou trop indulgents, comme Danton sont guillotinés. Les modérés font arrêter Robespierre le 9 Thermidor an II (27 juillet 1794). Il est exécuté. La Terreur est abolie, les suspects libérés.

III La République conservatrice (1794-1799)

1 La République thermidorienne (1794-1795)

■ Les Thermidoriens veulent stabiliser la République et terminer la Révolution. Le mouvement sans-culotte est désarmé. Les royalistes pourchassent les Montagnards, c'est la Terreur blanche.

■ La Constitution de l'an III (1795) est fondée sur le suffrage censitaire. Seuls 30 000 propriétaires peuvent voter. Le pouvoir est partagé entre deux Assemblées et cinq directeurs.

2 Le Directoire (1795-1799)

■ Le luxe des plus riches contraste avec la misère du peuple. La conspiration des Égaux, organisée par Babeuf en 1796 est réprimée. Le Directoire lutte aussi contre les royalistes.

■ Pour rétablir les finances de l'État, le Directoire se lance dans une politique de conquêtes qui accroît le rôle de l'armée. Le coup d'État du général Bonaparte, le 18 Brumaire An VIII (9 novembre 1799), met fin au Directoire.

zoom

Madame Roland, témoin et actrice de la Révolution

■ Très cultivée, Manon Philippon, dite Madame Roland (1754-1793) anime un salon politique à Paris. Son mari est député, ministre, et elle devient l'égérie des Girondins.

■ Lors du renversement de ces derniers, le 2 juin 1793, elle est arrêtée. Elle rédige à la Conciergerie ses *Mémoires*. Jugée le 8 novembre 1793, elle est condamnée à mort et exécutée le soir même. Montant à l'échafaud, elle aurait proclamé : « Liberté, que de crimes on commet en ton nom ! »

Portrait par Johann Heinsius, 1792,
musée national du château de Versailles

4 Du Consulat à l'Empire (1799-1815)

En bref *« Citoyens, la Révolution est fixée aux principes qui l'ont commencée, elle est finie », annonce Bonaparte, peu après le coup d'État de novembre 1799. Napoléon a-t-il terminé la Révolution ?*

I Le Consulat, une République forte (1799-1804)

1 Un régime autoritaire

■ La Constitution de l'an VIII conserve la République et ses symboles. Mais le Premier consul, chef de l'exécutif, a l'initiative des lois et des pouvoirs étendus. Le pouvoir est centralisé avec des préfets qui représentent l'État dans chaque département.

■ Le suffrage universel est rétabli mais les électeurs ne font qu'établir des listes locales. Les ouvriers sont surveillés (livret ouvrier, 1803) et la grève est interdite.

2 Une œuvre réformatrice : les « masses de granit »

■ La création de la Banque de France (1800), de la Cour des comptes et d'une monnaie stable, le franc germinal (1803), favorisent la stabilité économique.

■ Bonaparte fonde les lycées (1802) pour former les futures élites sur la base du mérite. La Légion d'honneur (1802) récompense les personnes dévouées à l'État.

■ Le Code civil (1804) confirme des acquis révolutionnaires. Mais il impose une conception très autoritaire de la famille et des relations professionnelles.

3 Une volonté de pacification

■ Le Concordat (1801) pacifie la situation religieuse. La liberté de culte est garantie et le catholicisme reconnu « religion de la grande majorité des Français ».

■ Après dix ans de guerre avec l'Europe, Bonaparte signe la paix d'Amiens avec l'Angleterre en 1802. Parallèlement, dans les colonies, l'esclavage est rétabli. Saint-Domingue se révolte et les Français quittent l'île en 1804.

II L'Empire, autoritaire et guerrier (1804-1815)

1 L'abandon de la République

■ Déclaré Consul à vie en 1802 suite à un **plébiscite**, Napoléon se proclame empereur héréditaire et se fait sacrer à Notre-Dame le 2 décembre 1804. Il se remarie avec Marie-Louise, une princesse autrichienne, afin de fonder une dynastie.

> **MOT CLÉ**
> Un **plébiscite** est une consultation des électeurs qui répondent par oui ou par non, afin d'approuver une politique et surtout celui qui la conduit.

■ Le régime devient de plus en plus autoritaire. Les pouvoirs des Assemblées diminuent. Le Code pénal réintroduit les travaux forcés en 1810.

2 Les raisons de la stabilité de l'Empire

- Le **ministère de la Police** surveille les opposants. Les préfets contrôlent la presse, l'imprimerie et le théâtre. Aussi, les **victoires militaires** flattent le nationalisme des Français et réduisent la contestation.
- La **religion** devient un outil de propagande impériale.
- Le régime assure l'**essor économique** et la **paix sociale**. L'industrie est stimulée par les commandes de l'État et de l'armée. De grands travaux sont entrepris. Paris est embelli de monuments comme l'Arc de triomphe.

3 Les raisons de la chute de l'Empire

- Dès 1811, la France connaît une **crise économique** en raison du **blocus continental** et du chômage. C'est la disette.
- La crise est morale. Le pays est las des guerres et des impôts. Les Français refusent de plus en plus la **conscription**. Les catholiques, longtemps favorables au régime s'opposent à l'arrestation du pape en 1812.
- En janvier 1814, la France est envahie. **Napoléon abdique le 6 avril 1814**. Louis XVIII, frère de Louis XVI, monte sur le trône. Cette **Restauration** est vite impopulaire. Napoléon tente un retour : les **Cent-Jours**. Vaincu à **Waterloo** le 18 juin 1815, il abdique le 22 juin. Louis XVIII retrouve le trône, c'est la fin de la période révolutionnaire.

zoOm

Le Code civil

- Le Code civil détermine le statut des citoyens, des biens et des relations entre les personnes privées. Il modernise et unifie le droit d'Ancien Régime en suivant les **idées des Lumières** : l'égalité (art. 8) et la propriété (art. 544).
- Il entérine toutefois un **ordre social conservateur**, sous l'autorité du père de famille (art. 213, 371) et de l'employeur (art. 1781).

Anne-Louis Girodet, *Napoléon Ier en souverain législateur*, 1812, Bowes Museum, Angleterre

5 La diffusion de la Révolution en Europe

En bref *Entre 1792 et 1815, la France cherche à diffuser en Europe les idées de la Révolution française. Comment la France révolutionne-t-elle l'Europe ?*

I De la diffusion des principes révolutionnaires…

1 Des guerres de conquête pour la « libération » des peuples

- Dès 1789, La Révolution française suscite enthousiasme et espoir dans les pays européens où se sont diffusées les idées des Lumières.
- En 1792, la France entre en guerre contre les « tyrans » européens. Les révolutionnaires affirment le droit des peuples à disposer d'eux-mêmes. Des révolutions éclatent, notamment aux Pays-Bas. Une République est proclamée en 1793.
- Les conquêtes françaises se succèdent à partir de la victoire de Fleurus, en 1794. La campagne d'Italie donne naissance à trois « Républiques sœurs ».
- Napoléon remporte des victoires décisives contre les grandes puissances européennes : Austerlitz (1805), Iéna (1806). Il permet la renaissance de la Pologne.

2 Une armée nombreuse et exaltée

- La République a instauré la levée en masse de la nation en armes. Sous l'Empire, la loi Jourdan fonde la conscription. Les soldats sont motivés, les officiers qualifiés et l'Empereur « invincible ».
- L'armée napoléonienne intègre des troupes étrangères venant des pays dominés : Italiens, Belges, Bavarois... Cette « Grande Armée » est forte de plus de 2 millions d'hommes en 1812.

MOT CLÉ
La **conscription** est l'enrôlement des jeunes d'un même âge afin de servir les forces armées. Elle se distingue en cela de l'enrôlement volontaire.

- Dans l'Europe napoléonienne, les principes de 1789 – libertés fondamentales, égalité et propriété – sont appliqués. La France supprime les privilèges, abolit le servage et parfois les droits seigneuriaux. Les pays conquis adoptent des constitutions inspirées du modèle français. Le Code civil est introduit.

INFO + **L'Empire napoléonien à son apogée**

- En 1811, la France compte 130 départements. L'Empire connaît son extension maximale.
- L'Europe centrale est dominée, la Prusse, la Russie et l'Autriche sont alliées.
- Seules résistent l'Angleterre et l'Espagne.

II … à leur refoulement

1 L'opposition des souverains étrangers

- Napoléon bouleverse les familles régnantes en plaçant ses proches sur les trônes européens : son frère Louis en Hollande, le général Bernadotte en Suède. En 1809, les États pontificaux sont englobés dans l'Empire.
- Napoléon met en place un blocus continental contre l'Angleterre. Cette tentative d'isolement commercial conduit à la guerre sur tout le continent.
- Napoléon conquiert Moscou en 1812 au prix de 60 000 morts. Le tsar refuse de négocier. La retraite est un désastre. En 1814, la France est envahie.

2 Face à l'occupation, l'éveil des nations

- Les impôts, la répression contre les opposants, la récession économique due au blocus continental et l'enrôlement de force dans la Grande Armée rendent le régime impopulaire.
- Les conquêtes napoléoniennes suscitent l'éveil des sentiments nationaux, notamment en Espagne et en Allemagne.

MOT CLÉ

Le **sentiment national** est le sentiment d'appartenir à une même nation, c'est-à-dire à un groupe qui se distingue par son histoire, sa culture et son désir de vivre ensemble.

zoOm

Goya et la naissance du sentiment national espagnol

Francisco de Goya, *Tres de Mayo*, 1814, musée du Prado, Madrid

- Le 2 mai 1808, le peuple madrilène se soulève contre la présence française et son roi Joseph, frère de Napoléon. Les soldats français répriment l'insurrection le 3 mai. De dos et unis, ils incarnent la brutalité aveugle de la guerre.
- Le personnage central, martyr à l'image de Jésus, symbolise la résistance. Ces Madrilènes sont des héros anonymes et désarmés. Goya annonce ici le romantisme.

MÉMO VISUEL

LA RÉVOLUTION FRANÇAISE ET L'EMPIRE (1789-1815)

La fin de l'ordre ancien

- 5 mai : ouverture des États généraux
- 20 juin : serment du Jeu de paume
- 14 juillet : prise de la Bastille
- 26 août : Déclaration des droits de l'homme et du citoyen
- 6 octobre : retour du roi à Paris

Anonyme, *Prise de la Bastille*

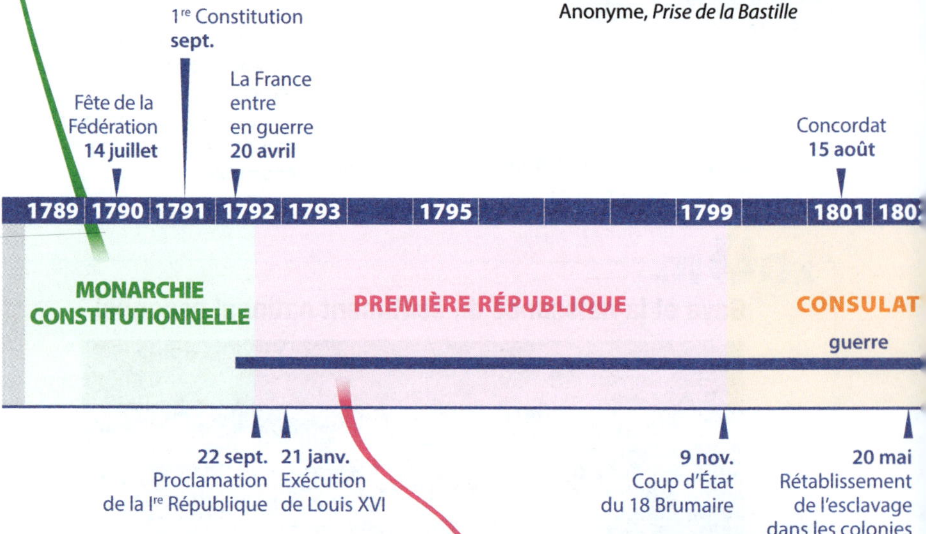

Gouvernement par la Terreur (sept. 1793-juill. 1794)

- Comité restreint de salut public
- Loi sur les suspects et Tribunal révolutionnaire
- 40 000 victimes directes ; 150 000 morts en Vendée

Regnault, *La Liberté ou la Mort*

Le consulat

- Régime centralisé et autoritaire
- Réformes économiques, sociales et religieuses

Un préfet

- **1804** – Code civil – **21 mars**
- **1804** – **2 déc.** Sacre de Napoléon Ier
- **1805** – Victoire d'Austerlitz – **2 déc.**
- **1808** – Insurrection en Espagne – **mai**
- **1812** – Campagne de Russie – **juin-déc.**
- **1814** – Abdication de Napoléon – **avril**
- **1815** – les Cent-Jours – **mars-juin**
- **1815** – **18 juin** Défaite de Waterloo

EMPIRE

Les bases d'une France nouvelle

- Nouvelle dynastie
- Contrôle des libertés individuelles
- Religion d'État
- Régime conquérant

Les difficultés

- Crise économique
- Pays soumis à la guerre et à l'impôt, lassitude des populations
- Défaites militaires

SE TESTER QUIZ

Vérifiez que vous avez bien compris les points clés des **fiches 1 à 5**.

1 1789, la fin de l'Ancien Régime

→ FICHE 1

1. La Déclaration des droits de l'homme et du citoyen est proclamée le...

☐ **a.** 20 juin 1789 ☐ **b.** 4 août 1789 ☐ **c.** 26 août 1789

2. Pour quelle raison les Parisiens prennent-ils la Bastille le 14 juillet 1789 ?

☐ **a.** Pour s'opposer au renvoi du ministre Necker
☐ **b.** Pour chercher des armes
☐ **c.** Pour libérer des prisonniers

2 L'échec de la monarchie constitutionnelle (1790-1792)

→ FICHE 2

1. Selon la Constitution civile du clergé (1790), les membres du clergé...

☐ **a.** deviennent des fonctionnaires
☐ **b.** doivent prêter serment à la Constitution
☐ **c.** sont élus par les fidèles

2. Quel événement entraîne la chute de la monarchie constitutionnelle le 10 août 1792 ?

☐ **a.** L'insurrection populaire au palais des Tuileries
☐ **b.** Le retour du roi après la fuite à Varennes
☐ **c.** La déclaration de guerre de la France à l'Autriche

3 La Ire République (1792-1799)

→ FICHE 3

1. À quelle date fut guillotiné Louis XVI ?

☐ **a.** 22 septembre 1792 ☐ **b.** 21 janvier 1793 ☐ **c.** 2 juin 1793

2. La France connaît une nouvelle Constitution en...

☐ **a.** 1791 ☐ **b.** 1793 ☐ **c.** 1795

4 La période napoléonienne (1799-1815)

→ FICHES 4 et 5

1. En 1801, Bonaparte pacifie la situation religieuse grâce au...

☐ **a.** Consulat ☐ **b.** Concordat ☐ **c.** culte de l'Être suprême

2. Napoléon a placé des membres de sa famille sur le trône...

☐ **a.** d'Espagne ☐ **b.** de Hollande ☐ **c.** d'Autriche

3. Napoléon abdique définitivement après la défaite...

☐ **a.** d'Austerlitz ☐ **b.** de Leipzig ☐ **c.** de Waterloo

S'ENTRAÎNER

5 Connaître les grands acteurs de la période

→ FICHES 1 à 5

Associez chaque personnage au régime qu'il dirige.

Robespierre •	• Consulat
Napoléon Bonaparte •	• Monarchie constitutionnelle
Louis XVI •	• Empire
	• République montagnarde

6 Se repérer dans le temps

→ FICHES 1 à 5

Placez ces régimes politiques dans l'ordre chronologique sur la frise.

a. Empire
b. Convention
c. Consulat
d. Directoire
e. Monarchie constitutionnelle
f. Monarchie absolue

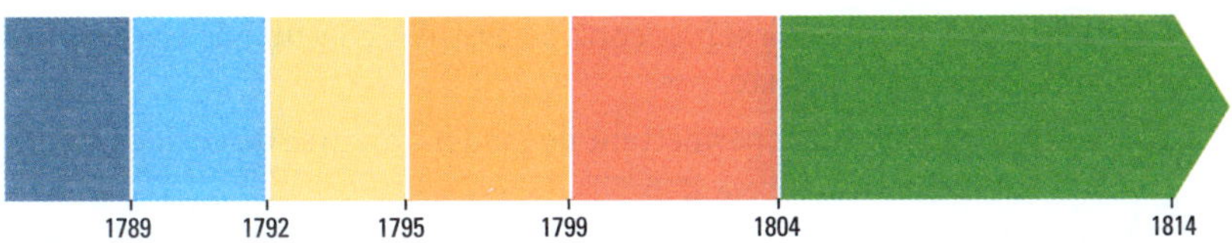

7 Réviser le cours en 8 questions flash

→ FICHES 1 à 5

1. Quels événements mettent fin à l'Ancien Régime en 1789 ?
2. Quels sont les deux principes issus de la Révolution à l'été 1789 ?
3. Pourquoi Louis XVI s'oppose-t-il à la Révolution ?
4. Quelles sont les différentes positions dans le débat sur l'entrée en guerre ?
5. Quelles sont les deux grandes tendances politiques à la Convention ?
6. Qu'est-ce que la Terreur ?
7. En quoi le Code civil combine-t-il à la fois des principes révolutionnaires et des idées issues de l'Ancien Régime ?
8. Qu'est-ce qui permet la diffusion des principes révolutionnaires en Europe ?

8 Présenter un document

→ FICHES 2 et 3

Document Robespierre et le procès du roi

[...] Louis fut roi, et la république est fondée : la question fameuse qui vous occupe est décidée par ces seuls mots. Louis a été détrôné par ses crimes : Louis dénonçait le peuple français comme rebelle : il a appelé, pour le châtier, les armes des tyrans ses confrères ; la victoire et le peuple ont décidé que lui seul était rebelle : Louis ne peut donc être jugé [...]. En effet, si Louis peut être encore l'objet d'un procès, il peut être absous ; il peut être innocent : que dis-je ? il est présumé l'être jusqu'à ce qu'il soit jugé : mais si Louis est absous, si Louis peut être présumé innocent, que devient la révolution ? [...]

Un roi dont le nom seul attire le fléau de la guerre sur la nation agitée ; ni la prison, ni l'exil ne peut rendre son existence indifférente au bonheur public ; et cette cruelle exception aux lois ordinaires que la justice avoue ne peut être imputée qu'à la nature de ses crimes. Je prononce à regret cette fatale vérité... mais Louis doit mourir, parce qu'il faut que la patrie vive. [...]

Robespierre, discours à la Convention, 3 décembre 1792

1. a. Quelle est la nature de ce document ?

b. Présentez l'auteur du document.

c. À l'aide de vos connaissances, rappelez le contexte de ce document.

2. D'après le document, que pense Robespierre d'un procès pour le roi ? Quelle sentence proclame-t-il à son encontre ? Justifiez chacune de vos réponses en surlignant un passage du texte.

3. Proposez une problématique permettant de guider l'analyse de ce document.

9 Préparer la réponse à une question problématisée

→ FICHE 1

Sujet : montrez que 1789 est une année de révolutions politique, sociale et juridique.

1. a. Entourez le mot clé du sujet et notez sa définition.

b. Pourquoi le mot « révolutions » est-il au pluriel ?

2. Sélectionnez dans la fiche 1 les connaissances qui permettent de compléter le plan suggéré par la consigne :

I. Une révolution politique

II. Une révolution sociale

III. Une révolution juridique

10 Comprendre une image

→ FICHES 4 et 5

Document **Le sacre de Napoléon vu par les Anglais**

James Gillray, *La Grande Procession du couronnement de Napoléon Ier* (détail), eau-forte aquarellée, 1804, fondation Napoléon

1. a. Quelle est la nature du document ?

b. Quel est l'événement représenté ? Où et quand se déroule-t-il ?

c. Quelles sont les relations entre l'Angleterre et la France durant la période révolutionnaire ?

2. a. Identifiez les personnages A, B et C.

b. Relatez en quelques lignes le parcours politique du personnage A jusqu'à cet événement.

3. Quelle image de cette cérémonie et des personnages le dessinateur britannique veut-il donner ? Justifiez votre réponse.

4. En quoi ce document nous renseigne-t-il sur le point de vue de l'Angleterre sur ce nouveau régime ?

OBJECTIF BAC

11 Les Français et la monarchie (1789-1793) Question problématisée

1 h

Ce sujet vous propose un entraînement à la question problématisée en histoire. Vous devrez analyser le sujet pour mobiliser les connaissances et les répartir dans le plan suggéré dans l'énoncé.

LE SUJET

De 1789 à 1793, comment évolue l'attitude des Français envers la monarchie ? Vous montrerez comment les Français mettent fin à la monarchie absolue, puis présenterez l'expérience de la monarchie constitutionnelle avant de terminer sur le jugement et la condamnation du roi.

Méthode

Organiser la réponse à une question problématisée

Analyser le sujet et dégager les enjeux

Cette étape est indispensable pour éviter le « hors sujet » et ne rien oublier.

- Déterminez les bornes chronologiques et spatiales du sujet.
- Définissez les notions et réfléchissez à leur articulation, en faisant attention aux mots de liaison.
- Mobilisez vos connaissances.
- Notez les questions que le sujet soulève, afin de dégager ses enjeux.

Choisir le type de plan adapté au sujet

- Le plan **chronologique** permet d'étudier une évolution.
- Le plan **thématique** dresse un tableau d'un moment d'histoire, souvent à un tournant entre deux périodes.
- Le plan **analytique** s'attache à décrire un phénomène historique, puis en donne les explications et en précise les conséquences.

Construire le plan

Le plan est suggéré dans la question. Il compte en général trois parties, parfois deux.

- Le **plan chronologique** suppose de trouver des dates charnières délimitant deux ou trois périodes. Chacune correspond alors à une partie.
- Pour construire un **plan thématique**, on classe les idées par grands domaines : politique, social, économique…
- Un **plan analytique** compte toujours trois parties :
  I. les faits • II. leurs causes et origines • III. les conséquences.

LA FEUILLE DE ROUTE

→ Reportez-vous à la méthode détaillée de la question problématisée p. 284

Étape 1 Analyser le sujet

Comment évolue l'attitude des Français envers la monarchie ?

Formulation
Le sujet concerne les changements des relations entre les Français et la monarchie

Bornes chronologiques
- 1789 : début de la Révolution
- 1793 : exécution de Louis XVI

Type de sujet
Sujet chronologique

Notions et mots clés
- Les Français : hommes et femmes, d'origines sociales ou géographiques diverses, d'opinions politiques variées
- La monarchie : quel pouvoir donner au roi ?

Étape 2 Mobiliser ses connaissances

- Pensez aux **acteurs**, aux **événements**.
- Posez-vous des **questions simples** : Qui ? Quoi ? Quand ? Où ? Pourquoi ? Comment ? Avec quelles conséquences ?
- Les journées révolutionnaires sont des temps forts : serment du Jeu de paume, fête de la Fédération, fuite du roi, abolition de la monarchie...

Étape 3 Dégager les enjeux du sujet

- En 1793, l'attitude des Français à l'égard de la monarchie n'est plus la même qu'en 1789. Ils sont passés progressivement de la contestation de la monarchie absolue à la contestation de la monarchie en tant que telle, puis au rejet de la personne même du roi.
- De 1789 à 1793, quelle est l'attitude des Français à l'égard de la monarchie ?

Étape 4 Organiser la réponse

L'attitude des Français à l'égard de la monarchie évolue sur la période considérée. Un **plan chronologique** s'impose afin de répondre aux axes suggérés dans l'énoncé :

I. Les Français mettent fin à la monarchie absolue (1789-1790)
II. Les Français expérimentent la monarchie constitutionnelle (1790-1792)
III. Les Français, en République, jugent et condamnent le monarque (1792-1793)

Étape 5 Rédiger le devoir → CORRIGÉ p. 32

CORRIGÉS

SE TESTER QUIZ

1 1789, la fin de l'Ancien Régime

1. Réponse c. La Déclaration des droits de l'homme et du citoyen est proclamée le 26 août 1789.

2. Réponses a et b. La libération de prisonniers est une conséquence de la prise de la Bastille et non une cause. Les Parisiens, révoltés par le renvoi de Necker et inquiets par la présence de troupes massées autour de Paris, ont cherché des armes aux Invalides puis à la Bastille afin de se défendre.

2 L'échec de la monarchie constitutionnelle (1790-1792)

1. Réponses a, b et c. La Constitution civile du clergé, votée le 12 juillet 1790, prévoit que les membres du clergé deviennent des fonctionnaires et prêtent serment à la Constitution. Ils sont élus par les fidèles.

2. Réponse a. La chute de la monarchie constitutionnelle a lieu le 10 août 1792 suite à la prise du palais des Tuileries, alors que le pays est envahi par les troupes étrangères.

3 La Ire République (1792-1799)

1. Réponse b. Louis XVI est guillotiné le 21 janvier 1793 sur la place de la Concorde à Paris.

2. Réponses a, b et c. La France connaît une première Constitution en 1791 qui met en place la monarchie constitutionnelle. La Constitution de 1793 ne sera pas appliquée en raison de la Terreur. Celle de 1795 inaugure le Directoire.

4 La période napoléonienne (1799-1815)

1. Réponse b. Bonaparte pacifie la situation religieuse en 1801 grâce au Concordat signé avec le pape. La liberté de culte est garantie et le catholicisme est reconnu comme la « religion de la grande majorité des Français ».

2. Réponses a et b. Napoléon a placé ses frères Joseph sur le trône d'Espagne et Louis à la tête de la Hollande.

3. Réponse c. Après une tentative de retour (les Cent-Jours), Napoléon abdique définitivement le 22 juin 1815, suite à la défaite de Waterloo. Austerlitz (2 décembre 1805) est l'une de ses plus éclatantes victoires.

S'ENTRAÎNER

5 Connaître les grands acteurs de la période

- Robespierre : République montagnarde
- Napoléon Bonaparte : Consulat puis Empire
- Louis XVI : monarchie constitutionnelle

6 Se repérer dans le temps

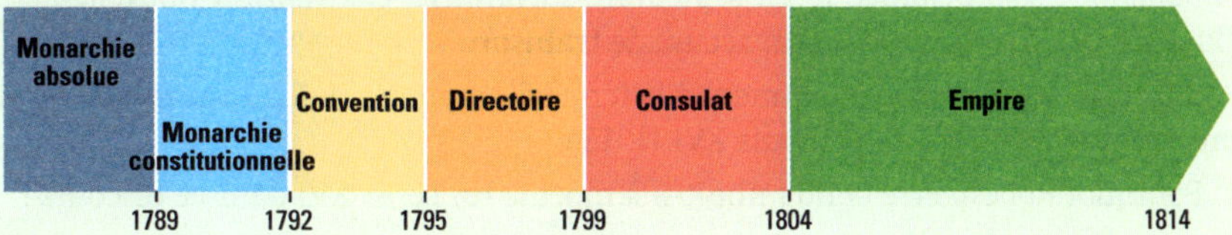

7 Réviser le cours en 8 questions flash

1. L'Ancien Régime est détruit au cours de l'été 1789. Le **serment du Jeu de paume**, la **prise de la Bastille** et la **nuit du 4 août** mettent fin à l'absolutisme, à l'arbitraire royal ainsi qu'aux privilèges.

2. La Révolution de 1789 énonce deux principes issus des Lumières : la **liberté** et l'**égalité**. Ces deux principes sont inscrits dans la Déclaration des droits de l'homme et du citoyen du 26 août 1789.

3. Louis XVI défend son **pouvoir absolu** de droit divin et l'**organisation traditionnelle** de la France. La Constitution de 1791 ne lui accorde que le pouvoir exécutif et un véto suspensif.

4. Les **Girondins** veulent « libérer » les autres peuples et montrer la force de la Révolution. Les **Montagnards** pensent qu'il faut d'abord consolider celle-ci. Le **roi** parie sur une défaite pour revenir au pouvoir.

5. Les **Girondins** sont des modérés, attachés à la propriété. Ils condamnent les violences des sans-culottes et le centralisme politique. Les **Montagnards** sont favorables aux revendications populaires des sans-culottes.

6. La **Terreur** est une politique instaurée par le **Comité de Salut public** entre septembre 1793 et juillet 1794 afin d'éliminer les ennemis de la Révolution. Elle fait 40 000 victimes.

7. Le **Code civil** (1804) fonde une société basée sur un droit écrit et unifié, reposant sur l'égalité et la propriété. Mais il s'inscrit dans un ordre social conservateur, sous l'autorité du père de famille et de l'employeur.

8. Les principes d'égalité, de liberté et de propriété sont diffusés par les **armées révolutionnaires**. L'**occupation française** permet l'application du Code civil et de constitutions inspirées du modèle français.

8 Présenter un document

1. a. Ce document est un texte, plus précisément un **discours**. L'auteur donne son **point de vue** et veut convaincre son auditoire. C'est une source primaire dont nous avons des extraits.
b. Robespierre est avocat. Ancien député aux États généraux, il prend parti contre la guerre en 1792. Élu à la Convention en septembre 1792, il est le chef des **Montagnards**, proches des sans-culottes.
c. Après l'insurrection populaire du 10 août 1792, Louis XVI est emprisonné. La République est proclamée le 22 septembre suivant. La Convention nouvellement élue doit décider du sort du roi, accusé de **trahison**.

2. Robespierre s'oppose violemment à la tenue d'un procès (l. 5 à 7) et réclame une **mise à mort immédiate** de Louis XVI (l. 13).

3. Pourquoi Robespierre condamne-t-il à mort le roi Louis XVI dans ce discours ?
Cette problématique met en relation les acteurs cités dans le sujet (« Robespierre », « le roi ») et rappelle qu'il s'agit bien ici de faire l'analyse d'un document (« dans ce discours »).

CONSEIL
La présentation est la première étape dans l'analyse d'un document en histoire. Rédigée au propre, elle peut être précédée d'une rapide accroche. Elle est suivie d'une problématique, véritable fil directeur de l'analyse. Le tout forme alors une **introduction**.

9 Préparer la réponse à une question problématisée

1. a. Le mot clé du sujet est « **révolutions** ». Une révolution est un changement brusque et violent dans la structure sociale ou politique d'un État.
b. Le mot « révolutions » est au pluriel car la Révolution française est marquée par de profonds bouleversements dans de nombreux domaines : politique, économique, social, juridique... Ces bouleversements constituent une **rupture majeure** avec l'Ancien Régime et posent les bases d'une France nouvelle.

2. *Voici comment vous pourriez compléter le plan suggéré par la consigne :*

I. Une révolution politique

- L'ouverture des États généraux le 5 mai 1789
- Les coups de force des députés : Assemblée nationale, serment du Jeu de paume
- L'attitude du roi : entre fermeté et concessions

II. Une révolution sociale

- L'insurrection parisienne : le 14 juillet et son retentissement
- La Grande Peur et les violences contre les seigneurs
- La politisation des populations (liberté de la presse, rôle du petit peuple dont les femmes)

III. Une révolution juridique

- La nuit du 4 août : la fin de la société d'Ancien Régime
- La Déclaration des droits de l'homme et du citoyen
- L'Assemblée constituante chargée de rédiger une Constitution

10 Comprendre une image

1. a. Ce document est une eau-forte, une gravure peinte à l'aquarelle. Il s'agit d'une **caricature**, un dessin humoristique qui, pour transmettre un message, exagère volontairement les traits d'une personne, les aspects d'une situation ou d'un événement.
b. La scène représente le défilé du cortège impérial lors du sacre de Napoléon Ier. Cet événement se déroule à Paris, dans la **cathédrale Notre-Dame**, le 2 décembre 1804.
c. La France et l'Angleterre sont en conflit de 1793 à 1815. L'Angleterre craint la contagion des idées révolutionnaires et déclare la guerre à la France à la suite de l'exécution de Louis XVI. Au moment du sacre, Napoléon prépare l'invasion de l'Angleterre, la **paix d'Amiens** (1802-1803) étant rompue.

2. a. Napoléon (A) porte la couronne impériale et le sceptre à fleur de lys, symbole de la monarchie française. À ses côtés, se tient l'impératrice **Joséphine**, son épouse (B). Le **pape Pie VII** (C) les précède, portant les clefs de saint Pierre, sa tiare dans la main droite et sa férule en forme de croix dans l'autre main.
b. Jeune militaire, Napoléon Bonaparte prend parti pour la Révolution française. Il s'illustre lors du siège de Toulon en 1793 et réprime une insurrection royaliste sous la Convention thermidorienne. Les campagnes d'Italie (1796-1797) et d'Égypte (1798-1799) le rendent populaire. Après le coup d'État du 18 Brumaire (novembre 1799), il se proclame **consul**.

3. Cette cérémonie semble plus proche d'une **mascarade** d'opéra-comique que d'un événement solennel. Les personnages sont **grotesques**. Joséphine est énorme et vulgaire. Le pape Pie VII, affaissé, apeuré, se traîne pieds nus. Napoléon apparaît petit, rageur et ridicule dans sa tenue de sacre.

4. Pour le dessinateur, cette cérémonie n'est qu'une **parodie** de sacre. Il semble dire que ce nouveau régime n'est qu'un simulacre d'Empire, avec à sa tête un bouffon, entouré de harpies. C'est une satire insolente du Premier Empire.

Instrument de propagande, ce dessin participe à la lutte contre Napoléon. James Gillray incarne l'opinion britannique anglaise tout en l'orientant. Ce document n'est pas neutre, l'auteur est partisan.

CONSEIL
Pour analyser une **caricature politique**, on commence par présenter le document en situant le contexte. Il faut ensuite décrire l'organisation du dessin en présentant les principaux éléments. Vient alors l'interprétation de la caricature : que dénonce-t-elle ?

OBJECTIF BAC

11 Question problématisée

[Introduction] De 1789 à 1793, quelle est l'attitude des Français à l'égard de la monarchie ? En 1789, les Français remplacent la monarchie absolue [I] par une monarchie constitutionnelle (1790-1792) [II]. Sous la Ire République (1792-1793), ils jugent et exécutent le roi [III].

I. Les Français mettent fin à la monarchie absolue (1789-1790)

■ Le 5 mai 1789, les États généraux s'ouvrent dans un climat de crises. Opposés au roi Louis XVI, les députés du Tiers-État font le serment le 20 juin de ne pas se séparer avant d'avoir rédigé une Constitution. Ils se déclarent Assemblée nationale le 27 juin. C'est la **fin de la monarchie absolue**.

■ Le 14 juillet, les Parisiens investissent la Bastille, **symbole de l'arbitraire royal**. La révolution politique est consolidée. Face à l'agitation dans les campagnes, la **Grande Peur**, des députés nobles libéraux abolissent les droits féodaux, la dîme et les privilèges la nuit du 4 août à Versailles. La **Déclaration des droits de l'homme et du citoyen**, le 26 août, confirme la fin de l'Ancien Régime. Le roi désapprouve ces changements. Il est contraint par les Parisiennes de rejoindre la capitale le 6 octobre.

II. Les Français expérimentent la monarchie constitutionnelle (1790-1792)

■ Le 14 juillet 1790, la **fête de la Fédération** renforce les liens entre les Français et la monarchie. Mais Louis XVI s'oppose à la Constitution civile du clergé et, le 20 juin 1791, il tente de fuir. Le roi perd la confiance d'une grande partie de la population.

■ Avec la **Constitution** du 3 septembre 1791, le pouvoir du roi est limité par le rôle de l'Assemblée, élue par le peuple.

■ La France entre en guerre contre l'Autriche le 20 avril 1792. Le roi y est favorable, pariant sur une défaite pour restaurer son pouvoir. Face aux échecs, Louis XVI est considéré comme **complice de l'ennemi**.

III. Les Français, en République, jugent et condamnent le roi (1792-1793)

■ Le 10 août 1792, les sans-culottes parisiens et les volontaires marseillais prennent le palais des Tuileries. L'Assemblée législative vote la destitution du roi. C'est la **fin de la monarchie constitutionnelle**.

■ Le 21 septembre, une nouvelle Assemblée, la **Convention**, proclame la **République**. Les députés sont partagés sur le sort du roi, incarcéré à la prison du Temple. Les Girondins plaident la clémence mais les Montagnards l'emportent. L'**exécution de Louis XVI**, le 21 janvier 1793, réunit contre la France toutes les monarchies d'Europe. Des révoltes éclatent aussi en France, comme en Vendée.

[Conclusion] L'attitude des Français à l'égard de la monarchie et de Louis XVI se modifie au cours des épisodes révolutionnaires. Une méfiance transformée en haine succède à un attachement profond à la personne royale. L'exécution du roi **divise** les Français entre **partisans d'une monarchie absolue**, **d'une monarchie modérée** ou **d'une République**.

2 L'Europe entre restauration et révolution (1814-1848)

Avec humour, ce dessin intitulé « Le gâteau des rois » illustre la réorganisation territoriale de l'Europe lors du congrès de Vienne, dominé par les monarques vainqueurs de la France.

6 L'Europe du congrès de Vienne et ses fragilités

En bref *En 1815, les États vainqueurs de la France napoléonienne entendent réorganiser l'Europe du point de vue territorial et politique. Si leurs décisions façonnent durablement le continent, elles posent de nombreux problèmes pour les peuples.*

I La restauration de l'ordre monarchique européen

- De septembre 1814 à juin 1815, un congrès international se réunit à Vienne pour régler le sort des territoires libérés des armées napoléoniennes et instaurer une paix durable en Europe. Le congrès est dominé par quatre puissances : l'Autriche, représentée notamment par Metternich, la Russie, l'Angleterre et la Prusse. Il débouche sur un acte final adopté en juin 1815.

- La carte de l'Europe est profondément remaniée : la France retrouve ses frontières de 1792 ; les quatre grandes puissances acquièrent de nombreux territoires (l'Autriche annexe la Lombardie-Vénétie ; la Russie acquiert une partie de la Pologne). Des **États-tampons** apparaissent, comme les Pays-Bas. Les monarchies sont restaurées et les dynasties chassées du pouvoir reviennent sur le trône, comme en France avec les Bourbons.

> **MOT CLÉ**
> Un **État-tampon** est un État créé pour isoler la France du reste de l'Europe.

- L'acte final est complété par le traité de la Sainte-Alliance, signé en septembre 1815 entre la Russie, l'Autriche et la Prusse. Au nom de la solidarité chrétienne, les souverains s'engagent à se porter aide et assistance.

- En novembre 1815, l'Angleterre se joint à ces trois puissances pour signer la Quadruple-Alliance. Les États signataires décident de se réunir régulièrement et de lutter ensemble contre les mouvements révolutionnaires.

II Les faiblesses du nouvel ordre européen

1 Les divisions entre puissances

- Derrière leur unité affichée, les puissances s'opposent quant à leurs objectifs. L'Angleterre, soutenue par l'Autriche, défend le principe d'un équilibre européen. Au contraire, la Russie et la Prusse prétendent devenir des puissances hégémoniques sur le continent.

- L'Autriche s'oppose à la Prusse sur la prétention de cette dernière à devenir la principale puissance de l'Europe germanique.

2 | Les aspirations nationales et libérales bafouées

- Le congrès de Vienne bafoue le droit des peuples à disposer d'eux-mêmes : les Polonais sont sous domination russe, prussienne ou autrichienne ; les Italiens sont écartelés entre sept États.
- Les libertés accordées à l'occasion des conquêtes françaises sont remises en cause par la restauration monarchique.

3 | La constitution d'une opposition

- Dans les années 1820, les opposants à l'ordre de Vienne constituent des organisations clandestines pour éviter la répression des princes. En Italie, les carbonari luttent contre l'absolutisme et la domination autrichienne. En Allemagne, les fraternités étudiantes défendent des revendications libérales et nationales.
- Les artistes romantiques, comme le poète anglais Byron ou le peintre français Delacroix, se font les chantres d'une « Europe des peuples » contre l'« Europe des princes ».

MOT CLÉ

Le **romantisme** est un mouvement littéraire et artistique, qui se développe en Europe dans la première moitié du XIXe siècle.

zoOm

Metternich et le congrès de Vienne (1815)

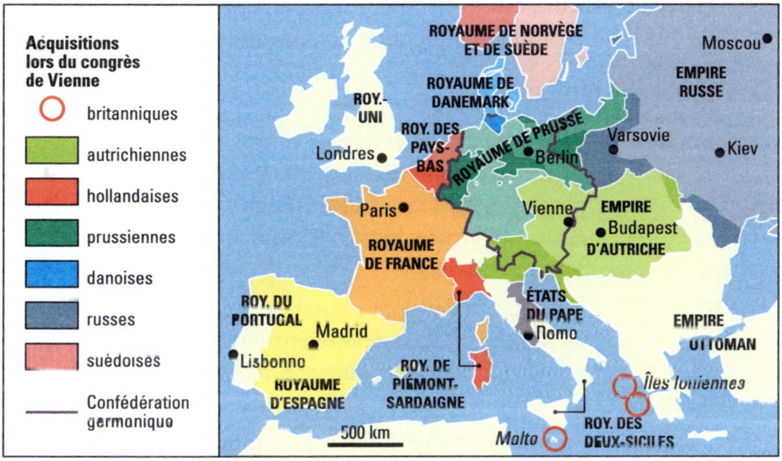

Metternich est le principal artisan du congrès de Vienne. Il est attaché au principe d'équilibre entre les puissances. Sous son impulsion, l'Autriche s'affirme comme le « gendarme de l'Europe ».

7 Les mouvements libéraux et nationaux en Europe

En bref *À deux reprises, en 1830 et 1848, l'Europe du congrès de Vienne est secouée par des mouvements révolutionnaires. Mais la répression militaire des souverains condamne ces mouvements à l'échec.*

I La poussée révolutionnaire de 1830

1 Des succès notables

- À partir de 1821, les Grecs se soulèvent contre les Turcs ottomans qui les dominent. La répression est sanglante comme lors des **massacres de l'île de Chios** en 1822. Elle entraîne le développement du **philhellénisme** dans toute l'Europe. L'intervention militaire de la Russie, de l'Angleterre et de la France contre les Turcs débouche sur l'**indépendance de la Grèce** en 1830 : c'est un premier revers pour la Sainte-Alliance, qui soutient ici un mouvement révolutionnaire, pour des intérêts politiques.

> **MOT CLÉ**
> Le **philhellénisme** est un mouvement de soutien à la cause grecque.

- En juillet 1830, à Paris, lors des **Trois Glorieuses**, le roi Charles X est renversé par un mouvement insurrectionnel, qui porte Louis-Philippe d'Orléans au pouvoir. La révolution parisienne est le **déclencheur d'insurrections** dans divers territoires européens.
- Ainsi, en août 1830, les **Belges**, intégrés contre leur volonté dans le royaume des Pays-Bas, se soulèvent pour obtenir leur indépendance. Grâce à l'appui de la France et de l'Angleterre, ils l'obtiennent en octobre 1830.

2 Des échecs retentissants

- En novembre 1830, les **Polonais** se révoltent contre la domination russe. Ils proclament leur indépendance en janvier 1831. Malgré un mouvement de sympathie pour la cause polonaise en France et en Grande-Bretagne, les Polonais sont livrés à eux-mêmes face à l'armée du tsar. En septembre 1831, celle-ci écrase férocement l'insurrection à Varsovie.
- En 1830 et 1831, l'agitation se développe aussi dans certains **États allemands** et en **Italie centrale** (duchés de Parme et de Modène, États pontificaux). Au printemps 1831, l'intervention militaire de l'Autriche met fin au mouvement : la réaction triomphe.
- Cependant, ces échecs nourrissent les revendications nationales. Ainsi, le mouvement **Jeune-Italie**, fondé par Giuseppe Mazzini en 1831, milite pour une Italie indépendante et unie.

II Le printemps des peuples (1848)

1 Une vague révolutionnaire de grande ampleur

■ La **révolution parisienne** de février 1848, entraîne la chute d'une monarchie constitutionnelle et la mise en place d'une république → FICHE 9 ; la **révolution viennoise** de mars 1848, provoque le départ du chancelier Metternich et la mise en place d'une monarchie constitutionnelle. Ces deux révolutions s'étendent à toute l'Europe.

■ Au printemps 1848, **l'Europe du congrès de Vienne se disloque** : les Hongrois, et les Tchèques proclament leur indépendance. Dans les États allemands, les souverains doivent promettre des constitutions et accepter la convocation d'un Parlement à Francfort. En Italie, les princes doivent aussi octroyer des constitutions ; la république est même proclamée à Rome et à Venise.

2 Le triomphe de la réaction

■ Le printemps des peuples bute sur différents obstacles : l'**évolution conservatrice** de la République française ; les **divisions** des insurgés entre républicains et monarchistes (en Italie) ; les divisions entre les peuples de l'**empire d'Autriche** (Croates et Hongrois) ; les **réticences des princes** à accepter des évolutions constitutionnelles ; le **rapport de force en faveur des armées** des grandes puissances (Autriche et Russie).

MOT CLÉ
L'**empire d'Autriche** est un État peuplé de dizaines de nationalités différentes.

■ Ainsi, l'Autriche retrouve son rôle de **gendarme de l'Europe** en écrasant le mouvement tchèque, la révolution viennoise et l'insurrection hongroise dès l'automne 1848, l'insurrection en Italie du Nord en 1849. Le rêve d'unité italienne est alors brisé. Dans les États allemands, les constitutions sont abrogées, le Parlement de Francfort dissous. Le projet d'un État allemand unifié est compromis.

zoOm

Le massacre de Chios (1822)

■ Après le début de l'insurrection grecque, les Turcs lancent un raid de représailles dans l'île de Chios : 23 000 Grecs y périssent, 10 000 sont réduits en esclavage. Cet évènement dramatique nourrit le **philhellénisme** dont Eugène Delacroix est un des porte-drapeaux.

■ Exposé au salon de 1824, ce tableau est immédiatement considéré comme un **manifeste de la peinture romantique**.

Eugène Delacroix, *Scène des massacres de Scio : familles grecques attendant la mort ou l'esclavage*, 1824, musée du Louvre

8 Les expériences de monarchie constitutionnelle en France

En bref *Après l'effondrement de l'Empire en 1815, les Français expérimentent deux monarchies constitutionnelles, de 1815 à 1848, fondées sur la charte de 1814. Celle-ci cherche un difficile équilibre entre l'autorité royale et la souveraineté nationale.*

I La Restauration (1815-1830)

1 La charte de 1814

■ En 1815, la monarchie est restaurée en France. **Louis XVIII** monte sur le trône. Il applique alors la charte de 1814, rédigée avant l'épisode des Cent-Jours → FICHE 4. Ce texte cherche à concilier l'héritage de l'Ancien Régime avec celui de la Révolution française en instaurant une **monarchie constitutionnelle**.

■ Le roi détient le pouvoir exécutif et partage le pouvoir législatif avec **deux chambres** : la Chambre des Pairs dont les membres sont nommés par le souverain et héréditaires ; la Chambre des députés, élue au **suffrage censitaire** qui réserve le droit de vote ou d'éligibilité aux citoyens les plus riches.

■ Les Français se voient garantir les **libertés fondamentales** (de pensée, de culte, de la presse), l'égalité et le droit de propriété.

2 Une vie politique mouvementée (1815-1830)

■ Deux partis politiques s'affrontent : le **parti ultraroyaliste** et le **parti libéral**.

■ Durant son règne (1815-1824), Louis XVIII mène une politique modérée en favorisant une **véritable vie parlementaire**. Cependant, son successeur, **Charles X** (1824-1830) se montre beaucoup plus **favorable aux ultraroyalistes**. Face à une opposition libérale grandissante, il tente un coup de force en juillet 1830 en signant des **ordonnances** : il supprime la liberté de la presse, dissout la Chambre des députés et réduit le corps électoral pour en éliminer la bourgeoisie.

MOT CLÉ
Une **ordonnance** est une décision législative prise par le roi sans débat parlementaire.

■ Les ordonnances royales provoquent une insurrection populaire à Paris les 27, 28 et 29 juillet 1830 (**Trois Glorieuses**) qui poussent Charles X à abdiquer. Le duc d'Orléans est proclamé roi des Français, sous le nom de **Louis-Philippe Ier**.

II La monarchie de Juillet (1830-1848)

1 La charte révisée de 1830

■ Louis-Philippe prête serment à la charte de 1830, révisée par les **députés libéraux**. Désormais, le roi ne peut plus gouverner par ordonnances ; le cens et l'âge pour être électeur et éligible sont abaissés, ce qui élargit le corps électoral ; l'hérédité des pairs est abolie.

- Ce nouveau régime semble consolider les acquis de la Révolution française : le drapeau tricolore remplace le drapeau blanc ; les libertés sont rétablies.

2 Un régime contesté et fragile

MOT CLÉ

Les **légitimistes** sont les partisans de la branche aînée des Bourbon. Les **orléanistes**, de sensibilité plus libérale, soutiennent la branche cadette (les ducs d'Orléans).

- La monarchie de Juillet fait face à de multiples oppositions politiques : celle des **légitimistes** qui rêvent du retour des Bourbons sur le trône ; celle des bonapartistes qui soutiennent les prétentions de Louis-Napoléon Bonaparte, neveu de Napoléon Ier ; celle des républicains qui estiment que la révolution de 1830 a été confisquée par les **orléanistes**.

- Ainsi, de 1830 à 1836, le gouvernement doit réprimer diverses tentatives de coup d'État et des insurrections populaires. En 1835, après un attentat manqué contre le roi, des lois répressives cherchent à museler l'opposition républicaine.

- De plus, le régime apparaît comme celui de la bourgeoisie. Le mot d'ordre de Guizot, chef du gouvernement de 1840 à 1848, l'illustre parfaitement : « Enrichissez-vous par le travail et par l'épargne. » Touchés par la crise économique à partir de 1846 et privés du droit de vote par le suffrage censitaire, les couches populaires se sentent exclues.

- Dans ce contexte, l'interdiction de banquets républicains en février 1848 provoque des journées révolutionnaires à Paris et l'abdication du roi → FICHE 9.

zoOm

1830 : les Trois Glorieuses

- Arrivé au pouvoir à l'issue d'une insurrection populaire, Louis-Philippe Ier est représenté comme le « roi des barricades ».
- Le nouveau roi des Français entend réconcilier la nation en adoptant le drapeau tricolore, prohibé sous la Restauration.

François Georgin, *Le drapeau tricolore*, gravure sur bois, 1831

MÉMO VISUEL

L'EUROPE ENTRE RESTAURATION ET RÉVOLUTION (1814-1848)

Ordre monarchique européen

- Domination des grandes puissances (Quadruple-Alliance : Autriche, Russie, Angleterre, Prusse)
- Modification de la carte de l'Europe
- Restauration des monarchies
- Lutte contre les mouvements révolutionnaires

Metternich

1814 Début du congrès de Vienne

1815 **Juin** Acte final du congrès de Vienne ; Sainte-Alliance

18 Juin Défaite de Napoléon Ier à Waterloo

1824

1830 **fév.-nov.** Indépendance de la Grèce et de la Belgique

Mouvements révolutionnaires

27-28-29 juill. Les Trois Glorieuses

Écraseme
de l'insurrecti
polonai
par les Russ

18

Europe

France — **RESTAURATION**

Louis XVIII → Charles X

Monarchie constitutionnelle en France

- Charte de 1814, révisée en 1830
- Partage du pouvoir entre le roi et les deux chambres
- Garantie des libertés
- Suffrage censitaire

Mouvements libéraux et nationaux

- Lutte pour le respect des libertés
- Lutte pour l'unité et l'indépendance nationale
- Soutien des artistes romantiques

Printemps des peuples réprimé par les princes

1848

MONARCHIE DE JUILLET

Louis-Philippe

fév. Révolution parisienne

Des opposants politiques en France

- Légitimistes
- Bonapartistes
- Républicains

SE TESTER QUIZ

Vérifiez que vous avez bien compris les points clés des **fiches 6 à 8**.

1 L'Europe du congrès de Vienne et ses fragilités

→ FICHE 6

1. Quelles sont les quatre puissances qui dominent le congrès de Vienne ?

☐ **a.** La France, l'Angleterre, la Russie et l'Autriche
☐ **b.** La Prusse, la France, la Russie et l'Autriche
☐ **c.** L'Autriche, la Prusse, la Russie et l'Angleterre

2. Quel État disparaît après le congrès de Vienne ?

☐ **a.** La Pologne ☐ **b.** La Belgique ☐ **c.** La Grèce

3. Parmi ces organisations, lesquelles s'opposent aux décisions du congrès de Vienne ?

☐ **a.** Les carbonari ☐ **b.** Les fraternités étudiantes ☐ **c.** Les syndicats

2 Les mouvements libéraux et nationaux en Europe

→ FICHE 7

1. Le philhellénisme est un mouvement de soutien à la cause...

☐ **a.** polonaise ☐ **b.** grecque ☐ **c.** italienne

2. Qui est le fondateur du mouvement Jeune-Italie ?

☐ **a.** Mazzini ☐ **b.** Mazarin ☐ **c.** Metternich

3. Lors du printemps des peuples, un empire multinational est menacé d'éclatement. Lequel ?

☐ **a.** L'empire russe ☐ **b.** L'empire ottoman ☐ **c.** L'empire autrichien

3 La monarchie constitutionnelle en France

→ FICHE 8

1. Le premier roi sous la Restauration est...

☐ **a.** Charles X ☐ **b.** Louis-Philippe ☐ **c.** Louis XVIII

2. Quel est l'objectif des ordonnances prises par Charles X en juillet 1830 ?

☐ **a.** Éliminer l'opposition libérale
☐ **b.** Renforcer son pouvoir
☐ **c.** Réconcilier la nation

3. À qui doit-on le mot d'ordre « Enrichissez-vous par le travail et par l'épargne » ?

☐ **a.** Delacroix ☐ **b.** Guizot ☐ **c.** Louis-Philippe

4. Qui sont les opposants à la monarchie de Juillet ?

☐ **a.** Les légitimistes ☐ **b.** Les orléanistes ☐ **c.** Les bonapartistes

S'ENTRAÎNER

4 Connaître le vocabulaire du cours

→ FICHES 6 à 8

Associez chaque notion au personnage qui l'incarne.

Notions	Personnages
Ordre monarchique européen •	• Charles X
Philhellénisme •	• Mazzini
Mouvement national •	• Louis-Philippe
Ultraroyalisme •	• Metternich
Monarchie constitutionnelle •	• Delacroix

5 Se repérer dans le temps

→ FICHES 6 à 8

Datez ces évènements et placez-les sur la frise ci-dessous.

a. Les Trois Glorieuses
b. acte final du congrès de Vienne
c. printemps des peuples
d. début du règne de Charles X
e. indépendance de la Belgique
f. massacres de Chios
g. écrasement de l'insurrection polonaise
h. Lois répressives de Louis-Philippe

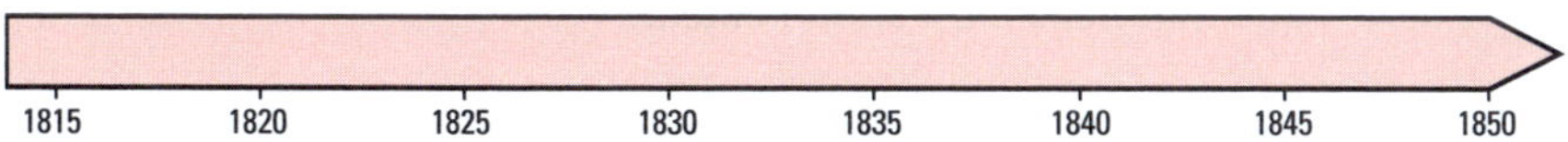

6 Réviser le cours en 6 questions flash

→ FICHES 6 à 8

1. Quels sont les deux objectifs du congrès de Vienne ?
2. En quoi consiste le remaniement de la carte de l'Europe en 1815 ?
3. Quel est le bilan du mouvement révolutionnaire de 1830 en Europe ?
4. Quelles sont les deux grandes phases du printemps des peuples de 1848 ?
5. Comment fonctionnent les institutions de la monarchie constitutionnelle en France entre 1814 et 1848 ?
6. À quelles oppositions politiques doit faire face la monarchie de Juillet ?

7 Comprendre un texte → FICHES 6 et 7

Document La question italienne

Nous sommes un peuple de vingt et un à vingt-deux millions d'hommes, désignés depuis un temps immémorial sous un même nom - celui du peuple italien - renfermés dans les limites naturelles les plus précises que Dieu ait jamais tracées, la mer et les montagnes les plus hautes d'Europe, parlant la même langue, [...], ayant les mêmes croyances, les mêmes mœurs, les mêmes habitudes [...] ; fiers du plus glorieux passé politique, scientifique, artistique qui soit connu dans l'histoire européenne, [...] ; doués de facultés actives, [...] qui pourraient faire de nous une nation heureuse.

Nous n'avons pas de drapeau, pas de nom politique, pas de rang parmi les nations européennes. Nous n'avons pas de centre commun, [...]. Nous sommes démembrés en huit États, tous indépendants les uns des autres, [...]. Et tous ces États sont régis par des gouvernements despotiques, [...]. Il n'existe ni liberté de presse, ni d'association, ni de parole, ni de pétition collective, [...].

Giuseppe Mazzini, « L'Italie, l'Autriche et le pape »,
dans la revue *Indépendance*, septembre 1845

1. Dans le premier paragraphe, surlignez toutes les expressions désignant les caractéristiques de la nation italienne.

2. Dans le second paragraphe, surlignez d'une autre couleur les expressions dénonçant la division politique des Italiens au milieu du XIXe siècle.

3. D'après le second paragraphe, quels sont les obstacles à l'expression des revendications nationales des Italiens ?

4. En vous appuyant sur les réponses aux questions précédentes et sur vos connaissances, rédigez un texte d'une dizaine de lignes soulignant les composantes de la « question italienne » selon l'auteur.

CONSEIL

Organisez votre texte en trois paragraphes : présentez d'abord ce qui fait la nation italienne, puis sa division au milieu du XIXe siècle, avant de préciser les obstacles aux revendications nationales des Italiens.

8 Préparer la réponse à une question problématisée → FICHES 6 et 7

Sujet : Comment l'ordre monarchique européen est-il remis en cause par les mouvements révolutionnaires de 1830 et de 1848 ?

1. Quelles sont les expressions clés du sujet ? Que signifient-elles ?

2. Quelles sont les limites spatiales du sujet ? Quelles sont ses limites temporelles et à quoi correspondent-elles ?

3. S'agit-il d'un sujet tableau, évolutif ou analytique ? Justifiez votre réponse.

4. Parmi ces plans, cochez celui (ou ceux) qui est (sont) adaptés au sujet. Justifiez votre (vos) réponses(s).

☐ **a.** I. La Restauration (1815-1830) • II. La monarchie de Juillet (1830-1848)

☐ **b.** I. Les mouvements révolutionnaires de 1830
II. Le printemps des peuples (1848)

☐ **c.** I. La restauration de l'ordre monarchique européen en 1815
II. Les mouvements libéraux et nationaux dans la 2e moitié du XIXe siècle

☐ **d.** I. La restauration de l'ordre monarchique européen en 1815
II. Les faiblesses du nouvel ordre européen

☐ **e.** I. La restauration de l'ordre monarchique européen en 1815
II. La poussée révolutionnaire de 1830
III. Le printemps des peuples de 1848

☐ **f.** I. Les Trois Glorieuses (1830) • II. La révolution de février 1848

OBJECTIF BAC

9 La charte de 1814 • Analyse de document

1 h

Ce sujet porte sur un document emblématique de la monarchie constitutionnelle mise en place en France à partir de 1814. Il mobilise des connaissances du programme de 2de (l'Ancien Régime) et de 1re (la Révolution française, l'Europe de 1815 à 1848). Il nécessite une bonne maîtrise des notions définies en cours.

LE SUJET

Montrez que la charte de 1814 est un compromis entre l'héritage de l'Ancien Régime et les acquis de la Révolution. Vous préciserez les droits que ce texte garantit aux Français ainsi que leurs limites, avant de donner les caractéristiques du régime politique qu'il instaure.

Document La charte de 1814 (extraits)

Article 1er. Les Français sont égaux devant la loi, quels que soient d'ailleurs leurs titres et leurs rangs.
Art. 2. Ils contribuent indistinctement, dans la proportion de leur fortune, aux charges de l'État.
Art. 3. Ils sont tous également admissibles aux emplois civils et militaires.
Art. 4. Leur liberté individuelle est également garantie, personne ne pouvant être poursuivi ni arrêté que dans les cas prévus par la loi et dans la forme qu'elle prescrit.
Art. 5. Chacun professe sa religion avec une égale liberté, et obtient pour son culte la même protection.
Art. 6. Cependant la religion catholique, apostolique, et romaine est la religion de l'État.[…]

Art. 8. Les Français ont le droit de publier et de faire imprimer leurs opinions, en se conformant aux lois qui doivent réprimer les abus de cette liberté.

Art. 13. La personne du roi est inviolable et sacrée. Ses ministres sont responsables devant lui. Au roi seul appartient la puissance exécutive.

Art. 15. La puissance législative s'exerce par le roi[1], la Chambre des Pairs et la Chambre des députés.[...]

Art. 18. Toute loi doit être discutée et votée librement par la majorité de chacune des deux chambres.[...]

Art. 38. Aucun député ne peut être admis dans la Chambre des députés s'il n'est âgé de quarante ans et s'il ne paie un impôt direct de mille francs. [...]

Art. 40. Les électeurs qui concourent à la nomination des députés ne peuvent voter s'ils ne paient pas un impôt direct de trois cents francs et s'ils ont moins de trente ans.

1. Le roi peut proposer des projets de lois aux chambres.

Méthode

Présenter un document

Déterminer la nature, le genre et la source du document

La présentation donne des indications pour comprendre la portée du document, ce qui est utile pour en faire une bonne analyse.
Ainsi, vous devez préciser :

- la **nature** : le type de document (texte, document iconographique, graphique). S'il s'agit d'un texte, stipulez son genre (discours, article, texte littéraire...) ;
- le **domaine** qu'il aborde (politique, économique, culturel...) ;
- la **source**, c'est-à-dire la provenance (journal, site Internet...)

Identifier l'auteur et le destinataire du document

- L'auteur (celui qui a produit le document) et le destinataire (celui auquel il s'adresse) peuvent être un individu, un groupe, une organisation, une institution.
- Les connaître donne des clés pour comprendre l'intention du document, le ton qu'il emploie, le choix de certaines expressions.

Préciser la date et le contexte historique

- Notez le plus précisément possible la date de réalisation du document (jour, mois, année). Situez ce moment dans la période où il s'inscrit.
- Essayez d'en déduire des hypothèses sur les limites chronologiques du sujet : vous éviterez ainsi le hors-sujet !

Rappeler le thème du document

Sans répéter le titre du document, indiquez brièvement quel est son propos.

LA FEUILLE DE ROUTE

→ *Reportez-vous à la méthode détaillée de l'analyse de document p. 285*

Étape 1 Présenter le document

Extraits de la charte de 1814

Nature, genre, source
- Texte constitutionnel
- Domaine politique
- La charte de 1814

Auteur et destinataire
- Le roi de France Louis XVIII
- Le peuple français

Date et contexte
- 1814
- Début de la Restauration

Thèmes
- Les droits des Français
- Le fonctionnement des institutions

Étape 2 Comprendre la consigne

- La consigne suggère une problématique : montrer que la charte de 1814 est un **texte de compromis**, c'est-à-dire qu'il tente de concilier des éléments apparemment incompatibles : l'héritage de l'Ancien Régime (fondé sur la monarchie absolue de droit divin et la société d'ordres) et les acquis de la Révolution française (liberté, égalité, souveraineté nationale).
- Elle vous indique le plan à suivre, en deux parties : d'abord, vous devez présenter les **droits octroyés aux Français**, en soulignant **leurs limites** ; ensuite, **caractériser le régime politique** que la charte met en place, c'est-à-dire une monarchie constitutionnelle limitée.

Étape 3 Exploiter le document

- Les informations nécessaires à la première partie se trouvent au début du texte (art. 1 à 8). Ces premiers articles garantissent aux Français l'**égalité** (devant la loi, l'impôt et les emplois publics) et la **liberté** (individuelle, religieuse et de la presse). Les **limites** sont formulées dans les articles 6 et 8.
- Votre seconde partie s'appuiera sur la fin du texte (art. 13 à 40). Ces articles instaurent une monarchie constitutionnelle dans laquelle le roi partage le pouvoir avec deux assemblées (art. 13, 15 et 18). Ce régime politique repose sur le suffrage censitaire (art. 38 et 40).

Étape 4 Rédiger le devoir → CORRIGÉ p. 50

CORRIGÉS

SE TESTER QUIZ

1 L'Europe du congrès de Vienne et ses fragilités

1. Réponse c. L'Autriche, la Prusse, la Russie et l'Angleterre sont les États coalisés qui ont vaincu les armées napoléoniennes.

2. Réponse a. La Pologne est partagée entre la Russie et la Prusse.

3. Réponses a et b. Contrairement aux carbonari (italiens) et aux fraternités étudiantes (allemandes), les syndicats n'ont pas de revendications politiques.

2 Les mouvements libéraux et nationaux en Europe

1. Réponse b. Le philhellénisme est porté par des artistes romantiques tel Delacroix.

2. Réponse a. L'Italien Giuseppe Mazzini crée en 1831 le mouvement Jeune-Italie pour fonder une république italienne unitaire.

3. Réponse c. L'empire d'Autriche comprend en effet de nombreuses minorités nationales, comme les Hongrois et les Tchèques qui proclament leur indépendance en 1848.

3 La monarchie constitutionnelle en France

1. Réponse c. Louis XVIII, frère de Louis XVI, restaure la monarchie dès 1814.

2. Réponse a. La suppression de la liberté de la presse est destinée à faire taire toute opposition.

INFO
La liberté de la presse est activement défendue par la bourgeoisie libérale au XIXe siècle.

3. Réponse b. François Guizot, chef du gouvernement sous Louis-Philippe, répond ainsi aux aspirations de la bourgeoisie toute-puissante.

4. Réponses a et c. Les légitimistes soutiennent la branche aînée des Bourbons ; les bonapartistes Louis-Napoléon Bonaparte.

S'ENTRAÎNER

4 Connaître le vocabulaire du cours

- Ordre monarchique européen : Metternich
- Philhellénisme : Delacroix
- Mouvement national : Mazzini
- Ultraroyalisme : Charles X
- Monarchie constitutionnelle : Louis-Philippe

5 Se repérer dans le temps

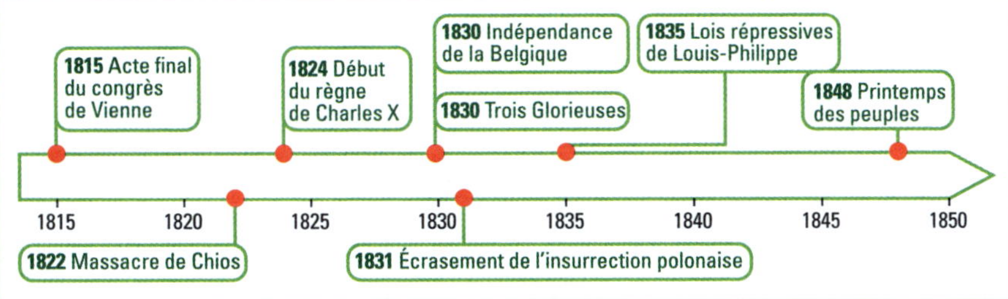

6 Réviser le cours en 6 questions flash

1. Le congrès de Vienne a deux objectifs : **régler le sort des territoires libérés** des armées napoléoniennes et **instaurer une paix durable** en Europe.

2. En 1815, la **carte de l'Europe** est profondément remaniée : la **France** retrouve ses frontières de 1792 ; les **quatre grandes puissances** annexent de nombreux territoires ; des **États-tampons** comme les Pays-Bas sont créés.

3. Le bilan est **contrasté** : si la Grèce et la Belgique obtiennent leur indépendance en 1830, partout ailleurs, la répression des princes l'emporte comme en Pologne.

4. On assiste d'abord au **succès des mouvements libéraux et nationaux** ; puis à leur **écrasement** par les armées princières, dès l'automne.

5. Les pouvoirs sont séparés : au **roi**, le **pouvoir exécutif** et l'**initiative des lois** ; aux **deux chambres** (Chambre des pairs et Chambre des députés), le **pouvoir législatif**.

6. La monarchie de Juillet doit faire face à diverses oppositions politiques : les **légitimistes**, les **bonapartistes** et les **républicains**.

7 Comprendre un texte

1. Vous soulignerez les expressions : « Nous sommes un peuple... du peuple italien » (l. 1) ; « renfermés dans les limites naturelles... les plus hautes d'Europe » (l. 3) ; « parlant la même langue » (l. 4) ; « ayant les mêmes croyances... les mêmes habitudes » (l. 5) ; « fiers du plus glorieux passé politique... l'histoire européenne » (l. 6).

2. Vous soulignerez les expressions : « Nous n'avons pas de drapeau... pas de centre commun. » (l. 9), « Nous sommes démembrés en huit États, tous indépendants les uns des autres. » (l. 10).

3. Les obstacles à l'expression des revendications nationales des Italiens sont l'**existence de monarchies absolues** (« gouvernements despotiques ») et l'**absence de libertés**, notamment collectives (presse, association, pétition).

4. Selon Giuseppe Mazzini, leader du mouvement nationaliste Jeune-Italie, il existe une « question italienne » au milieu du XIXe siècle. En effet, les Italiens constituent une **nation** : vivant depuis des siècles dans la péninsule, ils ont une **culture** et une **histoire communes**. Cependant, la nation italienne est **désunie** : il n'y a pas d'État italien unifié, au contraire coexistent **huit États**. De plus, la présence de monarchies absolues et l'absence de libertés collectives sont de sérieux **obstacles à l'unité**. Cette situation nourrit les **revendications nationales** du peuple italien.

8 Préparer la réponse à une question problématisée

1. Les deux expressions clés du sujet sont « ordre monarchique européen » et « mouvements révolutionnaires de 1830 et de 1848 ». La première désigne les décisions prises par les souverains et imposées aux peuples européens. La seconde, les mouvements libéraux et nationaux qui, en 1830 puis en 1848, contestent cet ordre monarchique.

2. Le sujet est à envisager à l'**échelle européenne**. Il couvre la période allant de 1815 (congrès de Vienne) à 1848 (répression du printemps des peuples).

3. Il s'agit d'un **sujet évolutif** car vous devez montrer qu'à différentes reprises l'Europe réorganisée par le congrès de Vienne est remise en cause.

4. Les propositions **c** et **e** permettent de traiter le sujet, de façon sans doute plus équilibrée que la **e**, en trois parties. Les propositions **a** et **f** sont à éliminer car elles ne couvrent que la France ; les propositions **b** et **d** sont incomplètes.

OBJECTIF BAC

9 Analyse de document

[Introduction] Ce document est un extrait de la charte constitutionnelle de 1814, octroyée aux Français par le roi Louis XVIII au début de la Restauration. Nous montrerons que la charte est un compromis entre l'héritage de l'Ancien Régime et les acquis de la Révolution. Pour ce faire, nous présenterons d'abord les droits qu'elle garantit aux Français, puis les caractéristiques du régime qu'elle instaure.

I. Des droits garantis aux Français

- Les Français se voient reconnaître l'égalité devant la loi, l'impôt et les emplois publics (art. 1 à 3). Ils bénéficient de la liberté individuelle (art. 4), de religion (art. 5) et de la presse (art. 8). Ce sont des **acquis de la Révolution**.
- Cependant, le catholicisme est la religion d'État (art. 6) et des restrictions limitent la liberté de la presse (art. 8). Il s'agit d'**héritages de l'Ancien Régime**.

CONSEIL
Faites référence à la problématique pour assurer la cohérence de votre analyse.

II. Une monarchie constitutionnelle

- En instaurant une monarchie constitutionnelle, la charte respecte un **acquis de la Révolution**. Le roi, détenteur du pouvoir exécutif (art. 13), partage le pouvoir législatif avec deux chambres : la Chambre des Pairs et la Chambre des députés, élue au suffrage censitaire (art. 15, 18, 38 et 40).
- Cependant, la personne du roi est « inviolable et sacrée » (art. 13) ce qui renvoie à la monarchie absolue de droit divin. De plus, sa prééminence dans les institutions tempère la séparation des pouvoirs.

[Conclusion] La charte de 1814 est bien un texte de compromis entre deux héritages : elle garantit des droits aux Français et instaure une monarchie constitutionnelle, mais restreint les libertés et assoit la prééminence du roi.

HISTOIRE

3 La France dans l'Europe des nationalités : politique et société (1848-1871)

Établie sur les terrains du Champ-de-Mars, l'Exposition universelle de 1867 se déroule au sein d'un immense édifice elliptique. Elle accueille de nombreux souverains et princes étrangers et constitue une apothéose pour la France de Napoléon III.

9 La IIe République (1848-1851)

En bref *L'instauration de la IIe République en février 1848 semble faire entrer la France dans l'âge démocratique. Cependant, à la suite des journées de juin, les forces conservatrices et réactionnaires reprennent le dessus, avant que le coup d'État de Louis-Napoléon Bonaparte ne mette fin à l'expérience républicaine.*

I Une République sociale et fraternelle (février-mai 1848)

1 La mise en place d'un gouvernement provisoire

Après l'abdication de Louis-Philippe, un gouvernement provisoire se met en place en février 1848. Il est composé de républicains modérés et de socialistes. Il proclame la République, institue le suffrage universel masculin, convoque une Assemblée constituante et crée des ateliers nationaux pour embaucher les chômeurs.

MOT CLÉ
L'**Assemblée constituante** est chargée de rédiger une constitution.

2 L'« illusion lyrique »

- Les Français semblent unis autour de la République : des arbres de la liberté sont plantés dans toutes les communes et bénis par les prêtres.
- Cependant le pays est touché par une crise économique alors que le financement des ateliers nationaux aggrave le déficit budgétaire.

II Une République fragilisée (avril-juin 1848)

1 L'élection de l'Assemblée constituante (avril 1848)

- Les 23 et 24 avril 1848, tous les hommes adultes sont appelés aux urnes pour élire l'Assemblée constituante. C'est l'occasion d'un grand débat démocratique animé par les clubs et les journaux.
- Le scrutin est marqué par la victoire des républicains modérés.

2 Les journées de juin 1848

- En juin, l'Assemblée décide de fermer les ateliers nationaux considérés comme des foyers d'agitation révolutionnaire. Cette décision entraîne l'insurrection des quartiers populaires de l'est parisien du 23 au 26 juin.
- La répression militaire est féroce. Des milliers d'insurgés sont tués, 25 000 arrêtés, 4 000 déportés. George Sand se désole : « Je ne crois plus en une République qui tire sur ses ouvriers. »

III Une République conservatrice (juin 1848-déc. 1851)

■ En novembre 1848 est adoptée une nouvelle Constitution. Elle confie le pouvoir législatif à une **Assemblée** élue pour trois ans ; le pouvoir exécutif à un **président de la République** élu pour quatre ans, non rééligible. La souveraineté nationale est garantie par le **suffrage universel masculin**.

■ Les élections présidentielles de décembre 1848 sont remportées par **Louis-Napoléon Bonaparte**, qui se présente comme **défenseur de l'ordre**. Six mois plus tard, le parti de l'ordre sort victorieux des élections législatives et fait voter des **lois réactionnaires** (réduction du corps électoral, restriction de la liberté de la presse...).

■ Louis-Napoléon Bonaparte ne parvient pas à convaincre l'Assemblée de modifier la Constitution pour lui permettre de se représenter aux élections présidentielles de 1852.

■ Par le **coup d'État du 2 décembre 1851**, il dissout l'Assemblée et convoque le peuple pour un **plébiscite** l'autorisant à rédiger une nouvelle Constitution. Le « oui » l'emporte.

MOT CLÉ
Un **plébiscite** est une consultation des électeurs qui doivent répondre «oui» ou «non» à une question constitutionnelle.

zoOm

Alphonse de Lamartine en 1848

H. Philippoteaux, *Lamartine devant l'Hôtel de Ville de Paris le 25 février 1848 refuse le drapeau rouge*, vers 1848, musée Carnavalet

Alphonse de Lamartine, membre du gouvernement provisoire, est une **figure majeure** des débuts de la IIe République. Face aux ouvriers proposant le drapeau rouge, il impose le **maintien du drapeau tricolore**, le 25 février 1848. Rejetant l'héritage de 1793, il défend les **idéaux de 1789**.

10 Le Second Empire (1852-1870)

En bref *La Constitution de 1852 instaure un nouveau régime qui entend conserver l'héritage de 1789 tout en instaurant un pouvoir exécutif fort. L'Empire une fois rétabli, Napoléon III exerce d'abord un pouvoir autoritaire avant d'accorder peu à peu davantage de libertés aux Français.*

I Un nouveau régime politique

1 Une nouvelle Constitution

- Signée le **14 janvier 1852**, la nouvelle Constitution réaffirme les principes de 1789 (liberté, égalité, souveraineté nationale), mais instaure un **régime autoritaire**.
- Le **président** exerce le pouvoir exécutif, judiciaire et a l'initiative des lois. Le pouvoir législatif est confié au **Conseil d'État** (rédige les projets de lois), au **Corps législatif** (vote les lois) et au **Sénat** (fait respecter la Constitution).

2 Le rétablissement de l'Empire

- Le prince-président propose le rétablissement de la **dignité impériale** par le plébiscite du 21 novembre 1852. C'est un triomphe. Le **2 décembre** Louis-Napoléon Bonaparte devient empereur sous le nom de Napoléon III.

DATE CLÉ
Le **2 décembre** est la date anniversaire du sacre de Napoléon Ier (1804) et de la bataille d'Austerlitz (1805).

- Napoléon III va alors **gouverner seul**, en s'entourant néanmoins de quelques fidèles comme Morny, président du Corps législatif, ou Rouher, ministre d'État.

II L'Empire autoritaire (1852-1859)

1 La mise au pas des Français

- Le gouvernement **contrôle l'administration** ; les préfets sont chargés d'**encadrer la population**.
- La liberté de la presse est limitée, ce qui permet de **museler la presse d'opposition**. Le régime des élections favorise les candidats officiels soutenus par les préfets face à leurs concurrents gênés par l'interdiction des réunions publiques.
- L'empereur s'appuie sur le clergé pour obtenir l'obéissance des Français.

2 La faiblesse de l'opposition

- La majorité de la population soutient un régime qui apporte l'**ordre** et la **prospérité** au pays.
- Les **royalistes** sont divisés entre les légitimistes et les orléanistes.

■ Les républicains sont traqués par la police. Les opposants au coup d'État du 2 décembre, comme Victor Hugo et Edgard Quinet, doivent s'exiler. Napoléon III profite de l'attentat d'Orsini (1858) pour faire emprisonner de nombreux républicains.

III L'Empire libéral (1860-1870)

1 Le renforcement des oppositions

■ À partir de 1859, l'intervention militaire de Napoléon III aux côtés des patriotes italiens aboutit au démembrement des États pontificaux. Mécontent, le clergé devient une force d'opposition au régime.

■ En 1860, Napoléon III signe un traité de libre-échange avec le Royaume-Uni. Ce faisant, il s'attire les critiques des industriels, dont les produits sont désormais exposés à la concurrence anglaise.

2 Une libéralisation progressive

■ À partir de 1860, les pouvoirs du Corps législatif sont accrus : une véritable vie parlementaire se développe. L'opposition peut s'exprimer, comme celle des libéraux menés par Thiers.

■ En 1864, le droit de grève est accordé aux ouvriers. Malgré cette concession impériale, ces derniers se rallient aux républicains.

■ Le plébiscite du 20 mai 1870 sur les réformes opérées dans la décennie passée est un immense succès pour Napoléon III : le Second Empire semble solide.

zoOm

Victor Hugo, un opposant au Second Empire

■ D'abord soutien de Louis-Napoléon Bonaparte, Victor Hugo, élu député en 1849, s'oppose au coup d'État du 2 décembre 1851. Appelant à la résistance armée, il est proscrit et doit s'enfuir en Belgique. Là, en 1852, il écrit le pamphlet *Napoléon le Petit* qui lui vaut d'être expulsé.

■ De 1852 à 1870, il vit en exil à Jersey puis à Guernesey.

E. Bacot, *Victor Hugo à Hauteville House*, 1862, maison de Victor Hugo

11 Les transformations économiques sous le Second Empire

En bref *Pour moderniser une économie encore archaïque, Napoléon III mise sur l'action de l'État. Ce dernier développe le crédit, le commerce, les voies de communication et lance de grands travaux.*

I La politique économique de Napoléon III

1 Une économie archaïque

- L'économie est encore dominée par une agriculture routinière, limitée à des marchés locaux. La production industrielle est assurée par de petites entreprises, proches de l'artisanat.
- Les moyens de communication restent peu développés : la navigation à voile domine ; le réseau ferroviaire n'atteint que 3 500 km vers 1850.
- Au nom du **libéralisme**, les élites pensent que l'État ne doit pas intervenir dans la vie économique du pays.

MOT CLÉ
Le **libéralisme** est une théorie prônant la liberté d'entreprendre et la non-intervention de l'État dans l'économie.

2 Les objectifs de Napoléon III

Napoléon III estime que l'État doit moderniser l'économie française. Il pense aussi que la croissance économique améliorera les conditions de vie d'une majorité de Français tout en leur faisant accepter un régime politique autoritaire.

II La modernisation de l'économie

1 Le développement du crédit et du commerce

- L'empereur soutient la création de grandes banques capables d'investir dans des entreprises modernes. En 1852, les frères Pereire fondent le Crédit mobilier qui finance des sociétés de chemins de fer et la construction immobilière. En 1864 naît la Société générale pour le développement du commerce et de l'industrie.
- Pour Napoléon III, le protectionnisme est responsable du retard industriel du pays. C'est pourquoi il signe avec l'Angleterre un traité de libre-échange (1860).

2 Le développement des communications

- La navigation à vapeur se développe. De grandes compagnies de navigation sont créées, comme la Compagnie générale transatlantique des frères Pereire, qui assure les liaisons avec l'Amérique du Nord.
- Le réseau ferroviaire compte 17 000 km de voies en 1869. La circulation de l'information s'accélère grâce au télégraphe électrique.

3 Les grands travaux

De grands travaux agricoles sont menés (plantation de pins dans les Landes). Les infrastructures portuaires, comme au Havre et à Marseille, sont modernisées. Des travaux d'urbanisme transforment Paris et Lyon.

III Un bilan exceptionnel

- Stimulée par l'augmentation des prix, la constitution d'un marché national et le développement des chemins de fer, la production agricole augmente de 50 %.
- L'agriculture se diversifie pour répondre aux besoins d'une population urbaine en forte croissance (betterave à sucre, fruits, légumes, élevage). En parallèle, certaines régions se spécialisent (le Languedoc dans la viticulture).
- La production industrielle s'accélère (métallurgie, textile et chimie). Elle repose sur le développement du **machinisme** (filature) et l'augmentation de la demande.
- La valeur du commerce extérieur triple de 1848 à 1870. Le commerce intérieur est stimulé par les grands magasins (Le Bon Marché).

MOT CLÉ
Le **machinisme** est l'utilisation de la force mécanique pour effectuer la production industrielle.

zoOm

Le développement du réseau ferroviaire

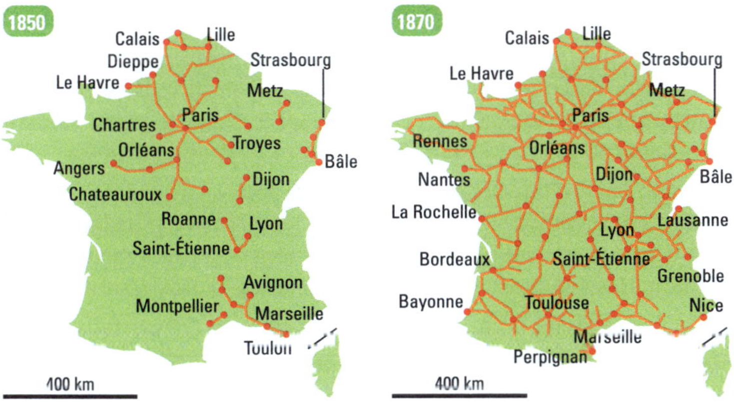

Napoléon III confie à six compagnies la mission de développer les chemins de fer dans de vastes régions : Paris-Lyon-Marseille, Paris-Orléans, Nord, Est, Ouest et Midi. Un véritable réseau ferroviaire national se constitue de 1850 à 1870. Centré sur Paris, il contribue à unifier le territoire et à renforcer la centralisation administrative.

12 Les mutations sociales sous le Second Empire

En bref *L'industrialisation rapide du pays entraîne également son urbanisation, nourrie par l'exode rural. Pour la contrôler, des travaux d'urbanisme sont entrepris dans la capitale. Dans ce contexte, deux groupes sociaux antagonistes s'affirment : la grande bourgeoisie et la classe ouvrière.*

I Une France qui s'urbanise

1 Le poids du monde rural

Durant le Second Empire, la majorité des Français sont des paysans (68 % de la population totale en 1872). Si la vie reste dure à la campagne, le monde paysan soutient le régime pour sa politique économique.

2 Le début de l'urbanisation

- En 1851, 22 % des Français vivent en ville ; ils sont 32 % en 1872 à cause de l'**exode rural**.
- En effet, l'industrialisation nécessite une main-d'œuvre abondante que lui fournissent des campagnes où l'agriculture fait difficilement vivre une population pléthorique (Massif central, Pyrénées, Alpes).

MOT CLÉ
L'**exode rural** est le départ définitif des habitants des campagnes vers les villes.

3 La naissance d'un urbanisme moderne

- Jusqu'au milieu du XIXe siècle, Paris est une ville surpeuplée à la croissance anarchique. À l'instar de Londres, sa grande rivale, Napoléon veut en faire une ville saine, fonctionnelle, belle et sûre. C'est pourquoi il charge le baron Haussmann, préfet de la Seine de 1853 à 1869, de mener de grands travaux dans la capitale.
- Haussmann fait détruire des quartiers vétustes pour y construire des immeubles homogènes. Les rues étroites et sinueuses sont remplacées par de larges avenues. Un réseau d'égouts est créé ; des espaces verts sont aménagés (squares, parcs et bois) ; de nombreux édifices sont construits (mairies, écoles, casernes).
- Ces travaux favorisent la ségrégation sociale entre un centre transformé où vit la bourgeoisie et des quartiers périphériques où s'entassent les familles ouvrières.

II L'affirmation de la bourgeoisie et du monde ouvrier

1 L'âge d'or de la bourgeoisie

- La haute bourgeoisie profite de la prospérité économique. De véritables dynasties industrielles (les Schneider au Creusot, les Wendel en Lorraine) et bancaires (les Pereire à Paris) se constituent. Face à l'État et aux ouvriers, Ils défendent leurs intérêts en créant des organisations patronales (le Comité des forges en 1864).

- La haute bourgeoisie mène une vie luxueuse. Elle construit des hôtels particuliers, s'entoure d'une domesticité nombreuse, donne de fastueuses réceptions.

2 L'affirmation de la classe ouvrière

- Avec l'industrialisation, les ouvriers sont de plus en plus nombreux. Mais leurs conditions de travail restent misérables : salaires faibles, journée de travail très longue, habitat souvent insalubre.

- Auteur en 1844 d'un ouvrage de réflexion sociale, *L'Extinction du paupérisme*, Napoléon III veut rallier les ouvriers au régime, tout en les contrôlant. Une loi de 1854 les oblige à posséder un livret renseigné par le patron. En même temps, l'empereur encourage les industriels à construire des logements ouvriers.

- En 1864, il leur accorde le droit de grève. Mais ils ne se rallient pas au régime trop lié à leur goût à la bourgeoisie d'affaires. Ils soutiennent plutôt les républicains comme lors des élections de 1869.

zoOm

Le Paris haussmannien : la transformation d'une ville

- L'avenue de l'Opéra, percée en 1871, a été envisagée très tôt par Napoléon III pour relier le Louvre à l'Opéra.

- Elle est typique de l'urbanisme haussmannien : large avenue bordée de trottoirs éclairés au gaz, au pied d'immeubles aux dimensions identiques et dotés du confort moderne.

13 La France et l'unité italienne

En bref *Napoléon III entend remettre en cause les traités de 1815 qui ont réduit la place de la France en Europe. Pour ce faire, il soutient les nationalités face aux dominations étrangères. Son action en faveur de l'unité italienne s'inscrit dans cette politique.*

I L'Italie au milieu du XIXe siècle

- Au lendemain du printemps des peuples → FICHE 6, les Italiens restent **divisés en huit États**. L'Empire d'Autriche-Hongrie occupe la Lombardie-Vénétie.
- Le royaume de Piémont-Sardaigne se présente comme le **champion de l'unité italienne** contre l'Autriche. Dirigé par le roi **Victor-Emmanuel II** et le **Premier ministre Cavour**, c'est la seule monarchie constitutionnelle de la région.
- Les deux hommes en font un **État moderne**. Ils mettent sur pied une armée nombreuse et bien équipée, mais qui pèse peu face à la puissante armée autrichienne. Cavour recherche donc et obtient, en 1859, l'assurance d'un **soutien militaire** de Napoléon III en cas de conflit.

II La France actrice de l'unité italienne (1859-1866)

1 L'unification de l'Italie du nord et du centre (1859-1860)

- En 1859, Cavour pousse l'Autriche à la guerre. Fidèle à son engagement, la France intervient aux côtés du Piémont-Sardaigne et contribue aux **victoires de Magenta** puis de **Solferino**. L'Autriche cède la Lombardie au Piémont.
- En 1860, à la suite de soulèvements encouragés par Cavour, les États d'Italie centrale sont rattachés au Piémont. En échange de son aide, la France obtient **Nice** et **la Savoie**.

2 Le rattachement de l'Italie du Sud (1860-1861)

- En 1860, l'expédition en Sicile et en Italie du Sud de Garibaldi, patriote soutenu par Cavour, permet de chasser du pouvoir le roi de Naples. Le royaume de Naples est alors rattaché au Piémont.
- En 1861, un Parlement réuni à Turin, capitale du Piémont, proclame **Victor Emmanuel II roi d'Italie**. Mais l'unité italienne est inachevée : Rome et sa région restent sous souveraineté pontificale ; la Vénétie aux mains des Autrichiens.

3 Le rattachement de la Vénétie

- À l'aube d'une guerre entre l'Autriche et la Prusse, Napoléon III demande au **chancelier prussien Bismarck** d'accepter l'**alliance de l'Italie** et de lui accorder la Vénétie, en cas de victoire.

■ La guerre austro-prussienne débute en 1866. Elle est marquée par de graves défaites italiennes face à l'Autriche. Cependant, grâce à la victoire de la Prusse, Napoléon III oblige l'Autriche à céder la Vénétie à l'Italie.

III La France, obstacle à l'unité italienne (1867-1870)

1 L'épineuse question romaine

■ Pour conserver l'appui de l'Église, Napoléon III exige du Piémont que le pape reste maître des **États pontificaux** défendus par une armée française.

■ Pour les patriotes italiens, Rome doit être la capitale de l'Italie unifiée.

> **MOT CLÉ**
> Les **États pontificaux** sont les États dirigés par le pape et ayant pour capitale la ville de Rome.

2 La France devant le fait accompli

■ En 1867, la France intervient dans le Latium pour empêcher des troupes de Garibaldi de se rendre maîtres de Rome. Les troupes françaises écrasent celles des patriotes italiens à Mentana. Ces derniers se sentent trahis.

■ En 1870, la France alors en guerre contre la Prusse rappelle ses troupes stationnées à Rome. Les Italiens en profitent pour prendre possession des États pontificaux. L'unité italienne est alors achevée avec Rome pour capitale.

zoOm

Les étapes de l'unité italienne

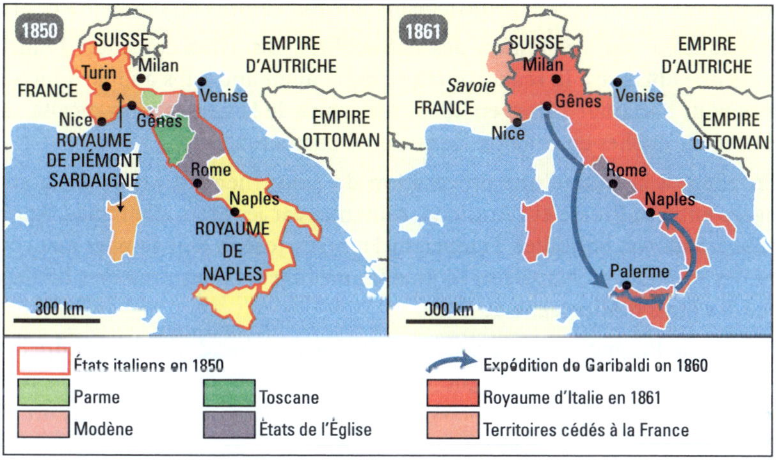

D'une péninsule divisée jusqu'en 1859, Cavour et les patriotes font de l'Italie un État unifié dès 1861 avec l'aide de la France. Restent la Vénétie, encore autrichienne, et les États de l'Église.

14 La France et l'unité allemande

En bref *D'abord soutenue par Napoléon III au nom du principe des nationalités, la construction de l'unité allemande, menée par le chancelier Bismarck, rend bientôt inévitable un affrontement avec la France.*

I L'Allemagne au milieu du XIXe siècle

- En 1850, les Allemands vivent dans **trente-neuf États**, dominés par deux puissances : l'**Autriche**, à la tête d'une Confédération germanique, et la **Prusse**.
- L'**empereur d'Autriche François-Joseph Ier** souhaite maintenir l'équilibre européen du congrès de Vienne (1815) → FICHE 21. Au contraire, le **roi de Prusse Guillaume Ier** et son **chancelier Bismarck** veulent le remettre en cause en réalisant l'unité des Allemands.
- De 1850 à 1862, la Prusse connaît un **remarquable essor économique**. Il s'appuie sur le ***Zollverein***, une industrie puissante et un réseau ferroviaire dense.
- Son **armée**, réorganisée (service militaire de trois ans), nombreuse et bien équipée (canons Krupp), devient l'une des plus puissantes d'Europe.

MOT CLÉ
Le ***Zollverein*** est une union douanière et économique entre les États allemands, à l'exception de l'Autriche.

II La France, d'abord soutien… (1862-1866)

- Napoléon III, **défenseur du principe des nationalités**, entend réviser les traités issus du congrès de Vienne. L'Autriche lui apparaît comme un obstacle à ce projet.
- Peu soucieux de la question des nationalités, Bismarck considère l'Autriche comme une **entrave à la réalisation de l'unité allemande**. Il s'appuie donc sur la France pour l'affaiblir : ainsi en 1865, il s'assure de la neutralité française sur la question des duchés en échange de quelques compensations.
- En 1866, à la suite d'une provocation du gouvernement prussien, la guerre s'engage entre la Prusse et l'Autriche, soutenue par les États allemands. Après sa **défaite à Sadowa**, en juillet, l'empereur François-Joseph doit se plier aux conditions des vainqueurs. Napoléon III joue les médiateurs pour préserver l'indépendance des États d'Allemagne du Sud.
- La **paix de Prague** (1866) permet à la Prusse de s'étendre et de prendre la tête d'une **confédération d'Allemagne du Nord**. Les États du sud, tout en restant indépendants, signent avec Berlin des conventions militaires prévoyant un **commandement prussien unique** en cas de guerre.

III …puis adversaire de l'unité allemande (1867-1870)

1 De la montée des tensions franco-prussiennes à la guerre de 1870

- Après Sadowa, Napoléon III prend conscience de la dangereuse montée en puissance de la Prusse. C'est pourquoi il réclame des compensations à Bismarck (la Sarre). Le chancelier ne donne pas suite à ses demandes.
- À la suite d'un différend diplomatique, Napoléon III déclare la **guerre à la Prusse** en juillet 1870. L'armée des États allemands coalisés, est plus nombreuse, mieux équipée et mieux organisée que l'armée impériale.
- L'armée française défaite à **Sedan le 1er septembre 1870** doit capituler ; Napoléon III est fait prisonnier. Le 4 septembre, la **République** est proclamée ; un gouvernement de Défense nationale constitué.

2 La naissance de l'Empire allemand

- Les États allemands du sud acceptent d'intégrer la Confédération dirigée par la Prusse. Le 18 janvier 1871, à Versailles, **Guillaume Ier** est proclamé **empereur des Allemands**. L'unité allemande est réalisée.
- L'**annexion de l'Alsace et de la Lorraine** en mai 1871 parachève cette unité.

zoOm
Bismarck et la proclamation du Reich (1871)

- Le 18 janvier 1871, dans le décor prestigieux de la galerie des glaces du château de Versailles, le roi de Prusse Guillaume Ier est proclamé empereur des Allemands par ses généraux.
- L'**artisan de l'unité allemande** reste le chancelier **Bismarck** (au centre).

A. von Werner, *Proclamation du Kaiser à Versailles*, 1885, château de Friedrichsruh, Allemagne

MÉMO VISUEL

LA FRANCE DANS L'EUROPE DES NATIONALITÉS (1848-1871)

Un régime républicain

- Président de la République élu pour 4 ans
- Assemblée législative
- Suffrage universel

Journées révolutionnaires **Février, Juin** → 1848

Coup d'État de Louis-Napoléon Bonaparte → 1851

Rétablissement de l'Empire → 1852

Début des travaux d'Haussmann → 1853

	1848	1851	1852	1853
France	**IIe RÉPUBLIQUE**			
Italie				
Allemagne				

1848 : Échec de l'unité italienne et allemande

Un régime autoritaire

- Empereur concentrant les pouvoirs
- Trois assemblées aux pouvoirs limités
- Plébiscites
- Libéralisation du régime à partir de 1860

Napoléon III

Cavour

L'unité italienne (1870)

- Un État pivot : le royaume de Piémont-Sardaigne
- Un artisan : le Premier ministre Cavour
- Des obstacles : l'Autriche, le pape, la France

Accroissement du pouvoir législatif (1860)

Droit de grève (1864)

Défaite de Sedan (1870)

1859 | 1860 | 1861 | 1862 | 1864 | 1866 | 1870

SECOND EMPIRE

Soutien de la France — Opposition de la France

Soutien de la France — Opposition de la France

Batailles de Magenta et de Solferino (1859)

Victor Emmanuel II, roi d'Italie (1861)

Bismarck chancelier (1862)

Bataille de Sadowa (1866)

L'unité allemande (1871)

- Un État pivot : la Prusse
- Un artisan : le chancelier Bismarck
- Des obstacles : l'Autriche, la France

Bismarck

SE TESTER QUIZ

Vérifiez que vous avez bien compris les points clés des **fiches 9 à 14**.

1 La IIe République

→ FICHE 9

1. À quel régime la IIe République succède-t-elle ?

☐ **a.** La Restauration
☐ **b.** La monarchie de Juillet
☐ **c.** Le Second Empire

2. L'Assemblée législative est élue en…

☐ **a.** février 1848. ☐ **b.** avril 1848. ☐ **c.** mai 1849.

2 Le Second Empire

→ FICHE 10

1. Quelle(s) assemblée(s) détien(nen)t un pouvoir législatif ?

☐ **a.** L'Assemblée législative ☐ **b.** Le Corps législatif ☐ **c.** Le Sénat

2. La libéralisation du régime à partir de 1860 fait suite…

☐ **a.** à l'intervention militaire aux côtés des patriotes italiens.
☐ **b.** au traité de libre-échange avec l'Angleterre.
☐ **c.** à l'attentat d'Orsini.

3 Les transformations économiques et sociales

→ FICHES 11 et 12

1. De 1850 à 1870, la longueur totale du réseau ferroviaire français…

☐ **a.** triple. ☐ **b.** quadruple. ☐ **c.** quintuple.

2. Quels phénomènes sont à l'origine du développement des villes ?

☐ **a.** L'urbanisme. ☐ **b.** L'industrialisation. ☐ **c.** L'exode rural.

4 La France face aux unités italienne et allemande

→ FICHES 13 et 14

1. La victoire franco-sarde de Magenta (1859) permet au Piémont d'annexer…

☐ **a.** la Lombardie. ☐ **b.** la Vénétie. ☐ **c.** la Savoie.

2. Le *Zollverein* est une union…

☐ **a.** économique entre les États allemands.
☐ **b.** politique entre les États allemands.
☐ **c.** culturelle entre les États allemands.

3. De 1862 à 1866, la France est…

☐ **a.**un obstacle à l'unité allemande.
☐ **b.** un soutien à l'unité allemande.
☐ **c.** indifférente à l'unité allemande.

S'ENTRAÎNER

5 Connaître le vocabulaire du cours

→ FICHES 9 et 14

1. Associez chaque terme à sa définition.

plébiscite •	• candidat soutenu par le préfet
Assemblée constituante •	• vote auquel tous les citoyens peuvent participer
suffrage universel •	• chambre chargée de rédiger une Constitution
assemblée législative •	• consultation des électeurs qui doivent répondre par oui ou par non à une question
candidat officiel •	• assemblée chargée de voter les lois

2. Complétez ce texte avec les termes appropriés.

L'unité italienne se réalise autour du royaume de ………………….., de son souverain ………………… et de son Premier ministre ………………… . Elle se réalise contre ……………. et ……………….., avec l'aide de ……………… . Elle est achevée en ……………… .

L'unité allemande se réalise autour du royaume de ………………….., de son souverain ………………… et de son chancelier …………………… . Elle se réalise contre …………………… et ……………………. . Elle est achevée en ………………………

6 Se repérer dans le temps

→ FICHES 9 et 14

Placez ces événements sur la frise ci-dessous.

a. Bataille de Sadowa

b. Droit de grève en France

c. Fermeture des ateliers nationaux

d. Bataille de Solferino

e. Début des travaux d'Haussmann à Paris

f. Coup d'État de Louis-Napoléon Bonaparte

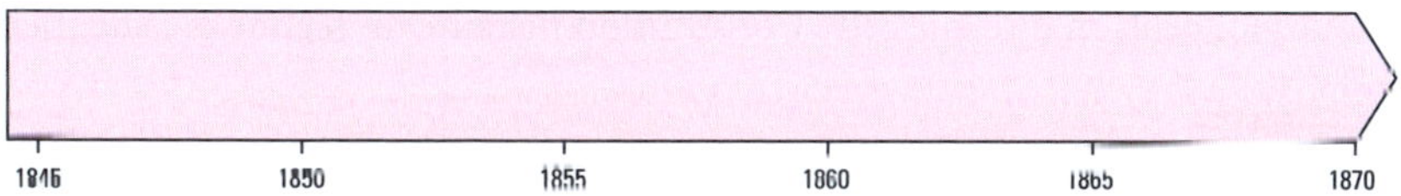

7 Réviser le cours en 8 questions flash

→ FICHES 9 à 14

1. Quelles sont les mesures démocratiques prises par le gouvernement provisoire en février-mars 1848 ?
2. Comment expliquer la faiblesse de l'opposition sous le Second Empire ?
3. Dans quels domaines Napoléon III modernise-t-il l'économie française ?
4. Pour quelles raisons Napoléon III accorde-t-il le droit de grève aux ouvriers en 1864 ?
5. Quelle est la situation politique des Italiens en 1850 ?
6. Comment expliquer la défiance des patriotes italiens vis-à-vis de la France à partir de 1867 ?
7. Comment se manifeste la montée en puissance de la Prusse à partir de 1850 ?
8. Quel est l'intérêt de la Prusse à entrer en guerre contre la France en 1870 ?

8 Compléter un organigramme

→ FICHE 10

1. Complétez l'organigramme ci-dessous avec les éléments suivants :

fait respecter la Constitution • rédige les projets de lois • a l'initiative des lois • vote les lois et le budget • fait appliquer les lois.

Document **La Constitution de 1852**

PRÉSIDENT DE LA RÉPUBLIQUE		
....		

CONSEIL D'ÉTAT	CORPS LÉGISLATIF	SÉNAT
....	....	....
....	....	....
....	....	....

2. Pourquoi peut-on dire que cette Constitution instaure un régime présidentiel ?

À NOTER
Le pouvoir judiciaire est confié à différents tribunaux, placés sous l'autorité suprême du président de la République.

9 Comprendre un texte

→ FICHE 12

Document Un point de vue critique sur les travaux d'Haussmann

À cause de la destruction d'une partie des quartiers populaires et de la hausse des prix des loyers, les ouvriers sont rejetés à la périphérie de la ville ou vont s'entasser dans les quartiers encore insalubres.

« L'immense majorité de ces expulsés était installée de père en fils dans ces quartiers ; le fabricant s'y trouvait au milieu des ouvriers qu'il occupait, des marchands qui débitaient ses produits. Un beau matin, le marteau des démolisseurs abat et disperse tout cela.

Les terrains et les loyers ayant partout renchéri, l'on voit se rebâtir dans les parties les plus reculées de la capitale les ruelles, les passages, les cours, les masures que vous abattez si impitoyablement au centre. Tandis que l'on fait pénétrer l'air et la lumière dans le vieux Paris en ouvrant de larges boulevards, on voit se former aux extrémités de la ville des groupes de maisons étroites et malsaines, dans lesquelles vont s'entasser nos ouvriers. Voilà comment M. Haussmann « prodigue l'air et la lumière » dans les quartiers excentrés à des milliers d'ouvriers qu'il expulse du centre sous prétexte de salubrité ! »

D'après J.E. Horn, *Les finances de l'Hôtel de Ville*, 1867

1. a. Surlignez l'expression indiquant l'objectif des travaux d'Haussmann.

b. D'après le texte, quels moyens sont utilisés pour y parvenir ?

2. Quelles sont, d'après le texte, les conséquences (économiques, sociales) de ces travaux ?

3. Parmi ces notions, laquelle correspond le mieux à la situation sociale provoquée par ces travaux ? Justifiez votre réponse.

- ☐ **a.** mixité sociale
- ☐ **b.** ségrégation sociale
- ☐ **c.** cosmopolitisme
- ☐ **d.** hiérarchie sociale

4. À l'aide de vos connaissances et des réponses aux questions précédentes, rédigez un paragraphe présentant les objectifs, les moyens et les conséquences des travaux d'Haussmann.

CONSEIL
Soyez attentif au point de vue de l'auteur, très critique envers l'œuvre d'Haussmann.

10 Préparer la réponse à une question problématisée

→ FICHE 9

Sujet : Comment évolue le régime républicain en France de 1848 à 1852 ?

1. Quel type de plan est le plus adapté pour traiter ce sujet ? Justifiez votre réponse.

À NOTER
En histoire, il existe trois grands types de plan : chronologique (par période), thématique (par domaine) et analytique (aspects, causes, conséquences).

2. Comment pouvez-vous structurer ce plan ?

3. Quels événements clés sont attendus dans le plan ? Précisez-en la date.

OBJECTIF BAC

11 Le rattachement du royaume de Naples au Piémont-Sardaigne Analyse de document

1 h

Cet exercice fait appel à vos connaissances sur les étapes de la réalisation de l'unité italienne. Il va vous permettre de vous entraîner à l'analyse d'un document iconographique.

LE SUJET

À l'aide du document proposé, vous montrerez que le rattachement du royaume de Naples au royaume de Piémont-Sardaigne est une étape décisive de l'unification de l'Italie. Vous replacerez cet événement dans son contexte, puis vous préciserez la façon dont s'exprime le patriotisme des Napolitains avant de rappeler la portée de cet événement.

Document **Les Napolitains votent pour le rattachement du royaume de Naples au Piémont (1860)**

Le 6 septembre 1860, Giuseppe Garibaldi, chef d'une armée de patriotes italiens (« les Mille ») entre triomphalement à Naples, capitale du royaume des Deux-Siciles, dont le roi François II doit fuir. Le 21 octobre, un plébiscite est organisé pour le rattachement du royaume à celui du Piémont-Sardaigne.

Lithographie de Bertarelli, XIXe s., musée Civica Raccolte, Milan

Méthode

Extraire les informations d'un document

Repérer les informations pertinentes

- Au cours de votre lecture, identifiez (en surlignant ou en entourant) les informations permettant de répondre à la question.
- Laissez de côté les informations non pertinentes et veillez à prendre en compte les informations implicites ou symboliques.

Analyser les informations sélectionnées

- Une fois votre lecture achevée et les informations relevées, détaillez-les en fonction du point de vue de l'auteur, du destinataire, de la date et du contexte historique.
- Vous devez relier l'information à vos connaissances en vous posant la question suivante : quelles notions peuvent permettre de l'interpréter ?

Préparer la réponse

Pour chaque partie de votre développement, dressez au brouillon la liste des citations ou références au document. Dans votre devoir, vous devrez expliquer la signification de chacune, en évitant la paraphrase.

LA FEUILLE DE ROUTE

→ *Reportez-vous à la méthode détaillée de l'analyse de document p. 285*

Étape 1 Présenter le document

Les Napolitains votent pour le rattachement du royaume de Naples au Piémont

Nature, genre, source
- Lithographie
- Document politique
- Musée Civica Raccolte (Milan)

Auteur et destinataire
- Bertarelli, lithographie
- Pas de destinataire identifié

Date et contexte
- Après 1860
- Après le rattachement du royaume des Deux-Siciles au Piémont-Sardaigne

Thème

Plébiscite organisé à Naples pour le rattachement du royaume des Deux-Siciles au Piémont-Sardaigne

Étape 2 Comprendre la consigne

- La consigne suggère une problématique : en quoi le rattachement du royaume de Naples au Piémont-Sardaigne est-il une étape décisive de l'unification de l'Italie ?
- Elle vous indique aussi le plan à adopter : tout d'abord, vous préciserez le contexte historique de l'événement, en le situant dans le processus d'unification de la péninsule italienne ; puis, vous noterez tout ce qui témoigne de l'attachement

des Napolitains à la future patrie italienne ; enfin, vous ferez le lien entre le rattachement du royaume de Naples et la proclamation du royaume d'Italie qui s'ensuit.

Étape 3 Exploiter le document

- Pour votre première partie, aidez-vous du petit texte qui accompagne la lithographie, et appuyez-vous sur vos connaissances de cours.
- Pour votre deuxième partie, relevez sur la lithographie un certain nombre d'éléments explicites et symboliques : attitude des participants, inscriptions, drapeau tricolore, etc.
- La troisième partie, sur la portée de l'événement représenté, sera principalement fondée sur vos connaissances.

Étape 4 Rédiger le devoir → CORRIGÉ p. 76

CORRIGÉS

SE TESTER QUIZ

1 La IIe République

1. **Réponse b.** La IIe République est proclamée en février 1848, à la suite de l'abdication du roi Louis-Philippe, souverain de la monarchie de Juillet.

2. **Réponse c.** L'Assemblée législative est élue en mai 1849, comme le prévoit la Constitution de novembre 1848.

2 Le Second Empire

1. **Réponses b et c.** Le Corps législatif et le Sénat se partagent, avec le Conseil d'État, le pouvoir législatif.

2. **Réponses a et b.** Napoléon III libéralise le régime après 1860 car il a perdu deux soutiens de poids : le clergé, suite à l'intervention de l'armée française aux côtés des patriotes italiens, et les industriels, suite à la signature d'un traité de libre-échange avec l'Angleterre.

3 Les transformations économiques et sociales

1. **Réponse c.** De 1850 à 1870, la longueur du réseau ferroviaire français est multipliée par cinq, passant de 3 500 à 17 000 km de voies.

2. **Réponses b et c.** Le développement des villes se nourrit de l'exode rural, lui-même généré par l'industrialisation, phénomène majoritairement urbain.

4 La France face aux unités italienne et allemande

1. **Réponse a.** La victoire de Magenta permet au royaume du Piémont-Sardaigne d'annexer la Lombardie, jusque-là occupée par l'Autriche.

2. **Réponse a.** Le *Zollverein* est une union douanière entre les États allemands. Il inclut la Prusse, mais pas l'Autriche.

3. **Réponse b.** De 1862 à 1866, la France de Napoléon III soutient l'unité allemande contre l'Autriche.

S'ENTRAÎNER

5 Connaître le vocabulaire du cours

1. • plébiscite : consultation des électeurs qui doivent répondre par oui ou par non à une question.
• Assemblée constituante : chambre chargée de rédiger une Constitution.
• suffrage universel : vote auquel tous les citoyens peuvent participer. Au XIXe siècle, il reste exclusivement masculin.
• assemblée législative : assemblée chargée de voter les lois.
• candidat officiel : candidat soutenu par le préfet. C'est une pratique impériale visant à affaiblir l'opposition.

2. L'unité italienne se réalise autour du royaume de **Piémont-Sardaigne**, de son souverain **Victor-Emmanuel II** et de son Premier ministre **Cavour**. Elle se réalise contre **l'Autriche** et le **pape**, avec l'aide de la France. Elle est achevée en **1870**.

L'unité allemande se réalise autour du royaume de **Prusse**, de son souverain **Guillaume Ier** et de son chancelier **Bismarck**. Elle se réalise contre **l'Autriche** et **la France**. Elle est achevée en **1871**.

6 Se repérer dans le temps

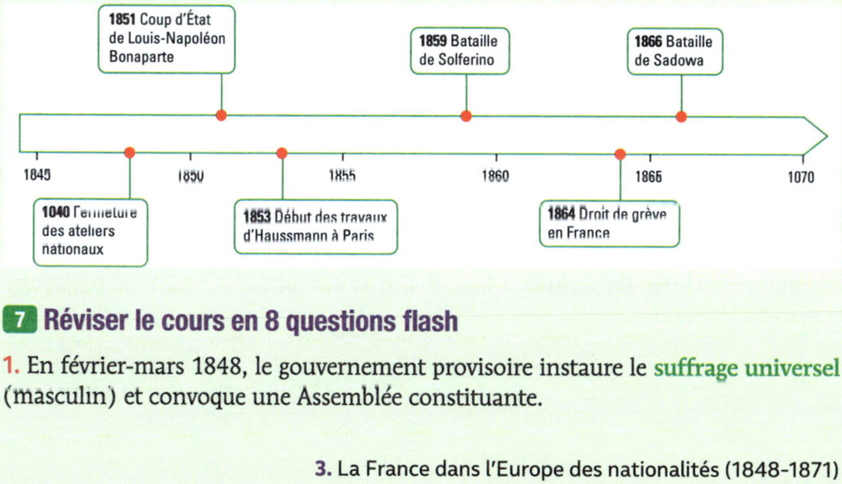

7 Réviser le cours en 8 questions flash

1. En février-mars 1848, le gouvernement provisoire instaure le **suffrage universel** (masculin) et convoque une Assemblée constituante.

2. L'opposition est faible car une majorité de la population, attachée à l'ordre et à la prospérité économique, **soutient le régime**. En outre, les royalistes sont **divisés** et les républicains **réprimés**.

3. Napoléon III soutient le **crédit** (création de grandes banques) et le **commerce** (traité de libre-échange avec l'Angleterre), développe les **communications** (réseau ferroviaire) et mène une politique de **grands travaux** (Haussmann).

4. En 1864, Napoléon III accorde le droit de grève pour deux raisons : l'une, **sociale** (prendre en compte les revendications des ouvriers) ; l'autre, **politique** (les rallier au régime).

5. En 1850, les Italiens sont une **nation divisée** en huit États différents et **dominée** (au nord de la péninsule) par l'Autriche, qui possède la Lombardie et la Vénétie.

6. Après avoir contribué à la construction de l'unité italienne, en 1867 la France intervient militairement afin de **protéger les États pontificaux**. Elle perd donc tout crédit aux yeux des patriotes italiens.

7. À partir de 1850, la Prusse connaît un remarquable **essor économique** (production industrielle de la Ruhr) et s'affirme comme une **grande puissance militaire** en réorganisant et modernisant son armée.

8. En affrontant la France en 1870, la Prusse réalise autour d'elle l'**unité des États allemands**, prélude à la proclamation de l'Empire allemand en janvier 1871, suite à la défaite militaire française.

8 Compléter un organigramme

1.

PRÉSIDENT DE LA RÉPUBLIQUE
a l'initiative des lois ; fait appliquer les lois

CONSEIL D'ÉTAT	CORPS LÉGISLATIF	SÉNAT
rédige les projets de lois	**vote les lois et le budget**	**fait respecter la Constitution**

2. Cette Constitution instaure un régime présidentiel car outre le **pouvoir exécutif** (faire appliquer les lois), le président de la République a l'**initiative des lois**. Face à lui, trois assemblées (le Conseil d'État, le Corps législatif et le Sénat) se partagent le pouvoir législatif.

9 Comprendre un texte

1. a. Il faut surligner l'expression « on fait pénétrer… Paris », l. 10-11.

b. Les moyens utilisés sont la démolition des quartiers insalubres (« le marteau des démolisseurs abat… tout cela. » l. 6-7) pour y construire des boulevards et l'expulsion de leurs habitants, en majorité ouvriers (« à des milliers d'ouvriers qu'il expulse du centre sous prétexte de salubrité » l. 15).

2. Ces travaux entraînent une augmentation des prix du foncier (« Les terrains et les loyers ayant partout renchéri » l. 8) aggravée par une forte spéculation immobilière ainsi que le rejet des classes populaires dans les quartiers périphériques, non « haussmannisés » (« l'on voit se rebâtir… au centre » l. 8-10).

3. Réponse b. Les travaux d'Haussmann renforcent la **ségrégation sociale** entre un centre qui s'embourgeoise et des quartiers périphériques d'ouvriers.

4. [objectifs] Le baron Haussmann, préfet de la Seine de 1853 à 1870, est chargé par Napoléon III de faire de Paris une ville plus belle, plus saine, plus fonctionnelle et plus sûre.

[moyens] Pour atteindre cet objectif, Haussmann fait **détruire de nombreux quartiers insalubres** après en avoir expulsé les habitants. À la place, il construit des **immeubles homogènes** bordant de **larges avenues** plantées d'arbres et munies de trottoirs.

[conséquences] Ces travaux entraînent la **hausse des loyers** qui chasse les classes populaires du centre et les relègue en périphérie : la **ségrégation sociale** se renforce.

> **CONSEIL**
> Vous devez bien distinguer les objectifs, les moyens et les conséquences en ménageant de courts paragraphes précédés d'alinéas.

10 Préparer la réponse à une question problématisée

1. Malgré la brièveté de la période considérée (4 ans), un **plan chronologique** est le plus adapté car le régime républicain a évolué (vers le conservatisme) entre 1848 et 1852.

2. On peut structurer le plan de la façon suivante, en trois parties :

I. Une République progressiste (1848)

II. Une République conservatrice (1848-1850)

III. Une République en danger (1851-1852)

3. Voici les événements clés attendus pour chaque partie :

- **Partie I** : proclamation de la République (février 1848) ; mesures démocratiques et sociales (février-mars 1848) ; élection de l'Assemblée constituante (avril 1848).
- **Partie II** : répression de l'insurrection ouvrière (juin 1848) ; Constitution de la IIe République (novembre 1848) ; élection de Louis-Napoléon Bonaparte à la présidence de la République (décembre 1848) ; Assemblée législative conservatrice (mai 1849) ; lois réactionnaires (1850).
- **Partie III** : coup d'État de Louis-Napoléon Bonaparte (décembre 1851) ; nouvelle Constitution (janvier 1852) ; rétablissement de l'Empire (décembre 1852).

OBJECTIF BAC

11 Analyse de document

[Introduction] Cette lithographie politique réalisée par A. Bertarelli représente le **plébiscite** organisé pour le rattachement du royaume des Deux-Siciles au Piémont en 1860. En analysant ce document, nous montrerons qu'il représente une **étape décisive de l'unification de l'Italie**. Nous en préciserons d'abord le **contexte**, puis nous indiquerons **la façon dont s'exprime le patriotisme des Napolitains**, avant de souligner la **portée de l'événement**.

I. Le contexte

- Le royaume de Piémont-Sardaigne, dirigé par le roi Victor-Emmanuel II, unifie l'**Italie du Nord et du centre** en 1859-1860. Victor-Emmanuel II et son Premier ministre Cavour souhaitent désormais rattacher le sud de la péninsule, formé par le royaume des Deux-Siciles. En septembre 1860, ils soutiennent l'expédition du patriote **Giuseppe Garibaldi**, qui entraîne la fuite du souverain.
- En octobre, un **plébiscite** est organisé pour le rattachement du territoire.

> **À NOTER**
> Le **plébiscite** permet de prendre en compte le droit d'un peuple à disposer de lui-même.

II. L'affirmation du patriotisme italien

Les Napolitains ont fait un **accueil triomphal** à Garibaldi. Sur le document, différents éléments montrent leur volonté de participer à l'unification de l'Italie : l'attitude enthousiaste des électeurs, le drapeau tricolore (vert, blanc, rouge) symbolisant la nation italienne, les monogrammes VE (Victor-Emmanuel) et GG (Giuseppe Garibaldi) ; les inscriptions « *Viva l'unita di Italia* » (« Vive l'unité de l'Italie ») et « *Viva Vittorio Emmanuel Re d'Italia* » (« Vive Victor-Emmanuel roi d'Italie »).

III. Une étape décisive de l'unité italienne

Le « oui » au plébiscite permet le **rattachement** au Piémont-Sardaigne du plus vaste État italien. Dès 1861, Victor-Emmanuel II est **proclamé roi d'Italie**. Cependant, le processus d'unification reste inachevé : Rome et sa région sont encore sous souveraineté pontificale ; la Vénétie demeure occupée par les Autrichiens.

[Conclusion] Ainsi, le rattachement du royaume des Deux-Siciles au Piémont-Sardaigne est une étape décisive de l'unification italienne : il s'inscrit dans une construction territoriale amorcée en 1859 ; il permet la manifestation du patriotisme italien ; il débouche sur la constitution, **encore inachevée**, d'un royaume d'Italie.

4 Le projet républicain et la société française (1870-1914)

En 1878, afin de glorifier la nouvelle République, un grand concours d'architecture est organisé. Arrivé second, le projet de Jules Dalou, *Triomphe de la République*, est réalisé pour la place de la Nation à Paris.

15 Les débuts difficiles de la IIIe République (1870-1879)

En bref *La IIIe République est proclamée le 4 septembre 1870. Née de la défaite contre la Prusse, déstabilisée par la Commune et fragilisée par les tentatives de restauration monarchiste, elle connaît des débuts difficiles. Comment la République s'impose-t-elle ?*

I Le retour de la République

1 Le contexte

- En juillet 1870, **Napoléon III** engage la France dans une **guerre contre la Prusse**. L'armée française est défaite à Sedan, le 2 septembre. Le territoire est envahi et l'empereur fait prisonnier. Le Second Empire ne survit pas à ce désastre militaire. **La République est proclamée le 4 septembre**.
- Face à l'avancée des Prussiens, un **gouvernement de Défense nationale** est constitué. **Gambetta** veut poursuivre la guerre mais il se heurte à l'hostilité des campagnes et des modérés du gouvernement.
- Aux élections législatives du 8 février 1871, les monarchistes, favorables à la paix, l'emportent largement. Ils désignent **Thiers** comme **chef du pouvoir exécutif**.
- Au **traité de Francfort,** signé le **10 mai 1871**, la France cède l'Alsace et une partie de la Lorraine à la Prusse. Elle doit aussi lui verser une indemnité de 5 milliards de francs.

2 La Commune de Paris, une tentative de République sociale

- Les Parisiens, éprouvés par le siège des Prussiens, refusent les négociations de paix. Le 18 mars 1871, ouvriers et artisans s'insurgent. Ils s'installent à l'Hôtel de Ville et proclament la Commune de Paris. C'est une **démocratie directe** qui vise à instaurer une **République sociale**, dans la continuité de 1848. Le climat est insurrectionnel.

> **MOT CLÉ**
> Une **République sociale** est un régime qui combine à la fois une démocratie libérale et une politique de réduction des inégalités sociales.

- Le gouvernement et l'Assemblée installés à Versailles envoient une **armée commandée par Mac-Mahon**. La reconquête de Paris s'achève par la **semaine sanglante** (21-28 mai 1871). Une terrible répression anéantit le mouvement ouvrier.

II Une République encore incertaine

1 Une République conservatrice

- Thiers, favorable à la monarchie au début de sa carrière, se prononce en faveur d'une République. L'Assemblée le pousse alors à la démission et élit, le 24 mai 1873, le monarchiste Mac-Mahon à la présidence.

■ Le gouvernement est confié au **duc de Broglie**, chargé de rétablir un **ordre moral**. La fonction publique est épurée, la liberté de la presse réduite et le Sacré-Cœur de Montmartre est bâti pour expier les « crimes » de la Commune.

MOT CLÉ
L'**ordre moral** est une politique conservatrice. Son objectif est de rétablir des valeurs d'ordre et de hiérarchie, en s'appuyant sur l'Église catholique et l'armée.

2 Les progrès républicains

■ Les monarchistes sont divisés. Le **comte de Chambord** est discrédité par son refus des principes de 1789 et son attachement au drapeau blanc.

■ En **1875, trois nouvelles lois constitutionnelles** établissent une **République parlementaire** où le président de la République dispose de pouvoirs étendus.

■ Pour enrayer la progression du sentiment républicain, Mac-Mahon pousse le président du Conseil, **Jules Simon**, à démissionner. Il prononce ensuite la dissolution de la Chambre des députés.

■ Cependant, une nouvelle majorité républicaine est élue à l'Assemblée. Puis en 1879, le Sénat devient républicain. Mac-Mahon démissionne. Il est remplacé par le républicain **Jules Grévy**. La République est victorieuse.

zoOm

Les institutions de la IIIe République

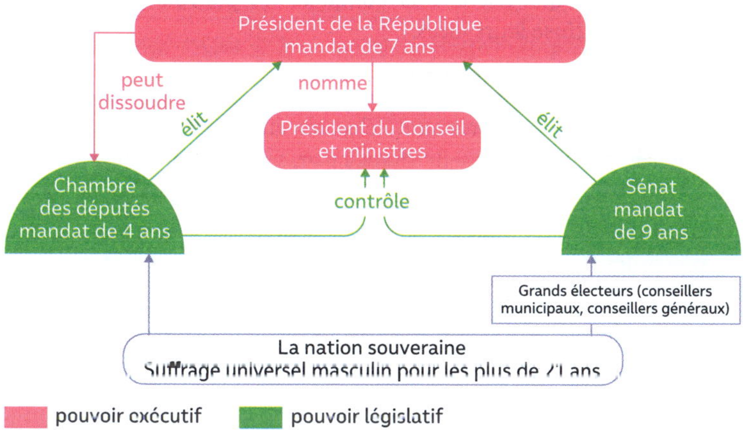

■ Les Assemblées élisent le président de la République et contrôlent le gouvernement. Le président de la République dispose de pouvoirs étendus.

■ Deux lectures des lois sont possibles : l'une conduisant à un pouvoir exécutif fort, voire à une restauration, l'autre à un régime parlementaire.

16 L'installation de la République

En bref *Les Républicains au pouvoir à partir de 1879 se qualifient eux-mêmes d'opportunistes. Ce sont des modérés qui veulent rallier les paysans et la bourgeoisie à la République. Ils s'opposent à une droite royaliste et à une gauche radicale voire socialiste. Comment consolident-ils la République ?*

I L'affirmation des libertés fondamentales

1 De nouvelles libertés collectives

MOT CLÉ
La **démocratie libérale** est un régime politique associant le principe d'égalité (démocratie) et celui de liberté (libéralisme). L'État doit garantir la liberté du citoyen, avant de chercher à réduire les inégalités sociales.

- La République est associée au rétablissement des libertés fondamentales que le Second Empire avait supprimées. Les Républicains souhaitent consolider la **démocratie libérale**.
- Les lois de 1881 élargissent les libertés publiques : la liberté de réunion et de la presse sont rétablies.
- En 1884, la loi Waldeck-Rousseau autorise les syndicats, accordant ainsi au monde ouvrier la possibilité légale de s'organiser et de défendre ses intérêts.
- La loi de 1901 institue la liberté d'association. Elle permet le développement des partis politiques qui visent à la conquête du pouvoir par les élections. La presse politique diffuse leurs idées.

2 Des libertés locales rétablies

- La loi municipale de 1882 restaure l'élection du maire et de ses adjoints par le conseil municipal. Paris conserve un statut à part, sous l'autorité du gouvernement.
- Les libertés publiques et le suffrage universel font du maire et du député les principaux personnages politiques. Le député défend les intérêts de sa circonscription auprès des ministères.
- Le débat démocratique gagne les campagnes grâce au développement du chemin de fer et à l'essor de la presse (*Le Petit Journal* : 700 000 exemplaires dès 1882).

II L'unification de la nation

1 L'école et l'armée, piliers de la République

- Un service militaire universel de trois ans est établi en 1889. C'est une armée de masse qui se met en place.
- Les Républicains accordent la plus grande importance à l'enseignement. Jules Ferry modifie les programmes scolaires et établit dans les départements des écoles

normales pour former des instituteurs (1879). Tous ces progrès visent à diffuser l'instruction, former des citoyens et diffuser les valeurs républicaines lors des leçons de morale.

■ Ferry rend l'enseignement public gratuit (1881), obligatoire de six à treize ans et laïc (1882). La loi Camille Sée (1880) met en place un enseignement secondaire féminin.

MOT CLÉ
Selon le principe de **laïcité**, toute influence et tout signe d'appartenance religieuse sont exclus de l'enseignement public, ainsi que de l'administration et de l'exercice du pouvoir politique.

2 Les symboles de la République

■ Le souvenir de la Révolution est honoré. La *Marseillaise* redevient hymne national et le 14 juillet est institué fête nationale. La Chambre des députés et le Sénat sont transférés à Paris. Dans les mairies et sur les places des villages sont installés des statues et bustes de Marianne.

■ À l'occasion des funérailles de personnalités républicaines sont organisées d'imposantes cérémonies populaires, comme pour Victor Hugo ou Louis Pasteur.

■ Les expositions universelles de 1878, 1889 et 1900 sont l'occasion de célébrer dans un même mouvement le progrès technique et la République.

zoOm

Les funérailles nationales de Victor Hugo

Georges-François Guiaud, *Funérailles de Victor Hugo, le catafalque sous l'Arc de triomphe*, aquarelle, 1885, musée Carnavalet

■ L'écrivain français meurt à Paris, le 22 mai 1885. Opposant au Second Empire et porte-parole des pauvres, il reçoit un hommage national. Plus de deux millions de personnes assistent aux funérailles.

■ Son cercueil est exposé une nuit sous l'Arc de Triomphe. Le lendemain, une procession le conduit au Panthéon. L'inscription « Aux grands hommes, la Patrie reconnaissante » est alors rétablie.

17 La République entre contestations et enracinement

En bref *Dans un contexte de difficultés économiques et de scandales politiques, la République doit affronter de fortes oppositions et de nombreuses crises. Comment les Républicains parviennent-ils à consolider le régime alors même qu'il est contesté ?*

I La République contestée

1 La droite combat la République parlementaire

- Les années 1885-1889 sont marquées par des scandales politiques dans un contexte de crise sociale. Les Républicains sont discrédités, l'**antiparlementarisme** se développe dans l'opinion.

MOT CLÉ
L'**antiparlementarisme** désigne l'opposition au régime parlementaire, considéré comme favorisant la corruption et l'instabilité ministérielle.

- Le populaire général Boulanger rassemble une coalition de mécontents (bonapartistes, nationalistes et monarchistes). Plusieurs fois élu député, il réclame une révision de la Constitution et l'instauration d'un pouvoir exécutif fort.
- Un courant nationaliste s'est développé. L'Action française de Charles Maurras attire de jeunes militants et des intellectuels qui souhaitent un retour à la monarchie.

2 La gauche attaque une République « bourgeoise »

- L'antiparlementarisme est relancé avec le scandale de Panama (1892) : des hommes politiques ont été corrompus par la compagnie qui gère le percement de l'isthme entre les océans Pacifique et Atlantique.
- Les anarchistes prônent l'action directe : une bombe est jetée à l'Assemblée nationale en 1893 et le président Sadi Carnot est assassiné en 1894. Le gouvernement répond à ces actes par des lois répressives qualifiées de « scélérates » par l'opposition.

II L'affaire Dreyfus, une épreuve pour la République

1 Une affaire d'espionnage, une erreur judiciaire

- En 1894, un officier juif alsacien, le capitaine Dreyfus, est accusé d'avoir livré des secrets militaires à l'Allemagne. Il est condamné à la prison à vie et déporté au bagne de Cayenne.
- En 1896, l'innocence d'Alfred Dreyfus est prouvée. Cependant, l'armée, au nom de la raison d'État, refuse la révision du procès.

2 Des Français divisés

- En 1898, Zola publie l'article « J'accuse » dans *L'Aurore*. L'opinion publique est divisée.

- Les dreyfusards, issus surtout de la gauche, défendent les droits de l'individu. Avocats, médecins, intellectuels se rassemblent dans la Ligue des droits de l'homme.
- Face aux antidreyfusards, largement antisémites et nationalistes, un gouvernement de « défense républicaine » dirigé par Waldeck-Rousseau se met en place en 1899. Dreyfus est gracié puis réhabilité en 1906.

III La République enracinée

1 Le Bloc des gauches et la séparation des Églises et l'État

- Un Bloc des gauches arrive au pouvoir en 1902. Il regroupe socialistes et radicaux. Les radicaux sont attachés à la propriété individuelle, aux intérêts des classes moyennes et se montrent hostiles à l'Église catholique.
- La loi du 9 décembre 1905 met fin au Concordat de 1801 → FICHE 4. La loi garantit la liberté de conscience et de culte. Les biens d'Église doivent être attribués à des associations cultuelles. Leurs inventaires, commencés en 1906, suscitent une flambée de violences.

2 La question sociale

- Autour de Jean Jaurès, les socialistes se rassemblent en 1905 dans une force unique, la SFIO (Section française de l'Internationale ouvrière). Ils réclament une République sociale. Le syndicat révolutionnaire CGT (Confédération générale du travail) est fondé en 1895 afin de donner le pouvoir au prolétariat.
- Face aux revendications ouvrières, Georges Clemenceau, président du Conseil de 1906 à 1909, brise les grèves. Mais des réformes sociales sont aussi votées : repos hebdomadaire, retraite ouvrière, impôt sur le revenu.

zoOm

Une politique anticléricale ferme

- Ancien séminariste puis médecin, Émile Combes (1835-1921) devient président du Conseil en 1902. Il mène une politique anticléricale, destinée à réduire la puissance de l'Église catholique dans la société civile.
- Cette caricature nous présente le président du Conseil sous des traits diaboliques. Le peintre apporte ici son soutien aux adversaires catholiques du Bloc des gauches.

Alphonse Colomb, dit Moloch, *Émile Combes,* huile sur toile, 1903, musée Jean-Jaurès, Castres

18 Une société française transformée

En bref *Cette période que les Français qualifièrent* a posteriori *de « Belle Époque » apparaissait alors comme synonyme de prospérité. Les Français étaient unis dans la célébration du progrès. Comment la société française s'est-elle transformée sous la IIIe République ?*

I L'industrialisation et les progrès techniques

1 La Belle Époque : une période de croissance économique

- À partir de 1895, l'économie connaît une période de croissance. Le France est la 4e puissance économique mondiale et Paris, la 2e place financière au monde.
- La seconde révolution industrielle permet de nombreux progrès. L'électricité change la vie quotidienne. La France domine dans des secteurs pionniers comme l'automobile et le cinéma.

2 À la conquête des nouvelles techniques

- Les Français s'enthousiasment pour la naissance de l'aviation : Louis Blériot traverse la Manche en 1909. Les progrès techniques se voient aussi à Paris : inauguration de la tour Eiffel (1889) et de la première ligne de métro (1900).
- Le succès des expositions universelles (1889 et 1900) manifeste le rayonnement mondial de la France.

II Une population entre déclin et renouveau

1 La situation démographique de la France

- La France, amputée de l'Alsace et de la Lorraine, compte près de 40 millions d'habitants en 1914. Elle est loin derrière l'Allemagne (66 millions d'habitants).
- Le pays est marqué par le **malthusianisme**. Son taux de natalité est le plus bas d'Europe. Certains s'inquiètent pour la puissance économique et militaire du pays et appellent à un réflexe nataliste.

> **MOT CLÉ**
> Selon le **malthusianisme** (de Robert Malthus, 1766-1864), l'augmentation trop rapide de la population, par rapport à celle des moyens de subsistance, rend nécessaire la limitation des naissances.

2 L'immigration et la place des étrangers

- L'immigration apparaît comme une solution face au déclin démographique. La loi de 1889 l'encourage en établissant le droit du sol. La France compte plus d'un million d'immigrés en 1914.
- Originaires de Belgique, d'Italie ou d'Espagne, les étrangers se concentrent dans les régions industrielles, aux frontières et autour de Paris.

- Cet afflux provoque des **réflexes xénophobes**, en particulier par les ouvriers, qui leur reprochent d'accepter de bas salaires.

III Les mobilités géographiques et sociales

1 L'exode rural

Les campagnes sont **désenclavées** par le développement des transports, le service militaire, l'école et la presse quotidienne. **La ville fascine** et encourage **l'exode rural**, notamment depuis la Bretagne et le Massif central. Des jeunes filles s'installent comme domestiques. Les ouvriers agricoles sont attirés par les salaires de l'usine.

2 L'affirmation de la bourgeoisie et l'essor des classes moyennes

- Les valeurs de la bourgeoisie sont devenues les **valeurs dominantes** d'une société qui croit à la **réussite par le travail**, l'**épargne** et l'**éducation**.
- Les familles de la grande bourgeoisie s'allient à celle de la noblesse. Cette haute société mène un train de vie somptueux, influence l'opinion publique et les responsables politiques.
- La bourgeoisie est un **modèle à atteindre pour les classes moyennes** (fonctionnaires, employés et travailleurs indépendants) qui rêvent d'ascension sociale. Ces couches nouvelles, formées par l'école républicaine, sont l'**assise du régime**.

zoOm

L'exposition universelle de 1900

Lucien Baylac, *Vue panoramique de l'Exposition universelle de 1900*

- En 1900, Paris est peuplé de 3 millions d'habitants. « Ville lumière », elle attire peintres, musiciens et écrivains internationaux.
- Pour l'exposition universelle, les Grand et Petit Palais, les gares de Lyon, des Invalides et d'Orsay et la première ligne de métropolitain sont construits. Avec plus de 48 millions de visiteurs, c'est un succès !

19 Les limites à l'intégration républicaine

En bref *Les Républicains au pouvoir ont cherché à réduire les inégalités sociales. Pourtant la cohésion nationale est inachevée en 1914. Quelles inégalités et tensions demeurent dans la société française ?*

I L'évolution de la place des femmes

1 Le travail féminin

- La société française reste **patriarcale**. Une femme est d'abord une épouse et une mère. Ouvrières dans l'industrie textile, les femmes s'orientent peu à peu vers le **tertiaire** (employées de magasin, domestiques, institutrices...).
- Les femmes commencent à accéder aux diplômes supérieurs et aux métiers réservés aux hommes. En 1906, **Marie Curie** est la première femme à enseigner à la Sorbonne. Cependant, les salaires féminins sont inférieurs de 50 % aux salaires masculins en 1913.

2 Le mouvement féministe

- Hubertine Auclert et Marguerite Durand revendiquent des droits civils et le droit de vote. Ce sont les **suffragettes**. Madeleine Pelletier plaide en faveur d'une réelle égalité des sexes mais reste marginale.
- Une majorité d'hommes refuse de leur accorder le droit de vote, prétextant que leur soumission au clergé pourrait en faire des ennemies de la République.

II Les difficultés du monde rural

1 Le modèle rural français

- Le poids de la paysannerie est considérable (55 % de ruraux en 1911). La petite propriété paysanne apparaît comme le modèle économique et social.
- Les républicains ont veillé à se rallier les campagnes. La paysannerie apprécie la stabilité économique et politique, les progrès sociaux.
- L'agriculture est protégée de la concurrence étrangère par les tarifs **protectionnistes** (1892).

MOT CLÉ
La politique **protectionniste** consiste à protéger l'économie d'un pays contre la concurrence étrangère au moyen de mesures tarifaires (droits de douane) et non tarifaires (quotas, subventions...).

2 Les mutations dans les campagnes

- Le Nord connaît une certaine **modernisation** (mécanisation et engrais chimiques). Le Sud et l'Ouest conservent des pratiques agraires traditionnelles, les rendements sont plus faibles.

■ Les conditions de vie et de travail des ouvriers agricoles restent particulièrement difficiles. Ils sont nombreux à migrer vers la ville.

■ En 1907, dans le Languedoc, une crise de surproduction viticole entraîne une violente révolte. Les manifestations sont réprimées par le gouvernement.

III La question ouvrière et le mouvement ouvrier

1 Des conditions de vie difficiles

■ Un prolétariat se développe avec des ouvriers non qualifiés, travaillant en usine. Une conscience de classe naît d'un sentiment d'exploitation et de conditions de vie précaires. Elle entraîne la formation de syndicats et des grèves.

■ Les revenus progressent lentement et donnent accès à une nourriture plus variée, des divertissements, des logements plus sains, en banlieue notamment.

2 La question sociale

■ À partir de 1904, la France connaît une vague de grèves sans précédent. Elles font parfois suite à des catastrophes (explosion de la mine de Courrières, plus de 1 000 morts, 1906). Les réformes sociales restent timides : lois sur les retraites, congé hebdomadaire en 1906. Les conditions de sécurité s'améliorent avec la loi de 1898 sur les accidents de travail.

■ Des patrons pratiquent une politique **paternaliste** et garantissent aux ouvriers des logements (Schneider, patron des usines métallurgiques du Creusot).

MOT CLÉ

Le **paternalisme** est la conception selon laquelle les rapports entre patrons et ouvriers doivent être régis par les règles de la vie familiale : affection réciproque, autorité et respect.

zoOm

La fusillade de Fourmies, 1er mai 1891

■ Lors de la fête du travail, à Fourmies, une manifestation interdite d'ouvriers pacifiques tourne au drame. La troupe tire sur la foule faisant 9 victimes dont Marie Blondeau. Elle devient le symbole de cette journée : on la voit ici au centre de la gravure, portant sa branche d'aubépine.

■ Avec ce drame, le 1er mai s'enracine dans la tradition de lutte des ouvriers européens.

Couverture du *Petit Parisien illustré*, 17 mai 1891

MÉMO VISUEL

LA IIIᴱ RÉPUBLIQUE AVANT 1914

La Commune de Paris (18 mars-28 mai 1871)

- République sociale et laïque
- Démocratie directe
- Guerre civile

Le centenaire de la Révolution française

- Rayonnement du pays avec l'Exposition universelle
- La tour Eiffel, symbole de la ville-lumière
- Un service militaire pour tous

Proclamation de la République **4 sept.** 1870

Lois constitutionnelles **février** 1875

1879

1884

1889

Fusillade de Fourmies **1er mai** 1891

CONQUÊTE RÉPUBLICAINE

RÉPUBLIQUE OPPORTUNISTE

10 mai 1871 Traité de Francfort

mai 1873 Mac-Mahon président

janvier Jules Grévy président

Des libertés nouvelles

- Se réunir et publier (1881)
- Élire le conseil municipal (1882)
- Étudier (1880 à 1882)
- Se syndiquer (1884)
- Divorcer (1884)

Les mesures des radicaux

- Organisation des partis politiques (loi de 1901 sur les associations)
- Laïcisation de la République (loi de 1905 sur la séparation des Églises et de l'État)
- Loi de 1906 sur le repos hebdomadaire mais lutte contre les grèves

Création de la CGT **septembre** 1895

1898

Exposition universelle **avril-nov.** 1900

1905 1906

Entrée en guerre **août** 1914

RÉPUBLIQUE RADICALE

affaire Dreyfus 1894 - 1906

ministère Combes 1902 - 1905

ministère Clemenceau 1906 - 1909

janvier Émile Zola, « J'accuse » (1898)

juillet Réhabilitation de Dreyfus (1906)

Une République déstabilisée

- Nationalisme (crise Boulanger, 1887-1889)
- Antiparlementarisme (scandale de Panama, 1892)
- Anarchisme (attentats, 1893-1894)

SE TESTER QUIZ

Vérifiez que vous avez bien compris les points clés des **fiches 15 à 19**.

1 Les débuts difficiles de la IIIe République

→ FICHE 15

1. Qui sont les principaux acteurs de la Commune de Paris ?

☐ **a.** Les bourgeois et les militaires
☐ **b.** Les commerçants et les petits-bourgeois
☐ **c.** Les ouvriers et les artisans

2. Ont-ils été présidents sous la IIIe République ?

☐ **a.** Léon Gambetta ☐ **b.** Jules Grévy ☐ **c.** Adolphe Thiers

2 L'installation de la République

→ FICHE 16

1. Quand a été instituée la liberté d'association ?

☐ **a.** En 1881 ☐ **b.** En 1901 ☐ **c.** En 1905

2. Avec Jules Ferry, l'école primaire devient…

☐ **a.** gratuite et obligatoire ☐ **b.** laïque ☐ **c.** mixte et athée

3 La République contestée

→ FICHE 17

1. Fondé en 1895, ce syndicat révolutionnaire appelle à la lutte des classes à la Belle Époque.

☐ **a.** La SFIO ☐ **b.** La CGT ☐ **c.** FO

2. Quel écrivain prend la défense d'Alfred Dreyfus ?

☐ **a.** Maurice Barrès ☐ **b.** Paul Valéry ☐ **c.** Émile Zola

4 Une société française transformée

→ FICHE 18

1. À la Belle Époque, les immigrés sont majoritairement originaires…

☐ **a.** du Maroc ☐ **b.** de l'Italie ☐ **c.** de la Belgique

2. L'exposition universelle de 1889 a été l'occasion d'inaugurer à Paris…

☐ **a.** le métropolitain ☐ **b.** l'Arc de Triomphe ☐ **c.** la tour Eiffel

5 Les limites à l'intégration républicaine

→ FICHE 19

1. Quelle est la part des ruraux dans la France de la Belle Époque ?

☐ **a.** 35 % ☐ **b.** 55 % ☐ **c.** 75 %

2. Comment s'appelle la politique patronale organisant les relations avec les ouvriers comme des relations familiales hierarchisées ?

☐ **a.** Le patronalisme ☐ **b.** Le paternalisme ☐ **c.** Le familiarisme

S'ENTRAÎNER

6 Connaître les acteurs de la période

→ FICHES 15 à 19

Associez chaque personnage au bon événement ou à la bonne période.

Louise Michel •	• Ordre moral
Mac-Mahon •	• République radicale
Émile Combes •	• Commune de Paris
Jules Ferry •	• République opportuniste
Georges Clemenceau •	

7 Se repérer dans le temps

→ FICHES 15 à 19

Placez les événements suivants sur la frise chronologique.

a. Proclamation de la IIIe République

b. Crise de surproduction viticole dans le Languedoc

c. Loi Waldeck-Rousseau autorisant les syndicats

d. Établissement du service militaire pour les hommes

e. « J'accuse » d'Émile Zola

f. Création de la SFIO

g. Traité de Francfort

h. Loi sur les accidents du travail

i. Loi sur la liberté de la presse

j. Réhabilitation du capitaine Dreyfus

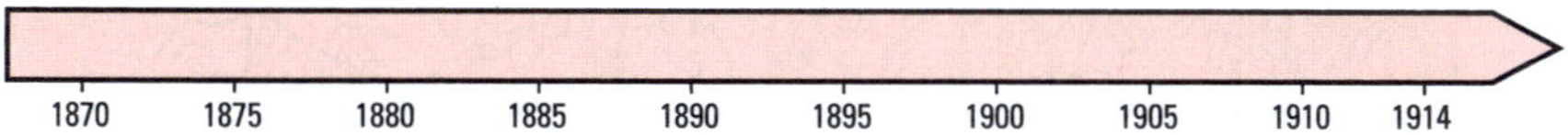

8 Réviser le cours en 8 questions flash

→ FICHES 15 à 19

1. Dans quel contexte est proclamée la IIIe République ?
2. Qu'est-ce que la loi de séparation des Églises et de l'État ?
3. Comment l'État gère-t-il la question sociale ?
4. Pourquoi la croissance démographique française est-elle ralentie ?
5. Qui détient le pouvoir législatif dans la IIIe République ?
6. Quels sont les symboles de la République ?
7. Pourquoi l'affaire Dreyfus est-elle une épreuve pour la République ?
8. Quelle est la place des femmes à la Belle Époque ?

9 Identifier le point de vue de l'auteur

→ FICHE 17

Document L'affaire Dreyfus divise les Français

« Surtout, ne parlons pas de l'affaire Dreyfus ! » et « Ils en ont parlé... »
Caran d'Ache, « Un dîner en famille », *Le Figaro*, 14 février 1898

1. Présentez le document.

CONSEIL
Pour être sûr de ne rien oublier dans votre présentation du document, posez-vous les questions : qui ? quoi ? quand ? comment ? pourquoi ? pour qui ?

2. Décrivez le document.
3. Identifiez le point de vue de l'auteur.

10 Comprendre un texte

→ FICHE 16

Document **La République au village**

On attribuait aux gouvernements qui avaient précédé celui de la République toute la misère que la campagne surpeuplée de Gâtine sans échanges et sans industrie, avait connue. On attribuait au régime républicain tout le mérite du progrès accompli. On était fier de participer, par un vote, à la gestion des affaires de l'État qu'on connaissait mal, que le député connaissait mieux, que les ministres connaissaient bien ; on n'eût renoncé pour rien au monde à participer par un vote [...] à la gestion des affaires de la commune. [...]

Tous les ans, le 14 juillet, une grande cérémonie républicaine était célébrée dans la joie. Des jeux [...] étaient installés sur la place publique. [...] Presque tous les enfants du bourg, de nombreux enfants de la campagne – même ceux des « chouans » – prenaient part aux jeux et aux courses. Et, le soir, un banquet par souscriptions ne réunissait pas moins de cent convives dans la grande salle de la mairie. [...] Une retraite aux flambeaux, un immense feu de joie auprès duquel, spontanément, on chantait *La Marseillaise*, un bal public, terminaient la fête.

Ainsi s'entretenait le sentiment républicain.

Roger Thabault (1895-1979), *Mon village. Ses hommes, ses routes, son école. 1848-1914*, Presses de Sciences Po, 1982

1. Présentez le document.

> **CONSEIL**
> Demandez-vous si l'auteur est contemporain ou non des événements racontés. Est-il témoin ou acteur ? Se contente-t-il d'informer ou souhaite-t-il exprimer un point de vue, un jugement ?

2. L'auteur oppose la République « aux gouvernements qui l'avaient précédé » (l. 1). À quels régimes politiques fait-il référence ?

3. Expliquez l'expression « tout le mérite du progrès accompli » (l. 3).

4. Quel acte politique est associé à la vie républicaine ? Quelle personnalité politique tient une place centrale pour les habitants de la région et pourquoi ?

5. Pourquoi la « grande cérémonie républicaine » (l. 9) a-t-elle lieu le 14 juillet ? Qu'est-ce qui permet l'unité villageoise lors de cette journée ?

11 Comprendre une affiche politique

→ FICHE 17

Document **Le développement du syndicalisme**

Jules Grandjouan (1875-1968), ADAGP, BDIC/MHC

1. Qu'est-ce qu'un syndicat ? Depuis quand les syndicats sont-ils autorisés en France ? Quels sont leurs moyens d'action ?

2. Présentez le document.

3. Décrivez l'affiche en mettant en valeur les contrastes.

4. Quel est l'objectif du commanditaire du document ?

OBJECTIF BAC

12 La difficile installation de la République (1870-1914) Question problématisée

1 h

Le sujet est vaste : il englobe toute la période étudiée. Vous devez bien analyser la consigne afin de cerner ce qui est en rapport avec le sujet, puis mobiliser vos connaissances et les répartir dans le plan suggéré dans l'énoncé.

LE SUJET

Dans une réponse organisée, vous présenterez la difficile installation de la République entre 1870 et 1914. Si la République connaît une naissance difficile, elle surmonte des menaces et la République radicale s'affirme.

Méthode

Dégager les enjeux d'une question problématisée

Analyser le sujet au brouillon

- Définissez les **notions clés** du sujet.
- Déterminez les **bornes chronologiques** et **spatiales** du sujet, et justifiez-les : pourquoi étudie-t-on ce sujet dans cet espace géographique et sur cette période ?
- Faites la **liste des connaissances** auxquelles le sujet fait appel.

Dégager les enjeux du sujet

Notez les questions que le sujet suscite : quels sont les enjeux ? les tensions qui s'expriment ?

Reformuler la question

- À partir de ces questions et des mots du sujet, formulez une **question unique** correspondant à l'intitulé du sujet. Cette interrogation servira de fil conducteur à l'ensemble de votre démonstration.
- Elle permet de traiter le sujet et sert de structure à votre réponse organisée. Le plan doit permettre d'y répondre.

▶▶▶ LA FEUILLE DE ROUTE

→ *Reportez-vous à la méthode détaillée de la question problématisée p. 284*

Étape 1 Analyser le sujet

La difficile installation de la République (1870-1914)

Formulation
- Une phrase affirmative
- Il faut montrer pourquoi la République s'est enracinée lentement en France

Bornes chronologiques
- 1870 : fin du Second Empire et proclamation de la République
- 1914 : la République est bien installée et entre en guerre

Type de sujet
Sujet chronologique

Notions et mots clés
- La République est un régime opposé à la monarchie
- Les détenteurs du pouvoir gouvernent la « chose publique » au nom de l'intérêt général

Étape 2 Mobiliser ses connaissances

- Notez au brouillon les idées et les faits qui vous viennent à l'esprit. Qui sont les acteurs de cette période ? Quels sont les événements marquants ? Quand se déroulent-ils ? Pourquoi ? Comment ? Avec quelles conséquences ?
- Quelles sont les forces politiques qui s'opposent à l'installation de la IIIe République ? Les partisans de l'Empire, les monarchistes…

Étape 3 Dégager les enjeux du sujet

- En **1870**, alors que le pays connaît une **débâcle militaire**, la IIIe République est proclamée. Les **monarchistes** remportent les élections législatives de 1871. L'avenir de cette jeune République semble bien incertain.
- En **1914**, les Français et la majorité de la classe politique semblent s'être ralliés au régime comme l'atteste la formation d'un **gouvernement d'Union sacrée**.
- Comment expliquer la difficile mise en place de la IIIe République puis son lent enracinement entre 1870 et 1914 ?

Étape 4 Organiser la réponse

Entre 1870 et 1914, la IIIe République se met en place par étapes et se trouve confrontée à des menaces récurrentes. Un **plan chronologique** s'impose :

I. Une naissance difficile (1870-1877)

II. La République surmonte des menaces récurrentes (1877-1899)

III. Une longue République radicale s'affirme (1899-1914)

Étape 5 Rédiger le devoir → CORRIGÉ p. 100

CORRIGÉS

SE TESTER QUIZ

1 Les débuts difficiles de la IIIe République

1. Réponse c. La Commune de Paris (mars-mai 1871) est un mouvement populaire souhaitant des réformes sociales.

2. Réponses b et c. Adolphe Thiers est le premier président de la IIIe République (1871-1873). Jules Grévy accède à cette charge en 1879 et le reste jusqu'en 1887.

2 L'installation de la République

1. Réponse b. La loi de 1901 institue la liberté d'association. Elle permet le développement des partis politiques qui visent à la conquête du pouvoir par les élections.

2. Réponses a et b. Jules Ferry rend l'enseignement public gratuit (1881), obligatoire pour les enfants de six à treize ans et laïc (1882).

3 La République contestée

1. Réponse b. La Confédération générale du travail appelle à la grève générale. Elle affirme son indépendance à l'égard des partis politiques comme la SFIO.

2. Réponse c. Émile Zola prend la défense de Dreyfus dans son article « J'accuse », en première page du quotidien L'*Aurore*. Maurice Barrès et Paul Valéry sont des écrivains antidreyfusards.

4 Une société française transformée

1. Réponses b et **c.** À la Belle Époque, les immigrés sont majoritairement originaires de la Belgique et de l'Italie. C'est une migration de proximité.

2. Réponse c. La tour Eiffel est inaugurée l'année du centenaire de la Révolution française. Le métro est inauguré en 1900.

5 Les limites à l'intégration républicaine

1. Réponse b. Le poids de la paysannerie est considérable avec 55 % de ruraux en 1911.

2. Réponse b. Le paternalisme est un concept établissant les relations entre le patron et ses ouvriers sur le modèle familial traditionnel (affection, autorité et respect).

S'ENTRAÎNER

6 Connaître les acteurs de la période

- Louise Michel : Commune de Paris
- Mac-Mahon : Ordre moral
- Émile Combes : République radicale
- Jules Ferry : République opportuniste
- Georges Clemenceau : République radicale

7 Se repérer dans le temps

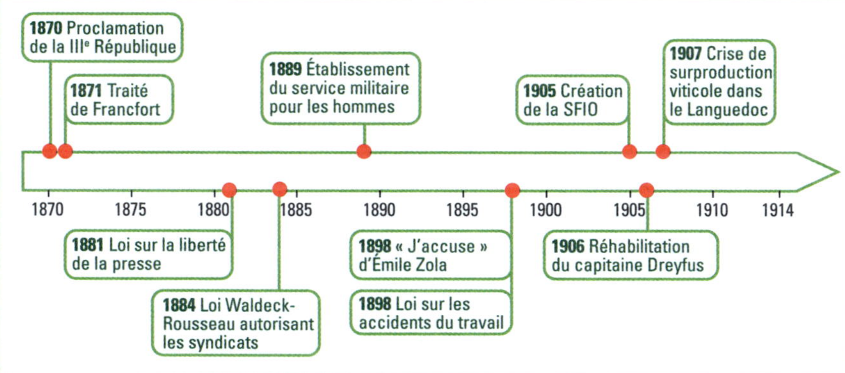

8 Réviser le cours en 8 questions flash

1. La IIIe République est proclamée alors que **la France est en guerre** contre la Prusse. L'armée est défaite, Napoléon III prisonnier et le territoire envahi.

2. La loi du 9 décembre 1905 met fin au Concordat de 1801. Elle garantit la **liberté de conscience** et de culte. La religion devient une affaire privée et la République un **État laïc.**

3. L'État réprime les manifestations et les grèves. Il laisse les patrons organiser l'aide sociale pour leurs ouvriers dans le cadre du **paternalisme**. De timides réformes sociales sont instituées.

4. La baisse de la mortalité est lente et la natalité baisse constamment. La population vieillit. La faible croissance de la population provient en partie de l'arrivée d'étrangers.

5. La **chambre des députés** et le **Sénat** forment le pouvoir législatif. Les députés sont élus par suffrage direct et les sénateurs par suffrage indirect.

6. Les symboles républicains font référence à la Révolution française. La ***Marseillaise*** est l'hymne national et le **14 juillet** est fête nationale. **Marianne** est l'allégorie de la République.

7. La condamnation d'un innocent **bafoue les droits individuels** au nom de la raison d'État. Les Français sont **divisés**. Les antidreyfusards, largement antisémites, remettent en cause la tolérance.

8. Si à la Belle Époque la place des femmes reste traditionnelle (au foyer, droits civils et civiques différents des hommes), elles sont de plus en plus nombreuses à **travailler**.

9 Identifier le point de vue de l'auteur

1. Ce dessin de Caran d'Ache est une **caricature** parue dans le journal conservateur *Le Figaro*, publié le 14 février 1898, un mois après la publication dans *L'Aurore* du « J'accuse » d'Émile Zola. L'**affaire Dreyfus** a débuté quatre ans plus tôt par la condamnation pour trahison du capitaine alsacien. Son innocence est prouvée en 1896 mais l'armée, au nom de la **raison d'État**, refuse la révision du procès.

2. La scène se déroule dans une **famille bourgeoise**. Dans la première vignette, des convives élégants s'installent à table. Le chef de famille demande à ses invités de ne pas parler de l'affaire Dreyfus. Le second dessin dépeint un grand désordre. La légende explique que ces personnes « ont parlé » de l'Affaire Dreyfus.

3. La caricature illustre la scission qui s'est produite dans la société française en raison de l'affaire Dreyfus. Face au risque de chaos, Caran d'Ache privilégie l'ordre et la cohésion. Mieux vaudrait selon lui ne plus parler de l'Affaire : le dessinateur est **antidreyfusard**.

10 Comprendre un texte

1. Le document proposé est de **nature textuelle**. Il est composé d'extraits d'un livre biographique sur l'enfance rurale du narrateur, Roger Thabault. L'extrait nous présente l'**enracinement des idées républicaines** dans son village à la Belle Époque.

2. Roger Thabault fait référence ici à l'Ancien régime mais aussi aux différentes Restaurations (1815-1848) et Empires (1804-1815, 1852-1870).

3. La République est identifiée au **progrès matériel, social et politique**. La IIIe République a apporté de nouvelles libertés collectives et des droits → FICHE 16. Les campagnes ont été **désenclavées** par le développement des transports, le service militaire, l'école et la presse quotidienne → FICHE 18.

4. Le vote au **suffrage universel masculin** a été mis en place en 1848 sous la Seconde République. La citoyenneté s'exerce d'abord à l'échelle locale. Le **maire** du village est le personnage central. Le **député** est le relais des villageois au niveau national.

5. Le 14 juillet est la **fête nationale** depuis 1879. Elle commémore la prise de la Bastille, l'entrée du peuple en scène contre l'arbitraire royal → FICHE 16. Presque tous les enfants se rassemblent autour des jeux et courses alors que la région est encore très marquée par la **guerre civile**. Sous la **Terreur**, dans l'Ouest de la France, les révolutionnaires se sont battus contre les monarchistes, appelés « chouans » dans le texte (l. 12). Les adultes se retrouvent autour de festivités ludiques (« bal », l. 16, « feu de joie », l. 15) et de temps politiques (le « banquet » l. 13 ou le chant de l'hymne national, *La Marseillaise*, l. 15).

> **CONSEIL**
> Ce document fait appel à des connaissances issues d'autres chapitres du programme : montrez que vous les maîtrisez.

11 Comprendre une affiche politique

1. Un **syndicat** est une association de personnes ayant pour but la défense d'intérêts communs. Les syndicats sont autorisés depuis **1884**, c'est la **loi Waldeck-Rousseau**. Les syndicats essayent de **négocier avec le patronat**, appellent à la **grève** et organisent des **manifestations**.

2. Le document proposé est de **nature iconographique**. C'est une affiche politique commandée par le syndicat national des chemins de fer. Le dessinateur est Jules Grandjouan. Le contexte est celui du développement du chemin de fer et du syndicalisme.

3. Trois zones se dégagent. **À gauche,** huit gros personnages jaunes sortent de la gare « Sainte Touche ». Ils sont énormes, jaunes et ronds comme des pièces d'or ou des ballons de baudruche. Ils portent des chapeaux hauts de forme. Leurs fonctions et salaires sont indiqués sur leur ventre. Ce sont les dirigeants du réseau ferroviaire. L'opulence de ces personnages contraste avec la misère de la foule **à droite**. Pauvrement vêtus, abattus physiquement, les employés exercent sur le terrain les métiers nécessaires au fonctionnement du réseau ferroviaire. Leur pauvreté est accentuée par l'absence de couleur. **Au centre**, séparant ces deux catégories sociales se trouve un fond rose. Une question interpelle le lecteur. La répétition des verbes « risquer » et « avoir » avec le déplacement de la négation renforce le message. Cette situation, pour le syndicat, est injuste.

> **CONSEIL**
> Soyez précis lorsque vous décrivez une image.

La perspective nous conduit vers la gare, point de fuite de l'image. Elle est signe de **modernité**, avec son horloge et ses fils électriques. Deux trains à vapeur circulent sur des voies. Le nom du syndicat, en lettres rouges, couleur de la révolution, se dégage du fond clair.

4. Le syndicat souhaite émouvoir et révolter les nombreux employés du rail. Il les incite à se syndiquer afin qu'unis, ils soient plus forts et puissent obtenir des **améliorations de leurs conditions de travail** et des **revalorisations salariales**.

OBJECTIF BAC

12 Question problématisée

[Introduction] Comment expliquer la difficile mise en place de la IIIe République ainsi que son lent enracinement entre 1870 et 1914 ? La naissance de la République est difficile [I]. Le régime s'enracine entre 1879 et 1899 [II] puis connaît son apogée au début du xxe siècle [III].

I. La naissance difficile de la IIIe République

■ Le 4 septembre 1870, alors que le pays est en guerre, les républicains proclament la IIIe République. Mais une assemblée législative monarchiste est élue le 8 févier 1871, et le traité de Francfort signé avec l'Empire allemand a pour effet la perte de l'Alsace-Moselle. S'estimant trahie, l'extrême-gauche parisienne, s'appuyant sur les ouvriers et les artisans, proclame la **Commune de Paris**. Écrasée le 28 mai 1871, celle-ci laisse la place à un **gouvernement monarchiste et réactionnaire**.

■ En 1875, trois lois constitutionnelles établissent une **République parlementaire avec un pouvoir exécutif fort**. Menés par Ferry et Gambetta, les républicains emportent les élections à la Chambre des députés, au Sénat puis, en 1879, à la présidence.

II. La République surmonte des menaces récurrentes (1877-1899)

■ Le Parlement vote une série de **lois démocratiques** : liberté de la presse et liberté de réunion (1881), libre formation des syndicats (1884), associations et partis politiques (1901).

■ Les républicains souhaitent l'instruction pour tous et limiter le rôle de l'Église. Ferry rend l'**enseignement public, laïc et obligatoire**. La République adopte des symboles révolutionnaires, diffusés sur tout le territoire.

■ Les années 1885-1889 sont marquées par des **scandales politiques** (Panama) et des menaces (boulangisme). L'**affaire Dreyfus** divise les Français de 1894 à 1906. Elle révèle l'antisémitisme et le nationalisme des antidreyfusards.

III. Une longue République radicale s'affirme (1899-1914)

■ La victoire républicaine confirme l'enracinement du régime. Les paysans et les classes moyennes, formés par l'école républicaine et le service militaire universel, en sont l'assise.

■ En 1905, à l'initiative de républicains anticléricaux, le Parlement vote la **séparation des Églises et de l'État**. Désormais, la France est un **État laïc**.

■ Les syndicats révolutionnaires (CGT) et le parti socialiste (SFIO) luttent pour l'**amélioration de la condition ouvrière**. Face à ces revendications, Clemenceau, président du Conseil de 1906 à 1909, brise les grèves. Mais des **réformes sociales** sont aussi votées : repos hebdomadaire, retraite ouvrière, impôt sur le revenu.

[Conclusion] À peine née, la République est menacée par ses adversaires (1870-1877). Face aux menaces récurrentes, le régime se consolide et met en place son modèle républicain (1877-1899). Dans un contexte social tendu, la République s'enracine à la Belle Époque (1899-1914).

5 Métropole et colonies

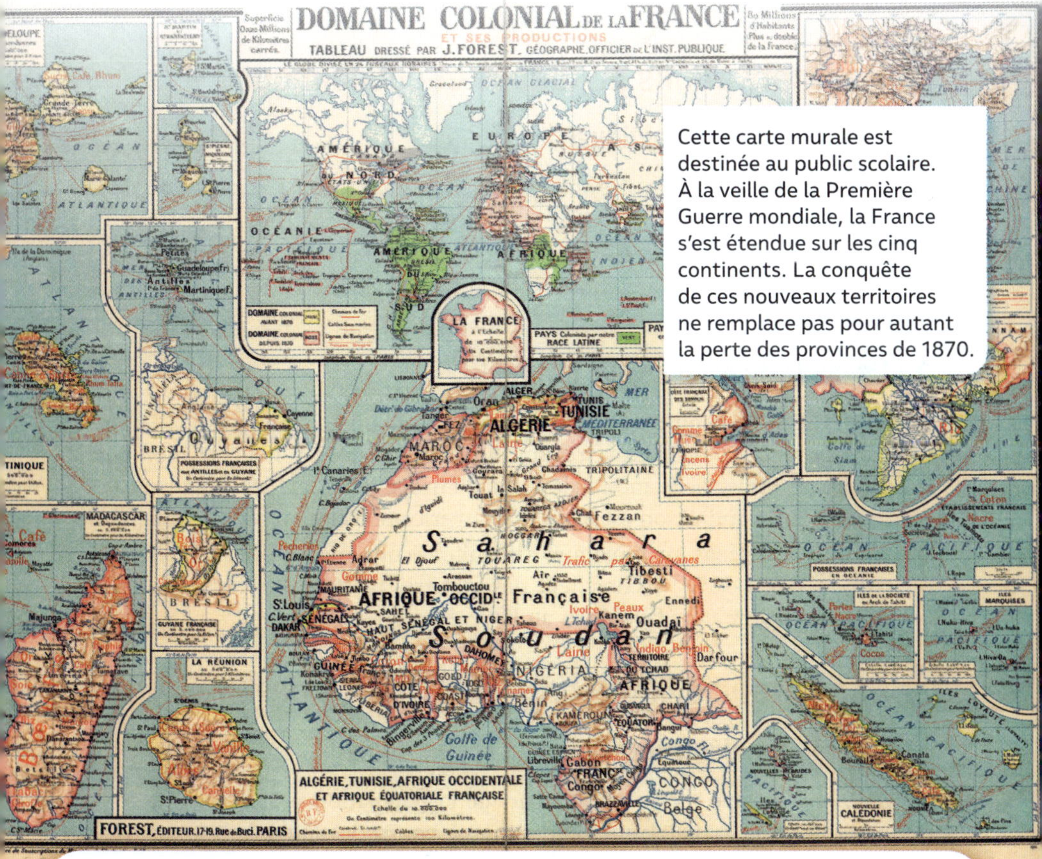

Cette carte murale est destinée au public scolaire. À la veille de la Première Guerre mondiale, la France s'est étendue sur les cinq continents. La conquête de ces nouveaux territoires ne remplace pas pour autant la perte des provinces de 1870.

20 Les causes de l'expansion coloniale

En bref *L'expansion coloniale se développe à partir de 1880, lorsque les républicains opportunistes sont au pouvoir. Quels sont les fondements et les acteurs de l'expansion coloniale française ?*

I Des motivations politiques et économiques

1 Des fondements politiques

■ En France, l'expansion outre-mer est un moyen d'**effacer l'humiliation de la défaite de 1870** contre la Prusse.

■ La politique coloniale de **Gambetta** et de **Ferry** témoigne de la hantise du déclin, de l'obsession du rang mondial de la France qui est au cœur du **nationalisme** depuis 1871.

2 Un contexte économique favorable

■ Dans la seconde moitié du XIXe siècle, la domination économique de l'Europe s'accentue grâce à l'essor de la **révolution industrielle**. En 1914, la moitié de la production industrielle mondiale vient d'Europe ainsi que les deux tiers des échanges. Cette domination est liée à une supériorité technique et scientifique.

■ Les États européens en proie aux difficultés économiques liées à la **Grande dépression** (1873-1896) recherchent des matières premières et des débouchés. Les économies sont alors favorables au **libre-échange**.

II Démographie, intérêt scientifique et « devoir moral »

1 Des raisons démographiques et scientifiques

■ En 1914, l'Europe représente le quart de la population mondiale. Une forte fécondité liée à la **transition démographique** pousse les Européens à quitter le continent. La France est moins touchée par ce phénomène.

■ Les **sociétés de géographie** financent des expéditions. Les scientifiques s'intéressent à la découverte de territoires jusque-là inconnus. **Savorgnan de Brazza**, officier et explorateur français, mène trois expéditions en Afrique.

INFO + **Deux personnages clés**

- **Jules Ferry**, deux fois président du Conseil (1880-1881 et 1883-1885), établit le protectorat sur la Tunisie puis lance la conquête du Tonkin (nord du Vietnam).
- **Georges Clemenceau**, député radical, s'oppose violemment à la politique coloniale de Ferry. Ses arguments sont économiques, nationalistes et humanistes.

J. Ferry (1832-1893)

G. Clemenceau (1841-1929)

2 La bonne conscience de « l'homme blanc »

■ Les Européens sont convaincus de leur **mission civilisatrice**. C'est le « fardeau de l'homme blanc » dont parle le poète britannique Kipling.

■ L'Église connaît une intense activité **missionnaire** en Afrique alors que son emprise diminue sur les sociétés européennes. La congrégation **Notre-Dame d'Afrique** est fondée par le cardinal Lavigerie en 1868.

III Le débat colonial

1 Convaincre l'opinion politique

■ De puissants **groupes de pression** se forment, comme le **parti colonial**. Ils rassemblent des députés de gauche et de droite, des industriels et des hommes d'Église pour appuyer le développement des empires coloniaux.

■ L'opposition à la colonisation est alors le fait de la **droite nationaliste** et des **radicaux** comme Georges Clemenceau qui redoutent que l'expansion coloniale détourne la France de la revanche.

■ Les **milieux politiques** se rallient à partir de 1890. Les socialistes eux-mêmes admettent la validité d'une colonisation apportant les bienfaits de la civilisation.

2 Convaincre l'opinion publique

■ Les groupes de pression cherchent à convaincre l'opinion. L'**Exposition universelle** de Paris en 1889 met en valeur l'empire colonial.

■ Après 1890, l'opinion publique accepte l'expansion coloniale par nationalisme et patriotisme ou dans une certaine indifférence teintée de curiosité.

zoOm

L'action des missionnaires

■ Les Églises encouragent l'expansion coloniale afin d'**évangéliser les populations** et de **lutter contre l'esclavage**.

■ Des congrégations missionnaires sont créées. Les religieux christianisent les populations. Ils s'occupent aussi de les **éduquer** et de les **soigner**.

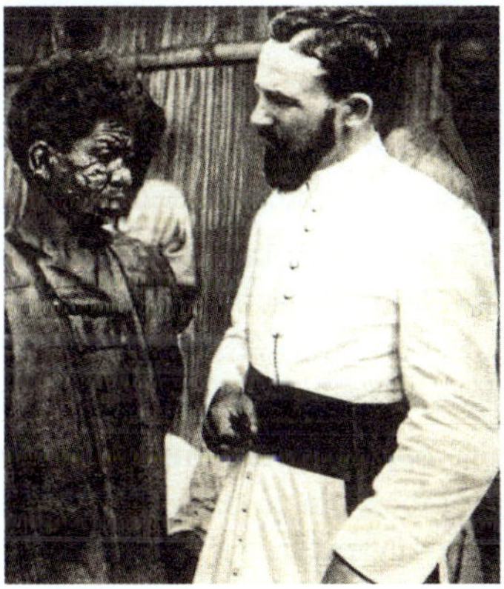

Missionnaire avec un patient atteint de la lèpre, Madagascar, vers 1920

21 La constitution d'empires coloniaux

En bref *En 1914, la France possède le second empire colonial, derrière la Grande-Bretagne. D'une superficie de 10 millions de km² et regroupant 55 millions d'habitants, cet empire s'étend sur les cinq continents. Comment s'est constitué l'empire colonial français ?*

I Les étapes de l'expansion coloniale

1 L'empire colonial français en 1870

- Au milieu du XIXe siècle, la colonisation marque un temps d'arrêt. L'esclavage et la traite négrière sont abolis, ce qui entrave l'**économie de plantation**. La conquête de l'Algérie amorcée en 1830 est décidée sans enthousiasme et se heurte aux réticences de l'opinion.
- Sous le Second Empire, les Français renforcent leur présence en Afrique de l'Ouest (Sénégal, 1854), dans le Pacifique (Nouvelle-Calédonie, 1853), en Asie (Cochinchine, 1862). En 1870, l'Empire colonial couvre 900 000 km².

2 La « course aux colonies »

- La possession de l'Algérie amène la France à achever la conquête du Maghreb. La France s'établit en **Tunisie** (1881), aux dépens de l'Italie, et au **Maroc** (1912).
- Brazza (1875-1884) prend possession des territoires situés sur la **rive droite du Congo**. Le Soudan, le Dahomey et Madagascar sont conquis à la fin du siècle.
- En Extrême-Orient, sous l'impulsion de Jules Ferry, la France s'installe au **Tonkin**. En 1885, l'**Indochine** est sous souveraineté française.

II Impérialisme et tensions internationales

- L'**impérialisme** devient un **enjeu de puissance** entre États européens. La **conférence de Berlin** (1884-1885) tente d'organiser le partage de l'Afrique et de moraliser la colonisation. Ce continent est presque entièrement colonisé en 1914.
- L'essor colonial engendre des **rivalités**. En 1898, Français et Anglais s'opposent à **Fachoda,** pour l'occupation du Soudan. Face à un risque de guerre, la France abandonne ses prétentions sur le bassin du Nil.
- L'empereur **Guillaume II** veut empêcher les Français d'étendre leur influence au Maroc. À la suite des **crises de Tanger** en 1905-1906 et d'**Agadir** en 1911, le Maroc revient à la France. En échange, des territoires français sont accordés à l'**Allemagne** en Afrique centrale.

MOT CLÉ
Au XIXe siècle, l'**impérialisme** qualifie la domination culturelle, politique, économique et militaire exercée par les nations industrialisées sur les autres États, notamment par la conquête coloniale.

III Une domination aux modalités diverses

1 Les formes d'administration

■ La plupart des territoires sont des **colonies d'exploitation**. Placées sous la souveraineté française, elles ne comptent qu'une faible population européenne.

■ La République recourt également au régime du **protectorat** en maintenant les institutions et un gouvernement autonome (Tunisie, Maroc, Cambodge ou Laos).

MOT CLÉ

Un **protectorat** est un territoire ou un État dépendant d'une métropole, mais qui possède ses propres institutions et un gouvernement autonome.

2 Assimilation ou association des peuples colonisés ?

■ L'**assimilation** est la doctrine officielle de la IIIe République. Elle devait conduire les indigènes à adopter progressivement la langue, la culture, les valeurs de la métropole et leur permettre d'obtenir l'égalité juridique avec les citoyens français.

■ La **politique d'association** est privilégiée par les Anglais. Elle reconnaît les particularismes des peuples soumis et cherche à les associer plus activement au développement de la colonie.

3 L'Algérie, une colonie de peuplement

■ L'Algérie accueille de nombreux colons européens. Beaucoup exploitent des terres comme les Alsaciens et Lorrains, arrivés après 1870.

■ Elle est organisée en **trois départements français** et dépend du ministère de l'Intérieur. Les colons obtiennent une représentation au Parlement.

zoOm

La crise de Fachoda (1898)

■ Le 18 septembre 1898, la mission française de Marchand partie de Dakar pour Djibouti se retrouve à Fachoda face à l'expédition anglaise reliant Le Caire au Cap. Les Français doivent se retirer. Cette illustration parodique témoigne de l'**humiliation** et de l'**échec de l'expédition**.

■ Les tensions s'apaisent en 1904. L'Entente cordiale avec l'Angleterre reconnaît les droits de la France au Maroc contre la renonciation de ses prérogatives en Égypte.

Le Petit Journal, supplément illustré, Une du n° 418, 20 novembre 1898

22 Le fonctionnement des sociétés coloniales

En bref *Les sociétés coloniales sont composées d'indigènes, de colons, de missionnaires, de militaires et de fonctionnaires de la métropole. Comment fonctionnent les sociétés coloniales ?*

I Des sociétés organisées par et pour la métropole

1 Des statuts sociaux hiérarchisés

- En Algérie, Arabes et Kabyles sont soumis au **Code de l'indigénat** (1881). En revanche, le décret Crémieux (1870) naturalise les Juifs algériens. Les étrangers européens d'Algérie sont naturalisés automatiquement dès 1889.
- Le Code de l'indigénat est généralisé à toutes les colonies françaises en 1887. Citoyens français et indigènes se mélangent très peu.

MOT CLÉ
Le **Code de l'indigénat** établit un statut d'infériorité des indigènes. Il réduit les libertés individuelles, soumet les peuples au travail forcé et à des impôts particuliers.

2 Une mise en valeur au profit de la métropole

- Les colonies fournissent des produits tropicaux ou miniers (caoutchouc, fer, cuivre) et sont aussi des débouchés pour l'industrie.
- La France investit moins que la Grande-Bretagne dans son Empire. Les nouvelles infrastructures permettent l'exportation des produits coloniaux.
- En Algérie, la mise en valeur se réalise grâce à une forte présence européenne et à des investissements massifs. Des régions marécageuses comme la Mitidja sont asséchées. Des cultures nouvelles sont introduites (vigne, agrumes).

II La mission « civilisatrice » de la France

1 L'action éducative et sociale

- La métropole développe un réseau d'écoles primaires, mais seule une minorité d'indigènes accède à l'enseignement secondaire. L'acculturation ne touche qu'une élite.
- La situation sanitaire s'améliore par la lutte contre les maladies tropicales. En 1891, Calmette crée à Saigon le premier institut Pasteur d'outre-mer.

2 Le développement urbain

La présence coloniale favorise le développement urbain. L'urbanisme est occidental (plan à damier). La ville s'organise autour de ses bâtiments administratifs et de l'activité commerciale, comme à Saigon. La ségrégation raciale y est souvent marquée.

3 Les Français et leur Empire

■ Les Français de métropole connaissent très mal les cultures de leur Empire. Ceci étant, **certains artistes puisent leur inspiration** dans la découverte de l'art africain (Picasso) ou des paysages et modes de vie exotiques (Gauguin).

■ Le **sentiment de supériorité occidentale** alimente nombre de clichés.

III Contestations et résistances

■ Les Français se heurtent à des résistances dont ils triomphent grâce à leur supériorité technique et stratégique, et à l'enrôlement de soldats indigènes.

■ Les critiques viennent du travail forcé, des cultures obligatoires destinées à l'exportation, des réquisitions. Le régime de l'indigénat cristallise les mécontentements et entraîne la **grande révolte de Kabylie** en 1871.

■ En **Indochine**, l'opposition est vive au début du siècle. Les mouvements sont animés par la bourgeoisie et des éléments populaires.

zoOm

Saigon, ville coloniale

L. Thuillier, del.

■ Dès la prise de Saigon (1859), les Français aménagent la capitale de la Cochinchine selon l'**urbanisme haussmannien**, comme on peut le voir sur ce document de 1893. Un plan en damier sert de structure. Un chemin de fer désenclave l'intérieur du territoire.

■ La présence du colonisateur se lit avec le palais du gouverneur face au jardin botanique, le collège, l'évêché et la cathédrale, les casernes et l'hôpital militaire.

MÉMO VISUEL

LA IIIE RÉPUBLIQUE

Les acteurs

Qui encourage la colonisation ?

- Les Républicains opportunistes (Gambetta, Ferry)
- Les sociétés missionnaires
- Les explorateurs et les sociétés géographiques
- Les compagnies de commerce
- Les militaires

Qui s'y oppose dans un 1er temps ?

- La droite nationaliste
- L'extrême gauche

Les causes de la colonisation

- Démographiques
- Économiques
- Politiques
- Morales
- Religieuses
- Scientifiques
- Culturelles

Le choc des impérialismes

Des tensions…

- Fachoda (1898)
- Tanger (1905-1906) et Agadir (1911)

… et des résolutions internationales

- Conférence de Berlin (1884-1885)

Les territoires colonisés

ET SES COLONIES

Le fonctionnement des sociétés coloniales

- Ségrégation sociale (code de l'indigénat)
- Exploitation des territoires et des hommes au profit de la France
- Missions scientifiques et progrès sanitaires
- Acculturation des élites et résistances locales
- En métropole : influence artistique et racisme

SE TESTER QUIZ

Vérifiez que vous avez bien compris les points clés des **fiches 20 à 22**.

1 Les causes de l'expansion coloniale

→ FICHE 20

1. Lequel de ces hommes politiques est le fervent défenseur de l'expansion coloniale ?

☐ **a.** Adolphe Thiers ☐ **b.** Jules Ferry ☐ **c.** Georges Clemenceau

2. Sous quel régime l'expansion coloniale est-elle la plus importante ?

☐ **a.** Sous la IIe République
☐ **b.** Sous le Second Empire
☐ **c.** Sous la IIIe République

3. Quelle part de la population mondiale l'Europe représente-elle en 1914 ?

☐ **a.** La moitié ☐ **b.** Le quart ☐ **c.** Le dixième

2 La constitution d'Empires coloniaux

→ FICHE 21

1. Quel territoire est colonisé par la France en Asie de l'Est ?

☐ **a.** L'Indochine ☐ **b.** La Chine ☐ **c.** L'Inde

2. Parmi les affirmations suivantes, lesquelles sont vraies ?

☐ **a.** L'Algérie est une colonie de peuplement.
☐ **b.** La Tunisie est un protectorat.
☐ **c.** Les colonies d'exploitation regroupent de nombreux colons.

3. Quels pays s'opposent dans la crise de Fachoda en 1898 ?

☐ **a.** La France et l'Allemagne
☐ **b.** La France et la Grande-Bretagne
☐ **c.** La France et l'Italie

4. En 1914, l'Europe colonial français s'étend sur…

☐ **a.** 5 millions de km^2
☐ **b.** 10 millions de km^2
☐ **c.** 20 millions de km^2

3 Le fonctionnement des sociétés coloniales

→ FICHE 22

1. En quelle année le code de l'indigénat est-il généralisé à toutes les colonies françaises ?

☐ **a.** 1877 ☐ **b.** 1887 ☐ **c.** 1907

2. Comment s'appelle le processus par lequel un individu adopte une culture étrangère à la sienne ?

☐ **a.** L'incubation ☐ **b.** L'inculture ☐ **c.** L'acculturation

3. Où se situe la ville de Saigon ?

☐ **a.** En Inde ☐ **b.** En Indochine ☐ **c.** En Chine

S'ENTRAÎNER

4 Connaître les acteurs de la période

→ FICHES 20 à 22

Associez chaque personnage au fait qui le concerne.

Guillaume II •	• conquête de la rive droite du Congo
Crémieux •	• crise de Fachoda
Marchand •	• congrégation Notre-Dame d'Afrique
cardinal Lavigerie •	• naturalisation des Juifs en Algérie
Brazza •	• crise de Tanger

5 Se repérer dans l'espace

→ FICHES 20 à 22

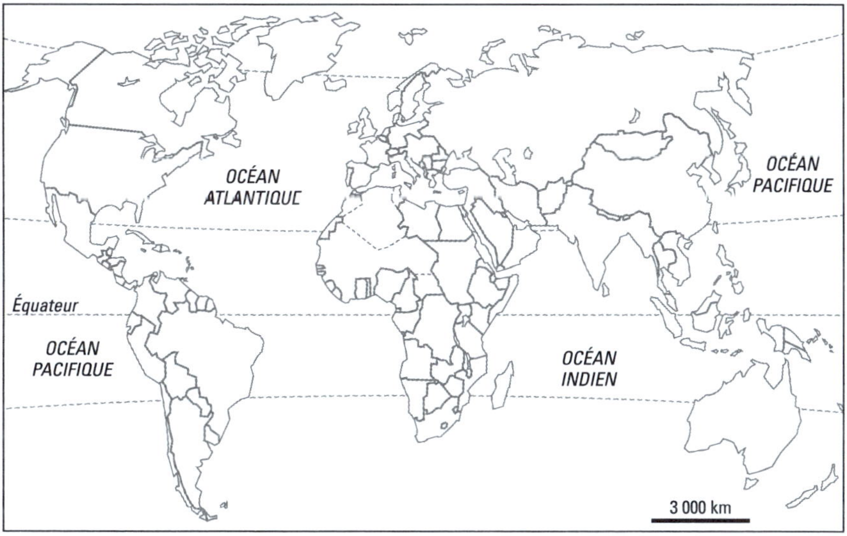

1. Coloriez en bleu les possessions françaises en 1914 et nommez ces grands ensembles.
2. Localisez, à l'aide d'une étoile, deux espaces de conflits entre Empires.
3. Entourez le continent qui a été le plus colonisé entre 1880 et 1914.

6 Réviser le cours en 6 questions flash

→ FICHES 20 à 22

1. Qu'est-ce qui distingue un protectorat d'une colonie d'exploitation ?
2. Quel est le rôle joué par les congrégations missionnaires dans les colonies ?
3. Quand se déroule la conférence de Berlin et quel est son objectif ?
4. Les peuples colonisés ont-ils accès à l'éducation ?
5. Montrez que la mise en valeur des territoires se fait au profit de la métropole.
6. Pourquoi Saigon est-elle une ville coloniale ?

7 Analyser une photographie

→ FICHES 21 à 22

Document **Sortie de messe à la cathédrale Saint-Firmin de Brazzaville (Congo français), 1er novembre 1910**

1. Présentez le document.

2. Relevez les éléments attestant de la colonisation.

3. Quelle image ce document donne-t-il de la colonisation de l'Afrique ?

8 Analyser une question problématisée et organiser sa réponse

→ FICHES 20 à 22

Sujet : Comment s'explique et se manifeste la colonisation de l'Asie et de l'Afrique par la France entre 1870 et 1914 ?

1. a. Entourez le mot clé du sujet et notez sa définition.

b. Soulignez en rouge les bornes chronologiques. À quoi correspondent-elles ?

c. Soulignez en vert les bornes spatiales du sujet et justifiez-les : pourquoi étudie-t-on ce sujet dans cet espace géographique ?

d. Cochez sur le mémo visuel (p. 108-109) les connaissances auxquelles le sujet fait appel.

2. À partir de l'analyse du sujet menée dans la question précédente, proposez un plan analytique pour répondre à cette question problématisée.

CONSEIL
Un plan analytique propose de décrire un phénomène historique, puis en donne les facteurs explicatifs avant d'en préciser les conséquences.

9 Analyser un dessin de presse

Document **La civilisation !**

Caricature de M. Steydle parue dans *L'Assiette au beurre*, 15 avril 1911

1. Présentez le document.

2. Décrivez le document en insistant sur la représentation du colonisateur et du colonisé.

> **CONSEIL**
> Afin d'organiser votre réponse, décrivez le document plan par plan. Ici, la caricature est composée de trois scènes (1er plan, 2e plan et arrière-plan) et d'une légende.

3. Comment pouvez-vous interpréter cette caricature ?

OBJECTIF BAC

10 Jules Ferry et la colonisation • Analyse de document

1 h

Le document proposé est l'un des plus connus de l'histoire coloniale française. Il s'inscrit dans le débat colonial qui oppose les hommes politiques des débuts de la IIIe République.

LE SUJET

Après avoir présenté le document, vous montrerez comment les arguments de Jules Ferry illustrent le débat colonial au début de la IIIe République.

Document **Discours de Jules Ferry à la Chambre des députés**

Les colonies sont pour les pays riches un placement de capitaux des plus avantageux. […] Dans la crise que traversent toutes les industries européennes, la fondation d'une colonie, c'est la création d'un débouché. […]

Il y a un second point […], c'est le côté humanitaire et civilisateur de la question […]. Il faut dire ouvertement qu'en effet, les races supérieures ont un droit vis-à-vis des races inférieures parce qu'il y a un devoir pour elles. Elles ont un devoir de civiliser les races inférieures […].

Les nations, au temps où nous sommes, ne sont grandes que par l'activité qu'elles développent. Rayonner sans agir, sans se mêler aux affaires du monde, […] vivre de cette sorte, pour une grande nation, croyez-le bien, c'est abdiquer, et, c'est dans un temps plus court que vous ne pouvez le croire, c'est descendre du premier rang au troisième et au quatrième.

Journal officiel, séance du 28 juillet 1885

Méthode

Construire une analyse de document

Lire attentivement la consigne

La consigne qui accompagne le ou les document(s) est explicite : elle oriente l'analyse que vous devez mener en énumérant les différents aspects à étudier. Lisez-la avec soin et méthode.

Étudier la consigne au brouillon

- La consigne énonce le **thème** étudié. Identifiez-le ou les chapitres abordés par le sujet, afin de comprendre dans quelle problématique plus générale cette consigne s'inscrit.
- Relevez chaque **mot clé** et définissez-le le plus précisément possible. Cherchez ensuite les **notions** qui leur sont associées. Si un **personnage historique** est mentionné, notez des éléments biographiques à son sujet.
- Tenez compte des **limites chronologiques et spatiales**.

Formuler une problématique et construire un plan

- La **problématique** guide l'analyse. Il convient de dégager une question à partir de la consigne en prenant en compte la spécificité du document. Elle trouve sa place à la fin de l'introduction.
- Le **plan** s'organise en deux ou trois parties. S'il n'est pas suggéré par la consigne, appuyez-vous sur la structure du document lui-même.

LA FEUILLE DE ROUTE

→ *Reportez-vous à la méthode détaillée de l'analyse de document p. 285*

Étape 1 Présenter le document

Extraits du discours de Jules Ferry devant les députés

Nature, genre, source
- Nature textuelle
- Discours politique
- Journal officiel

Auteur et destinataire
- Ancien président du Conseil
- Les députés français

Date et contexte
- 28 Juillet 1885
- Reprise de la colonisation avec la IIIe République

Thèmes
- Les arguments en faveur de la colonisation
- Le débat colonial

Étape 2 Comprendre la consigne

■ Jules Ferry expose ici son raisonnement en faveur de la **colonisation**, c'est-à-dire l'expansion coloniale de l'Empire.

■ Connu pour son rôle dans le domaine scolaire, Jules Ferry, président du Conseil de 1880 à 1881, est aussi un ardent promoteur de la colonisation → FICHE 20.

■ La **IIIe République** (1870-1914) a relancé l'expansion coloniale et Jules Ferry est son fervent défenseur. Ce document date de **1885**, année de la conférence de Berlin. Le sujet concerne la métropole ainsi que son Empire.

Étape 3 Exploiter le document

■ Dans chaque paragraphe, repérez le thème développé et surlignez les **arguments** présentés par Jules Ferry. Ici, **3 paragraphes** développent **3 idées** qui peuvent constituer les **3 axes** de votre développement.

■ Au brouillon, notez les 3 axes, puis ajoutez les connaissances qui permettent d'expliquer les arguments développés par Jules Ferry.

■ Entourez le ou les élément(s) dans le texte qui vous semblent contestables.

Étape 4 Rédiger le devoir

→ CORRIGÉ p. 119

CORRIGÉS

SE TESTER QUIZ

1 Les causes de l'expansion coloniale

1. Réponse b. Jules Ferry est un partisan actif de l'expansion coloniale. Il est surnommé le « Tonkinois » par ses adversaires politiques et une partie de l'opinion publique hostile à l'expansion coloniale.

2. Réponse c. L'expansion coloniale est très importante sous la IIIe République. L'Empire passe de 1 million de km^2 en 1870 à 10 millions en 1914.

3. Réponse b. L'Europe représente le quart de la population mondiale en 1914, en raison de la transition démographique. Le taux de natalité est soutenu alors que le taux de mortalité diminue.

2 La constitution d'Empires coloniaux

1. Réponse a. La France a colonisé l'Indochine. Ce territoire est composé du Tonkin, du Laos, de l'Annam, du Cambodge et de la Cochinchine.

2. Réponses a et b. L'affirmation **c** est fausse : les colonies d'exploitation ne comptent qu'une faible population européenne.

3. Réponse b. La mission française de Marchand partie de Dakar pour Djibouti se retrouve à Fachoda face à l'expédition anglaise reliant Le Caire au Cap. Les Français doivent se retirer.

4. Réponse b. L'Empire colonial français est le deuxième plus vaste après l'Empire britannique.

3 Le fonctionnement des sociétés coloniales

1. Réponse b. Le Code de l'indigénat, mis en place en Algérie en 1881, est généralisé à toutes les colonies en 1887.

2. Réponse c. On appelle acculturation le processus par lequel un individu adopte une culture étrangère à la sienne.

3. Réponse b. Saigon est située au sud de l'Indochine, plus précisément en Cochinchine. La ville s'appelle aujourd'hui Hô Chi Minh-Ville.

S'ENTRAÎNER

4 Connaître les acteurs de la période

- Guillaume II : crise de Tanger.
- Crémieux : naturalisation des Juifs en Algérie.
- Marchand : crise de Fachoda.
- cardinal Lavigerie : congrégation Notre-Dame d'Afrique.
- Brazza : conquête de la rive droite du Congo.

5 Se repérer dans l'espace

6 Réviser le cours en 6 questions flash

1. Un protectorat est un territoire dépendant d'une métropole, mais qui possède ses **propres institutions** et un **gouvernement autonome**. Une colonie est un territoire **entièrement placé sous la souveraineté d'un autre État**.

2. Dans les colonies, les congrégations missionnaires ont comme objectif d'**évangéliser** les populations. Elles s'occupent aussi de les **éduquer** et de les **soigner**.

3. La conférence de Berlin (1884-1885) tente d'**organiser le partage de l'Afrique** et de **« moraliser » la colonisation**. On y définit les **règles des conquêtes coloniales**.

INFO

Les États européens s'entendent sur le principe suivant : pour qu'une colonie appartienne à l'un d'entre eux, il doit l'occuper de manière effective.

4. La métropole a développé un réseau d'écoles primaires mais **seule une minorité** d'indigènes accède à l'enseignement secondaire.

5. Les colonies fournissent des **produits tropicaux** ou **miniers** et servent de **débouché pour l'industrie européenne**. En Algérie, la mise en valeur se réalise grâce à une forte présence européenne.

6. Saigon est **aménagée comme une ville européenne** : plan en damier, collège, cathédrale… La colonisation se voit aussi avec le palais du gouverneur, des casernes et un hôpital militaire.

7 Analyser une photographie

1. Le document proposé est une **photographie d'auteur inconnu**, en noir et blanc. Son **cadrage** est horizontal, en plan large. Cette photo met en valeur des personnes sortant de la cathédrale Saint Firmin de Brazzaville, capitale du Congo français, le jour de la fête de la Toussaint, en 1910. À cette date, l'Afrique est presque entièrement colonisée.

CONSEIL

Lorsque vous présentez une photographie, soyez attentif aux choix de prise de vue retenus par le photographe. Ici, le cadrage horizontal est celui qui convient pour une photo de groupe ou de paysage, et le plan large permet d'inscrire les personnages dans leur environnement.

2. La photographie est prise au Congo français, colonie de l'AEF (Afrique équatoriale française). Les différents groupes d'hommes et de femmes sont tous vêtus à l'occidentale. La présence d'une église rappelle la **christianisation du continent** par les missionnaires. La cathédrale est située dans le quartier européen de la ville. Elle est le siège de l'évêque qui officie le jour de cette fête religieuse. L'architecture du bâtiment est européenne. Ses arcs brisés s'inspirent du style gothique, même si l'édifice n'est pas très élevé. Enfin, la présence d'une horloge sur le clocher est un signe européen de la mesure du temps. Tous ces éléments prouvent l'**acculturation** d'une partie de la société par les colons.

3. Cette photo est un instantané, personne ne semble poser. Elle véhicule l'image d'une **colonisation aboutie, heureuse et pacifique**. Les femmes européennes, munies de leurs ombrelles, marchent sans escorte. L'œuvre missionnaire semble accomplie et donne un **sentiment de bonne conscience aux Européens**. C'est ce qu'on appelle aujourd'hui l'**utopie coloniale**. Cette photo présente l'**assimilation** d'une partie des colonisés. Elle ne montre pas l'organisation inégalitaire de la **société coloniale**, l'exploitation des hommes et des territoires.

8 Analyser une question problématisée et organiser sa réponse

1. a. Le mot clé du sujet est « **colonisation** » : annexion d'un territoire suivi de l'exploitation de ses ressources et de la volonté d'acculturer ses habitants.
b. Les bornes chronologiques sont **1870-1914** : des débuts de la IIIe République jusqu'à la veille de la Première Guerre mondiale.
c. Les bornes spatiales sont l'**Asie** et l'**Afrique**, deux espaces colonisés par les puissances européennes sur la période considérée.
3. *Voici une proposition de plan pour organiser votre réponse.*

I. Quelles sont les causes de l'expansion coloniale en Asie et en Afrique de 1870 à 1914 ?

- Des motivations politiques et économiques
- Des raisons démographiques, un intérêt scientifique et un « devoir moral »
- Un vif débat colonial en métropole

II. Comment s'est constitué l'Empire colonial français ?

- Les étapes de l'expansion coloniale française en Asie et en Afrique
- Impérialisme français et tensions internationales
- Une domination aux modalités diverses

III. Comment fonctionnent les sociétés coloniales françaises ?

- Des sociétés organisées par et pour la métropole
- La mission « civilisatrice » de la France
- Contestations et résistances dans les colonies avant-guerre

9 Analyser un dessin de presse

1. Ce document intitulé « La civilisation ! » est une **caricature** en couleur de M. Steydle parue dans la revue satirique *L'Assiette au beurre*. Il est daté du 15 avril 1911. L'Afrique est alors presque entièrement colonisée par les Européens.

2. Le document est composé de trois plans et d'une légende.

• Au 1er plan, **deux Africains**, présentés comme des « nègres » dans la légende, sont nus, les yeux exorbités. L'un est courbé sous le poids des impôts qu'il doit payer pour la **métropole**. L'autre souffre, ivre mort, après avoir bu trop d'absinthe.

• Au 2e plan, un **maître d'école**, en costume noir, la main sur le cœur, enseigne l'amour de la **République française**, incarnée par le buste de Marianne. Les écoliers, vêtus d'un pagne, écoutent docilement la leçon.

• Enfin, au 3e plan, un colon armé d'un fouet, commande à deux autres personnes noires d'aller mettre en terre un cercueil dans un cimetière chrétien.

3. Cette caricature met en avant, pour mieux les détourner, les motivations du colonisateur. La bonne conscience morale repose sur l'apport de la civilisation. La **scolarisation** et l'**évangélisation** sont représentées mais il s'agit d'une **acculturation**. De plus, par le **code de l'indigénat**, ces colonisés ne seront jamais citoyens français.

Le fardeau porté par le personnage du 1er plan dénonce les **impôts** tout autant que les **corvées de portage** pour permettre l'**exploitation économique** des colonies. L'encadrement est violent, les populations soumises.

Le dessinateur est **hostile à la colonisation** car elle bafoue les principes républicains. Ce document atteste qu'il existe un **débat colonial** à la Belle Époque, même si une majorité de Français sont alors convaincus du bien-fondé de la colonisation.

OBJECTIF BAC

10 Analyse de document

[**Introduction**] Ce document est constitué d'extraits du discours de Jules Ferry à l'Assemblée nationale le 28 juillet 1885. Républicain de centre-gauche, président du Conseil de février 1883 à mars 1885, Ferry justifie ici sa politique d'expansion coloniale. La conférence de Berlin s'est achevée. Elle a statué sur les modalités du partage de l'Afrique entre les puissances européennes. Les députés, à l'image des Français, sont alors partagés sur la question coloniale.

Comment les arguments développés dans ce discours illustrent-ils le débat colonial des débuts de la IIIe République ? Nous allons voir que Jules Ferry construit son argumentation autour de trois idées.

I. La colonisation, une nécessité économique

■ La colonisation est nécessaire à la France pour une raison économique, celle des **débouchés**. Cet argument est d'autant plus pertinent que la France, comme l'Europe, depuis 1873, traverse une **dépression économique** dont elle peine à sortir. La colonisation pourrait donc y remédier.

■ Les États européens organisent à leur profit l'**exploitation des territoires**. Les investissements français se tournent alors majoritairement vers le Maghreb.

II. La colonisation, une mission humanitaire et civilisatrice

■ La colonisation est justifiée pour une **raison humanitaire**, celle de la « civilisation ». C'est ce que Rudyard Kipling, auteur du *Livre de la Jungle*, appelle en 1899 le « fardeau de l'homme blanc » : coloniser, non pour dominer, mais pour libérer.

■ Cet argument, raciste par l'emploi de l'expression « races inférieures » est hautement discutable. Par **civiliser**, il faut entendre scolariser, améliorer les conditions morales et matérielles d'existence, supprimer l'esclavage. En menant ces actions, la métropole a **acculturé** les peuples colonisés. Une nouvelle forme d'**asservissement** a également été mise en place.

III. La colonisation, un enjeu de puissance

■ La colonisation est indispensable pour des **raisons militaires, politiques et patriotiques**. Il s'agit de défendre le rang de la France dans le monde. Cette inquiétude s'explique par la défaite de la France contre la Prusse en 1870.

■ La France rivalise avec les autres puissances coloniales européennes, en particulier avec la Grande-Bretagne. Jules Ferry montre ici un clair intérêt dans la conquête de nouvelles terres.

[**Conclusion**] Dans ce discours, Jules Ferry justifie la colonisation pour des raisons humaines, économiques, industrielles ou politiques, montrant une vision positive de la conquête des nouveaux territoires. Cependant, ce document n'est qu'un extrait du discours de Jules Ferry et il ne présente que des aspects positifs afin d'affirmer la puissance de l'Empire. Quand il prononce son discours, Jules Ferry est applaudi par des républicains opportunistes, mais il est aussi hué à sa gauche. **Georges Clemenceau**, député radical, lui répond le 31 juillet en démontant un par un ses arguments.

CONSEIL

La conclusion permet de répondre à la problématique en résumant les points essentiels. Elle peut s'ouvrir sur une nouvelle question, dans le prolongement de l'étude.

HISTOIRE

6 La Première Guerre mondiale : le « suicide de l'Europe » et la fin des empires européens

La guerre devient mondiale : arrivée des troupes américaines à Saint-Nazaire, le 26 juin 1917.

23 Un embrasement mondial

En bref *Le 28 juin 1914, l'assassinat à Sarajevo de l'héritier du trône d'Autriche-Hongrie précipite les puissances européennes dans une guerre qui devient mondiale.*

I Les origines de la guerre

■ La Grande Guerre est le résultat de longues années de tensions :

– **économiques** : les pays européens, industrialisés, sont en concurrence ;

– **coloniales** : en Afrique, les Européens s'affrontent pour le contrôle de territoires (la France et l'Allemagne au Maroc en 1905 et 1911) ; → FICHE 21

– **maritimes** : la Russie réclame l'internationalisation des détroits du Bosphore et des Dardanelles, contrôlés par l'Empire ottoman ;

– **nationalistes** : l'Autriche-Hongrie est un État multinational où cohabitent de nombreux peuples slaves, qui espèrent plus d'autonomie. En 1908, elle annexe la Bosnie-Herzégovine, convoitée par la Serbie. Les Balkans sont une « poudrière ».

■ Le **28 juin 1914**, l'héritier de la couronne d'Autriche-Hongrie – l'**archiduc François Ferdinand** – est assassiné à Sarajevo par un étudiant serbe opposé à l'annexion de la Bosnie-Herzégovine. Par le **jeu d'alliances**, cet événement implique tous les États européens. L'Autriche déclare la guerre à la Serbie, la Russie (alliée de la Serbie) à l'Autriche et l'Allemagne à la Russie. Début août 1914, l'Allemagne, la France et le Royaume-Uni sont en guerre.

■ Les **buts de guerre** sont évidents : les belligérants souhaitent accroître leur puissance et surtout repousser leurs frontières par l'annexion de territoires voisins ou en reprenant des terres perdues (la France avec l'Alsace-Moselle).

II Les grandes étapes de la guerre

1 L'échec d'une guerre de mouvement

■ Le conflit se déroule sur **deux fronts** : franco-allemand et russo-germano-autrichien. L'armée allemande entre en France le 2 août 1914. Cette offensive est stoppée sur la Marne en septembre. À l'Est, l'offensive russe est arrêtée par les Allemands à Tannenberg le 30 août. De 1915 à 1917, les fronts se stabilisent sur les frontières des Empires centraux : la **guerre de position** commence.

> **MOT CLÉ**
> Dans une **guerre de position**, les soldats s'enterrent dans des tranchées et tentent de conserver les positions acquises.

■ Afin d'épuiser l'ennemi, les États-majors lancent de grandes offensives : c'est une **guerre d'usure**. En 1916, la **bataille de Verdun** et la **bataille de la Somme** font de nombreuses victimes. → FICHE 24

2 Une guerre internationale

■ L'Alliance reçoit l'appui de l'Empire ottoman (fin 1914) et de la Bulgarie (1915). L'Entente obtient l'intervention de l'Italie (1915) et de la Roumanie (1917). Elle lance une offensive sur les **Dardanelles** (1915), qui sera un échec.

■ L'**Atlantique** est le théâtre de torpillages de navires par la marine allemande. Les États-Unis décident alors d'entrer en guerre (1917).

3 Le tournant de la guerre en 1917 et la victoire des Alliés

■ À l'Est, les défaites et les **révolutions de 1917** déstabilisent la Russie, qui signe le **traité de Brest-Litovsk** (mars 1918). À l'Ouest, les Allemands lancent des offensives afin de conclure la guerre avant l'arrivée des Américains. Ils atteignent à nouveau la Marne (mai 1918) mais ils sont repoussés par le général Foch.

■ Abandonnée par ses alliés, fragilisée par des troubles révolutionnaires à Berlin, l'Allemagne accepte les conditions de l'**armistice**. Celui-ci est signé à Rethondes le **11 novembre**.

> **MOT CLÉ**
> Un **armistice** est un accord entre les pays belligérants mettant fin aux combats en temps de guerre.

zoOm

Les systèmes d'alliances en Europe en 1914

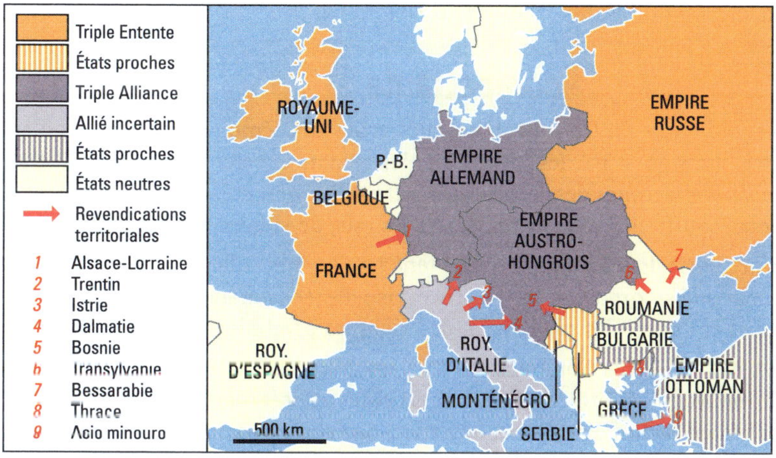

■ La **Triple Alliance** réunit l'Allemagne, l'Autriche-Hongrie et l'Italie. Cette dernière revendique des territoires situés en Autriche, ce qui en fait un allié faible.

■ La France a constitué un bloc rival en s'alliant à la Russie en 1894 et en se rapprochant du Royaume-Uni. En 1907, cette alliance devient la **Triple Entente**.

24 Être soldat : la bataille de la Somme

En bref *La bataille de la Somme témoigne de la violence de l'expérience combattante de la Première Guerre mondiale et des avancées technologiques réalisées pour vaincre l'ennemi.*

I La Somme : une bataille britannique

- En décembre 1915, les états-majors alliés décident d'une **vaste offensive** sur la Somme pour repousser les Allemands vers la Belgique. La France, contrainte d'envoyer des renforts dans la Meuse, mobilise peu de divisions, le rôle primordial revient à l'armée britannique.
- Le 24 juin 1916 commence un **bombardement d'artillerie** d'une ampleur jusque-là inconnue. En moins d'une semaine, plus d'un million d'obus sont tirés sur les lignes allemandes.
- Le 1er juillet, les Britanniques font exploser des mines creusées sous les lignes allemandes. Puis 100 000 fantassins britanniques, peu expérimentés et lourdement équipés, se lancent lentement et en ligne sur le **no man's land** croyant ne trouver que des cadavres sous les tranchées ennemies bombardées. Ils sont décimés par les mitrailleuses et l'artillerie allemandes : **60 000 hommes meurent ce jour-là**.

MOT CLÉ
Le **no man's land** est l'espace séparant les premières lignes de chaque tranchée ennemie. L'intensité des combats y dévaste les paysages.

II L'expérience combattante

- Les violences du front sont connues grâce aux **témoignages** et récits d'après-guerre, mais aussi par les **lettres** que les soldats envoient à l'arrière. Mitraillés, bombardés, victimes des gaz, ils vivent dans l'horreur et la peur. Ils dorment dans la boue, souffrent du froid, des poux, des rats, de la faim et de la soif.
- L'**artillerie lourde** (obus), les grenades, les mitrailleuses causent de graves traumatismes corporels. La **violence visuelle** (camarades morts), le bruit des bombes et l'usage des **gaz** laissent des marques psychologiques importantes.
- La bataille de la Somme constitue un tournant dans le développement de l'**aéronautique militaire**. Jusque-là surtout utilisée pour la reconnaissance et pour régler les tirs d'artillerie, l'aviation devient une arme offensive utilisée par l'Entente pour bombarder les lignes, comme le font déjà les Allemands. C'est également pendant cette bataille que les **premiers chars** sont utilisés.
- Les soldats font preuve de **ténacité**. Leur solidarité et le sens du devoir patriotique leur permettent de supporter la **contrainte de l'autorité militaire** et la **dureté des tranchées**.

III Une bataille meurtrière

- Pendant cinq mois, les assauts se succèdent et les Alliés avancent très peu. Les soldats subissent la violence anonyme des armes modernes mais la mort se donne aussi au corps à corps lors des assauts de tranchées. Le 18 novembre, l'offensive cesse. Les Alliés ont progressé d'environ 10 km.
- Quatre millions d'hommes ont été successivement impliqués dans la bataille, venus du Canada, de Nouvelle-Zélande, d'Australie, d'Afrique du Sud et des colonies britanniques comme l'Inde.
- La bataille de la Somme est l'affrontement le plus meurtrier de la Grande Guerre : les pertes totales sont estimées à 1,2 million d'hommes, dont 420 000 du côté des Britanniques. Pour ces derniers, elle demeure un véritable traumatisme dans la mémoire collective, comparable à la bataille de Verdun pour les Français.
- La bataille de la Somme incarne la guerre d'usure et ses offensives meurtrières, qui apparaissent de plus en plus vaines. Certains soldats se **mutinent** ou désertent en 1917 malgré l'autorité militaire et l'Union sacrée.

MOT CLÉ
Une **mutinerie** est un refus collectif d'obéir aux ordres de la hiérarchie militaire. Elle peut conduire à des sanctions très lourdes (jusqu'à la peine de mort).

zoOm

La bataille de la Somme : l'évolution du front

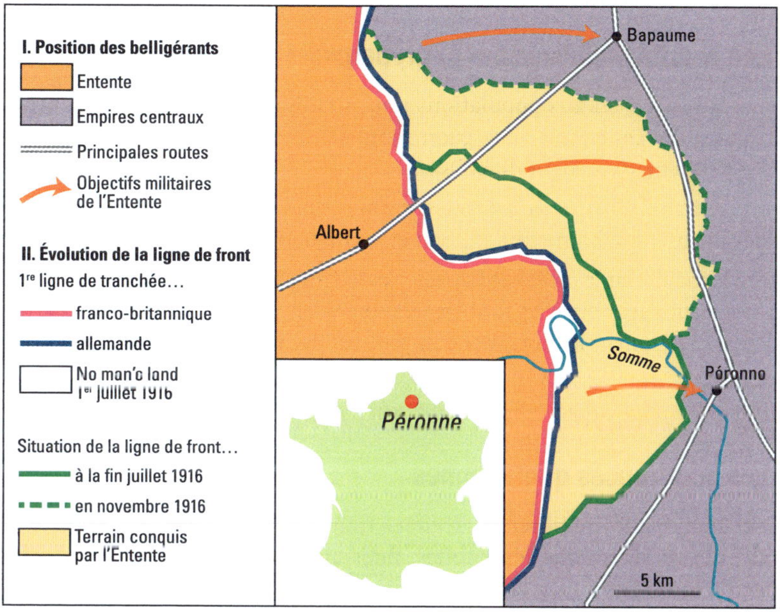

25 Les civils, acteurs et victimes de la guerre

En bref *La guerre d'usure implique la mobilisation économique et idéologique des civils. Ils deviennent également de nouvelles cibles dans ce conflit total et sont victimes des violences de guerre.*

I Les civils, mobilisés pour l'effort de guerre

1 La mobilisation économique des civils : le « front de l'arrière »

■ La stabilisation du front à l'automne 1914 impose une **forte mobilisation de la main-d'œuvre**. Les civils participent alors à l'**effort de guerre** : dans les usines d'armement, dans les exploitations agricoles, les transports et les mines.

■ Les **femmes**, déjà nombreuses dans les usines avant 1914, accèdent à de nouveaux secteurs (métallurgie et industrie mécanique). C'est le temps des « munitionnettes », encadrées par des ouvriers qualifiés rappelés du front.

■ Les **ouvriers étrangers** et ceux des colonies sont mobilisés pour travailler à l'**arrière** (450 000 indigènes en France).

MOT CLÉ
L'**arrière** est la zone situé hors des combats, où viv les civils.

■ Les civils sont sollicités par les États afin de financer la guerre. Ils placent leur épargne dans des **emprunts d'État**, les impôts augmentent pour rembourser d'importants emprunts extérieurs. Une **économie de guerre** se met en place.

2 Les esprits mobilisés par la propagande

■ Pour faire accepter aux populations une **mobilisation totale**, les États utilisent la **propagande**. Les causes de la guerre sont sans cesse rappelées aux civils, l'ennemi est systématiquement diabolisé.

■ Une véritable **culture de guerre** s'installe partout : l'école, les journaux, les affiches diffusent la haine de l'ennemi et inculquent l'idée d'une « guerre juste ».

■ Afin de maintenir le moral de l'arrière, les lettres des soldats, la presse sont **censurées**. Les mauvaises nouvelles sont passées sous silence. Les familles et des marraines de guerre soutiennent le moral des combattants par une correspondance régulière.

II Les civils, victimes des violences de guerre

1 Les souffrances quotidiennes

■ L'occupation de nombreuses régions françaises et belges par l'armée allemande, qui **réquisitionne** les récoltes, mais aussi le **blocus continental** imposé aux empires centraux par les Alliés, entraînent le **rationnement des civils**. La **pénurie** se généralise.

■ Dans les régions occupées, les civils sont parfois soumis au **travail forcé** dans des camps de travail, aux champs ou dans les usines.

■ Toutes les industries qui ne sont pas indispensables à la guerre voient leurs activités diminuer. Dans les usines d'armement, les cadences s'accélèrent. En 1917, la longueur de la guerre et les privations entraînent des **mouvements de grève**. Celles-ci sont à mettre en parallèle avec les **mutineries** qui éclatent sur tous les fronts entre mai et juin 1917.

MOT CLÉ

Le **travail forcé** est une tâche accomplie sous la contrainte et la menace d'une sanction (emprisonnement, déportation d'otages pendant la Première Guerre mondiale).

2 | Les civils, cibles stratégiques

■ Au moment de l'**invasion du territoire par l'ennemi**, ou lors des **retraites militaires**, les civils, notamment les femmes, sont particulièrement vulnérables.

■ Les bombardements sur l'arrière-front se multiplient : à partir de dirigeables en Belgique dès 1914 (les zeppelins), où grâce à des canons à longue portée (la « grosse Bertha »). Ces attaques causent de lourds dégâts et menacent les civils qui deviennent des cibles. Certaines populations sont victimes d'une volonté délibérée d'anéantissement (les Arméniens dans l'Empire ottoman). → FICHE 26

zoOm

Les femmes et les grèves de 1917

■ Les ouvrières des ateliers de couture, surnommées « midinettes » à cause de leur repas de midi pris sur le pouce, travaillent dix heures par jour. À l'atelier Jenny, à Paris, elles apprennent que leur semaine sera amputée du samedi après-midi, sans salaire, faute de commandes. Elles se mettent en grève le 11 mai 1917.

■ Le 29 mai, le mouvement déborde dans les usines de guerre. Le gouvernement intervient et cède sur les augmentations et le paiement du samedi après-midi non travaillé, ébauche de ce qui deviendra le week-end.

26 Le génocide des Arméniens

En bref *Les Arméniens, minorité chrétienne de l'Empire ottoman, sont victimes d'une élimination planifiée pour des motifs ethniques et religieux en 1915 et 1916. Il s'agit d'un génocide.*

I Une élimination planifiée

1 Les Arméniens dans l'Empire ottoman avant 1914

- À la fin du XIXe siècle, l'Empire ottoman compte 2 millions d'Arméniens. Non musulmans, ils ont le statut de « dhimmi » (ils paient un impôt spécifique et portent un code vestimentaire distinctif). Entre 1894 et 1896, les Arméniens sont victimes de massacres (250 000 morts) de la part des autorités ottomanes qui prônent un nationalisme musulman et voient en eux des alliés de l'Empire russe.

- En 1908, le mouvement Jeune-Turc s'installe au pouvoir à la suite d'une révolution. Inquiet d'une émancipation politique des Arméniens, l'État organise des **pogroms**, qui font 20 000 à 30 000 victimes à Adana en 1909.

MOT CLÉ
Un **pogrom** (terme russe) désigne des pillages et des meurtres d'une partie de la population contre une autre.

- En novembre 1914, l'empire ottoman entre en guerre aux côtés des Empires centraux. Le Comité Union et Progrès (CUP), qui contrôle l'administration et l'armée, y voit la possibilité de construire un nouvel État-nation turc, racialement homogène : les Arméniens deviennent des « ennemis intérieurs ».

2 La planification du génocide

- À l'hiver 1914, l'armée ottomane recule face aux Russes et l'empire est envahi après la défaite de Sarikamich (janvier 1915). Les soldats multiplient alors les violences contre les chrétiens.

- En février 1915, le CUP ordonne que les Arméniens soient désarmés et affectés à l'arrière dans des bataillons de travail. Le ministre de l'Intérieur, Talaat Pacha, organise l'arrestation des élites arméniennes de Constantinople, les 24 et 25 avril 1915, 600 notables sont déportés puis assassinés. Cette rafle marque le début du génocide.

II Une élimination massive

1 Une déportation en deux temps

- Entre avril et septembre 1915, les notables puis les hommes des villes des provinces orientales de l'Empire sont arrêtés au motif d'un prétendu complot contre le gouvernement. Beaucoup sont massacrés à l'abri des regards.

■ Puis, les militaires et gendarmes réunissent les femmes, les enfants et les personnes âgées pour les déporter, le plus souvent à pied, vers Alep et ensuite vers des camps de détention situés dans le désert de l'actuelle Syrie.

2 Les marches de la mort

■ Les « marches de la mort » se déroulent dans des conditions épouvantables, sans vivres ni eau. À chaque halte, une partie du convoi est éliminée.

■ Le gouvernement turc décide de liquider les survivants des marches de la mort, parqués dans les camps de Syrie. En juillet 1916, ils sont envoyés dans les déserts de Mésopotamie, notamment à Deir-ez-Zor où ils meurent de faim.

■ Une centaine de milliers de femmes ont survécu au **génocide**, enlevées pour être vendues comme esclaves ou converties de force pour être mariées. La plupart des Arméniens de Constantinople ou de Smyrne n'ont pas été tués, trop en vue des Occidentaux, ni ceux des régions envahies par les troupes russes.

MOT CLÉ
Un **génocide** est l'extermination intentionnelle et programmée de tout ou partie d'un peuple, pour des raisons ethniques ou religieuses.

zoOm

Origines et réalisation d'un génocide

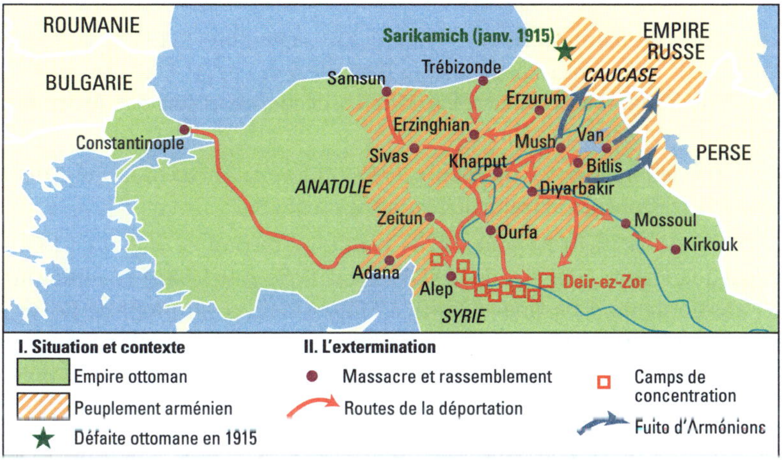

■ Le génocide fait environ 1,5 million de victimes, soit près des deux tiers de la population arménienne de l'Empire ottoman. Il est aujourd'hui commémoré le 24 avril, jour de la première rafle à Constantinople.

■ Deir-ez-Zor, en Syrie, abritait un lieu de mémoire pour le peuple arménien, sur le site d'un massacre de masse. Il a été dynamité en 2014 par l'État islamique.

27 Sortir de la guerre

En bref *À l'issue de la guerre, les traités de paix et la création de la SDN témoignent du triomphe d'un ordre des Nations démocratiques.*

I Faire la paix

1 La division des vainqueurs

- La conférence de la paix s'ouvre à Paris en janvier 1919. Le « **conseil des quatre** » négocie la paix.
- Wilson souhaite faire adopter le principe du droit des peuples à disposer d'eux-mêmes et la fin de la diplomatie secrète alors que la France exige l'affaiblissement définitif de l'Allemagne.

MOT CLÉ
Le **conseil des quatre** réunit les vainqueurs de la guerre : la France (Clemenceau), le Royaume-Uni (Lloyd George), les États-Unis (Wilson) et l'Italie (Orlando).

2 Les traités de paix : des compromis entre les vainqueurs

- Lors du traité de Versailles (28 juin 1919), l'Allemagne est amputée de l'Alsace-Lorraine et du corridor de Dantzig ; elle perd ses colonies et doit payer des réparations. Le pays est démilitarisé ; la rive gauche du Rhin est occupée par les Français pour dix ans ; l'armée est réduite à 100 000 hommes.
- Les traités de Saint-Germain-en-Laye (10 septembre 1919) et du Trianon (4 juin 1920) réduisent l'Autriche et la Hongrie à des petits États. La Tchécoslovaquie et la Yougoslavie sont créées. L'Italie, déçue, ne reçoit que le Trentin et Trieste ainsi que Zara en Dalmatie.
- Le traité de Neuilly (27 novembre 1919) enlève la Thrace à la Bulgarie. Elle revient à la Turquie par le traité de Lausanne en 1923.
- Le traité de Sèvres (10 août 1920) confie les territoires arabes de l'Empire ottoman à la France (mandat de la SDN sur la Syrie et le Liban) et au Royaume-Uni (Transjordanie, Palestine et Irak). L'Empire s'efface au profit de la Turquie réduite au plateau anatolien.

II Imposer la paix : la société des Nations

- En janvier 1918, Wilson, dans son discours des « 14 points » évoque la nécessité de créer une assemblée générale des Nations pour préserver la paix, défendre le droit des peuples à disposer d'eux-mêmes et la sécurité collective.
- Les États membres de la Société des Nations (SDN) s'engagent à éviter la guerre. Mais la SDN ne dispose pas de moyens de contrainte et certains pays n'en sont pas membres (Russie, Allemagne, États-Unis).

III Une paix absente en Russie

- La guerre précipite la fin de l'Empire. L'armée russe perd 2 millions de soldats, déserteurs, en deux ans, et la pénurie alimentaire provoque une **première révolution populaire** en février 1917, poussant le tsar **Nicolas II** à abdiquer.

- Un gouvernement provisoire poursuit la guerre provoquant une nouvelle révolution en octobre 1917. Les **bolcheviks**, dirigés par **Lénine**, prennent le contrôle de Petrograd en organisant un coup d'État. Ils signent le **traité de Brest-Litovsk** avec l'Allemagne en mars 1918.

MOT CLÉ
Le parti **bolchevik** est un parti ouvrier créé en 1912. Il souhaite établir une société sans classe par une révolution immédiate.

- Une **guerre civile** éclate alors en Russie : les **Russes blancs**, fidèles au tsar et aidés par des troupes françaises et britanniques, attaquent les « **Rouges** ». Afin de vaincre cette coalition et les « ennemis du peuple », Lénine met en place le « **communisme de guerre** ». Entre 1917 et 1921, cette dictature permet la création d'une **police politique** et de **tribunaux révolutionnaires**. Les « blancs » sont vaincus, la Russie adopte le **modèle communiste**.

zoOm

L'Europe des années 1920

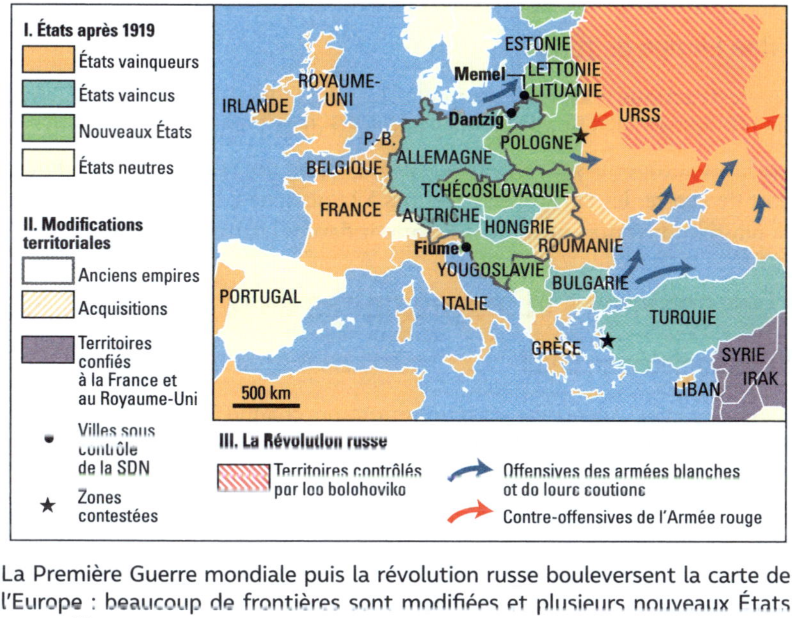

La Première Guerre mondiale puis la révolution russe bouleversent la carte de l'Europe : beaucoup de frontières sont modifiées et plusieurs nouveaux États sont créés.

28 Bilan et mémoires de la Grande Guerre

En bref *La Première Guerre mondiale représente un véritable cataclysme. Elle laisse des sociétés traumatisées et endeuillées. Les États organisent alors le souvenir en construisant des lieux de mémoire.*

I Le lourd bilan humain et matériel

1 Des sociétés traumatisées

- Sur 67 millions de soldats mobilisés, **9 millions** ont trouvé la mort, surtout des jeunes adultes, et plus du double ont été blessés. On estime que chaque jour, 900 Français et 1 200 Allemands sont tombés. Les « **gueules cassées** » véhiculent longtemps les souvenirs d'une guerre meurtrière.

> **MOT CLÉ**
> Les « **gueules cassées** » sont les blessés de guerre, notamment au visage, le plus souvent par des éclats d'obus.

- En France, le déficit des naissances entraîne une **baisse de la natalité** à la génération suivante : les « classes creuses ».
- Le génocide des Arméniens → FICHE 26, les famines, la guerre civile russe et la grippe espagnole alourdissent ce bilan.

2 Une Europe détruite

- Les **destructions matérielles** sont considérables : les zones de combat (régions agricoles, industrielles et minières du Nord-Est de la France) sont dévastées.
- Les États européens sont endettés, surtout auprès des États-Unis. Pour financer l'effort de guerre, les États ont eu recours à la planche à billets : l'augmentation de la masse monétaire engendre une forte inflation (hausse des prix).

II Les souvenirs et les mémoires de la Grande Guerre

1 Des sociétés en deuil

- En France et en Allemagne, chaque commune, **chaque famille est touchée** par la perte d'un proche. Ces victimes entretiennent le souvenir de leur défunt et de la guerre. Toutes les sociétés représentent une communauté de deuil.
- Le deuil est particulièrement difficile quand le corps du défunt n'a pas été retrouvé. Des ossuaires, comme celui de Douaumont près de Verdun, sont inaugurés.

2 Les mémoires de la Grande Guerre

- Inaugurés pour la plupart avant 1922, les **monuments aux morts** manifestent le **patriotisme**, l'hommage aux victimes.

■ Les monuments sont placés dans un lieu important de la commune. Les **commémorations** du 11 Novembre contribuent à faire naître un « culte républicain ». Un cortège, ouvert par les enfants et fermé par les anciens combattants marque le début de la cérémonie. Puis la foule écoute les discours et, enfin, a lieu l'appel des « morts pour la France ».

MOT CLÉ
Une **commémoration** est une cérémonie officielle organisée pour conserver la mémoire nationale d'un événement historique.

3 Des sociétés bouleversées, entre pacifisme et brutalisation

■ Moins nombreux, certains monuments expriment le pacifisme, même s'il faut attendre le milieu des années 1920 pour qu'une « démobilisation culturelle » s'impose peu à peu et que le deuil s'estompe dans les pays vainqueurs.

■ En Allemagne et en Italie, les valeurs guerrières issues du conflit perdurent après celui-ci. L'idée d'une « guerre permanente » se nourrit de l'amertume provoquée par le traité de Versailles.

■ En Russie, la violence de la guerre civile est liée aux comportements brutaux des soldats pendant la Première Guerre mondiale. Dans les pays vaincus, on peut parler d'une « brutalisation » des sociétés, conséquence des violences vécues pendant le conflit.

zoOm

La tombe du soldat inconnu

■ La France choisit le 11 novembre 1920 pour consacrer l'Arc de Triomphe comme sépulture du « Soldat Inconnu ». Celui-ci a été choisi à Verdun, deux jours plus tôt, par un caporal, parmi huit dépouilles issues des différents fronts.

■ Pendant la procession, le cercueil du soldat inconnu est entouré d'une famille fictive représentant toutes les familles endeuillées. La flamme du souvenir, adoptée en 1923 est ravivée tous les soirs à 18 h 30 depuis cette date.

MÉMO VISUEL

LA PREMIÈRE GUERRE MONDIALE ET SES SUITES (1914-1923)

Origines du conflit

- Concurrence entre États (commerciale, coloniale)
- Militarisation, alliances
- Attentat de Sarajevo

Les civils dans la guerre

- Mobilisation économique
- Culture de guerre : propagande, censure
- Pénurie, bombardements
- Génocide des Arméniens

Attentat de Sarajevo **28 juin**

Dardanelles **mars**

Entrée en guerre des États-Unis **avril**

Révolution bolchévique **octobre**

Armisti… **11 no…**

1914	1915	1916	1917	1918

GUERRE DE MOUVEMENT

GUERRE D'USURE

Verdun

Somme

GUERRE DE MOUVEME…

août-sept. Tannenberg La Marne

avril Génocide arménien

mars Traité de Brest-Litovsk

Violence de masse au front

- Violence des combats
- Conditions de vie dans les tranchées
- Armes nouvelles : chars, gaz, aviation

Sortir de la guerre

- Des sociétés en deuil
- 9 millions de morts, 21 millions de blessés
- Monuments aux morts
- Brutalisation des sociétés des pays vaincus
- Pacifisme des pays vainqueurs

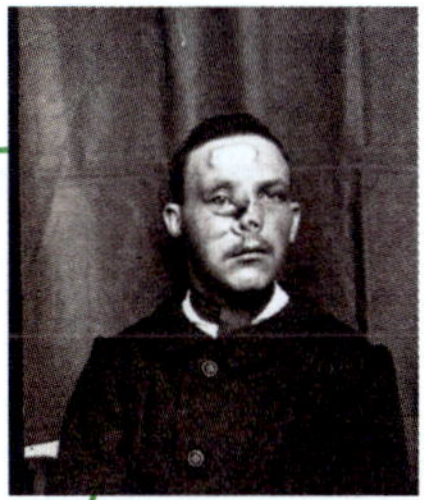

Révolutions et guerre civile en Russie

- Abdication du tsar
- Prise de pouvoir par les bolchéviks
- Guerre civile

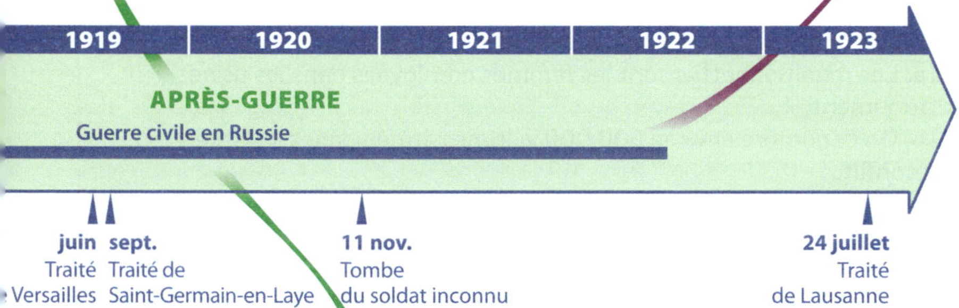

Organiser la paix

Redessiner l'Europe
- Conférence de la paix
- Traités de paix
- Disparition des empires
- Nouveaux États

Réorganiser le monde
- 14 points de Wilson
- Principe des nationalités
- SDN

SE TESTER QUIZ

Vérifiez que vous avez bien compris les points clés des **fiches 23 à 28**.

1 Un embrasement mondial

→ FICHE 23

1. Quels sont les pays de la triple Entente ?

☐ **a.** Italie, France, Royaume-Uni
☐ **b.** Allemagne, Autriche-Hongrie, Empire ottoman
☐ **c.** France, Royaume-Uni, Russie

2. Quelle année marque un tournant dans la guerre ?

☐ **a.** 1916 ☐ **b.** 1917 ☐ **c.** 1918

2 La bataille de la Somme

→ FICHE 24

1. La bataille de la Somme se déroule pendant…

☐ **a.** la guerre de mouvement ☐ **b.** la guerre de position

2. Quelle nouvelle arme fait son apparition lors de cette bataille côté Entente ?

☐ **a.** les chars ☐ **b.** les gaz ☐ **c.** l'aviation

3 Les civils, acteurs et victimes de la guerre

→ FICHES 25, 26 et 28

1. Parmi les affirmations suivantes, laquelle est vraie ?

☐ **a.** Les munitionnettes sont les femmes employées dans les usines d'armement.
☐ **b.** On dénombre environ 500 000 victimes arméniennes à l'issue du conflit.

2. Les principales victimes de la guerre sont surtout…

☐ **a.** militaires ☐ **b.** civiles

4 Sortir de la guerre

→ FICHE 27

1. Quel traité de paix concerne spécifiquement l'Allemagne ?

☐ **a.** Le traité de Sèvres
☐ **b.** Le traité de Versailles
☐ **c.** Le traité de Saint-Germain-en-Laye

2. Quel pays ne fait pas partie de la SDN ?

☐ **a.** Les États-Unis ☐ **b.** La France ☐ **c.** Le Royaume-Uni

3. Quand la tombe du soldat inconnu de l'Arc de Triomphe est-elle inaugurée ?

☐ **a.** En 1918 ☐ **b.** En 1920 ☐ **c.** En 1923

S'ENTRAÎNER

5 Comprendre le vocabulaire du cours

→ FICHES 23 à 26

1. Associez chaque terme à sa définition.

front •	• espace entre deux tranchées ennemies
no man's land •	• techniques de persuasion pour propager une idée
propagande •	• zone des combats
rationnement •	• limitation, contrôle de la liberté d'expression
censure •	• limitation de l'approvisionnement des ressources
génocide •	• violences accompagnées de pillages contre une partie de la population
pogrom •	• élimination physique intentionnelle, totale ou partielle, d'un groupe national, ethnique ou religieux

2. Complétez le texte.

La Grande Guerre bouleverse toutes les sociétés qui l'ont subie. Débutant en .... et s'achevant en 1918, elle est la première guerre mondiale de l'histoire : les combats ont lieu sur deux .... en Europe (à l'ouest et à l'est) mais le conflit mobilise aussi des États extra-européens (comme les .... à partir d'avril 1917) et l'ensemble des .... des pays européens. C'est une guerre .... (conflit qui mobilise la totalité des forces d'une nation pour vaincre l'ennemi). Ce conflit concerne également celle des civils restés à l'................., qui combattent – à leur façon – pour la victoire de leur pays. C'est la raison pour laquelle le retour à la paix est si compliqué : la Société des Nations créée en 1919 a pour but de maintenir la ....dans le monde.

6 Se repérer dans le temps

→ FICHES 23 à 28

Remettez ces événements dans l'ordre chronologique sur la frise ci-dessous.

a. armistice

b. bataille de la Somme

c. début du génocide des Arméniens

d. attentat de Sarajevo

e. entrée des États-Unis dans le conflit

f. inhumation du soldat inconnu

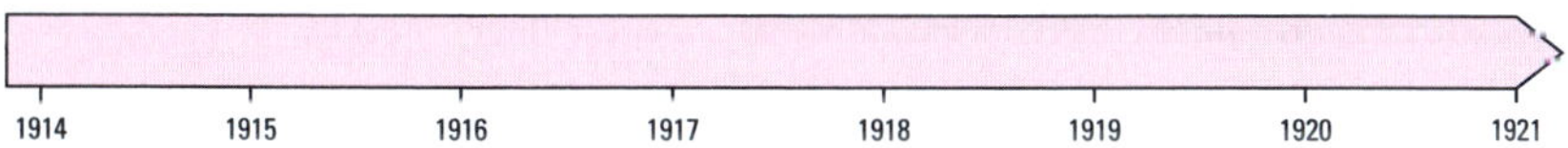

7 Réviser le cours en 8 questions flash

1. Quelles sont les deux alliances diplomatiques en présence en 1914 ?
2. Quelles sont les grandes phases de la Première Guerre mondiale ?
3. Qu'appelle-t-on l'effort de guerre ?
4. Qu'est-ce que la mobilisation des esprits ?
5. Qu'est-ce que le droit des peuples à disposer d'eux-mêmes ?
6. Quelles sont les sanctions économiques, militaires et territoriales imposées à l'Allemagne à l'issue du traité de Versailles ?
7. Que désigne la notion de « sécurité collective » ?
8. Qu'est-ce qu'un monument aux morts ?

8 Décrire et comprendre un document iconographique → FICHE 25

Document

Harry R. Hopps, « Détruisez cette brute folle, engagez-vous ! », 1917

1. a. Décrivez la scène au premier plan.
b. Que représente le gorille ? Quels éléments vous permettent de répondre ?
c. Que représente la femme dans ses bras ?
2. De quel type de document s'agit-il alors ?
3. Qui l'a commandité et dans quel but ?

CONSEIL
La réponse à la question 1 et le slogan vous permettent d'identifier le commanditaire de cette affiche.

9 Préparer la réponse à une question problématisée

→ FICHES 25, 26, 28

Sujet : En quoi les civils sont-ils des acteurs et des victimes de la Première Guerre mondiale ?

CONSEIL
Le plan thématique suggéré dans la question peut être suivi.

1. Inscrivez dans chaque colonne les idées correspondantes vues dans le cours. Appuyez-vous sur des exemples.

Les civils, acteurs de la guerre	Les civils, victimes de la guerre
• les civils sont mobilisés pour l'effort de guerre ex. : travail, emprunts nationaux • .... ex. : .... • .... ex. :	• .... ex. : .... • .... ex. : .... • les civils sont en deuil ex. : bilan humain, monuments aux morts, commémorations

2. Rédigez la première partie de ce devoir.

10 Analyser une photographie

→ FICHE 28

Document

Paul Auban, « La Picardie maudissant la guerre », ville de Péronne (Somme), 1926

1. Quel type de monument est représenté sur cette photographie ?
2. Où se situe ce monument ? Quelle place particulière cette région a-t-elle eue dans la guerre ?
3. a. Décrivez la statue.
b. Que représente chacun des éléments de la statue ?
4. Trouvez un adjectif qualifiant le message du monument.

OBJECTIF BAC

11 La Première Guerre mondiale, une guerre totale
Question problématisée

1 h

Pour soigner votre rédaction et rendre plus fluide l'enchaînement de vos idées, ce sujet vous propose de travailler sur les phrases de transition entre les parties de votre devoir. Ces phrases permettront en outre de mettre en valeur la construction de votre raisonnement.

LE SUJET

Quelles sont les différentes formes de mobilisation des sociétés qui font de la Première Guerre mondiale un conflit total ?

Méthode

Rédiger des transitions

Rappeler le thème développé

Lorsque vous rédigez une transition, commencez par synthétiser brièvement les deux ou trois grandes idées de la partie que vous venez de terminer.

Mettre en valeur un lien logique avec le thème suivant

Faites le lien avec le thème que vous allez aborder : lien de cause à effet, proximité chronologique ou géographique, élément explicatif de ce que vous venez de décrire…

Annoncer clairement la partie à traiter

Introduisez le thème que vous allez développer ensuite. Afin de relier vos idées et de structurer votre travail, utilisez des articulateurs logiques.

Objectif	Articulateur logique à utiliser
• Ajouter une idée	• Par ailleurs, en outre, de plus, d'autre part D'abord, ensuite, enfin
• Attirer l'attention sur un exemple	• Notamment, en particulier, au sujet de, en ce qui concerne, ainsi, par exemple, en effet
• Nuancer, atténuer une idée	• Du moins, certes, mais, en fait, en réalité, toutefois, néanmoins, cependant
• Présenter des conséquences	• De ce fait, c'est pourquoi, par conséquent, ainsi, aussi (+ inversion sujet/verbe)
• Résumer	• En bref, finalement, en définitive

LA FEUILLE DE ROUTE

→ *Reportez-vous à la méthode détaillée de la question problématisée p. 284*

Étape 1 Analyser le sujet

Les formes de mobilisation des sociétés lors de la Première Guerre mondiale

Formulation
Le sujet invite à décrire les différents aspects de la mobilisation des sociétés (combattants et civils) pendant la guerre

Bornes chronologiques
- 1914 : début du conflit
- 1918 : fin de la guerre

Type de sujet
Sujet thématique

Notions et mots clés
Guerre totale : mobilisation de toutes les ressources pour vaincre l'ennemi

Étape 2 Mobiliser ses connaissances

- Réfléchissez à la notion centrale : dans une guerre totale, les sociétés sont soudées autour d'un même objectif, vaincre l'ennemi. Elles cherchent à utiliser tous les moyens pour y parvenir.
- Pensez à ces différents moyens : humains (soldats au front, travailleurs à l'arrière), économiques (économie de guerre, emprunts d'État), scientifiques (armement, médecine), mais aussi moraux (propagande, censure…).

Étape 3 Dégager les enjeux du sujet

La question problématisée pourrait se résumer ainsi : en quoi la Première Guerre mondiale est-elle un conflit total ?

Étape 4 Organiser la réponse

Comme la mobilisation concerne différents domaines, le plan thématique s'impose : une partie pour chaque forme de mobilisation.

I. Une guerre qui mobilise toutes les ressources humaines
II. Une guerre qui mobilise toutes les ressources économiques et scientifiques
III. Une guerre qui s'accompagne d'une mobilisation morale

Étape 5 Rédiger le devoir → CORRIGÉ p. 145

CORRIGÉS

SE TESTER QUIZ

1 Un embrasement mondial

1. Réponse c. La France s'allie à la Russie en 1894 et au Royaume-Uni en 1904. Cette « Entente cordiale », donne son nom à la Triple Entente conclue en 1907.

2. Réponse b. 1917 marque un tournant dans la guerre. Les États-Unis rejoignent l'Entente, l'URSS sort du conflit. La lassitude gagne le front comme l'arrière.

2 La bataille de la Somme

1. Réponse b. La bataille de la Somme se déroule en 1916. C'est la phase de guerre de position ou guerre des tranchées.

2. Réponses a et c. Pour la première fois, les troupes de l'Entente ont recours à des chars et à l'aviation offensive.

À NOTER
Les gaz sont utilisés pour la première fois à la bataille d'Ypres (Belgique), en 1915.

3 Les civils, acteurs et victimes de la guerre

1. Réponse a. L'affirmation **b** est fausse : les historiens estiment que le génocide arménien a tué entre 1,2 et 1,5 million de personnes. Cependant, faire le bilan d'un génocide est difficile.

2. Réponse a. Le nombre de victimes militaires est d'environ 9,7 millions de morts pour environ 8,9 millions de victimes civiles (famines, maladies).

4 Sortir de la guerre

1. Réponse b. Le premier traité de paix signé est celui de Versailles. Il ne concerne que le sort de l'Allemagne.

2. Réponse a. Le Congrès américain refuse de ratifier le traité de Versailles en 1920. De ce fait, bien qu'ils en soient l'initiateur, les États-Unis n'intègrent pas la SDN.

3. Réponse b. La tombe du soldat inconnu est inaugurée en 1920.

S'ENTRAÎNER

5 Comprendre le vocabulaire du cours

1. **front** : zone des combats • **no man's land** : espace entre deux tranchées ennemies • **propagande** : techniques de persuasion pour propager une idée • **rationnement** : limitation de l'approvisionnement des ressources • **censure** : limitation, contrôle de la liberté d'expression • **génocide** : élimination physique intentionnelle, totale ou partielle, d'un groupe national, ethnique ou religieux • **pogrom** : violences accompagnées de pillages contre une partie de la population.

2. La Grande Guerre bouleverse toutes les sociétés qui l'ont subie. Débutant en **1914** et s'achevant en 1918, elle est la première guerre mondiale de l'histoire : les combats ont lieu sur deux **fronts** en Europe (à l'ouest et à l'est) mais le conflit mobilise aussi des États extra-européens (comme les **États-Unis** à partir d'avril 1917) et l'ensemble des **colonies** des pays européens. C'est une guerre **totale** (conflit qui mobilise la totalité des forces d'une nation pour vaincre l'ennemi). Ce conflit concerne également celle des civils restés à l'**arrière**, qui combattent – à leur façon – pour la victoire de leur pays. C'est la raison pour laquelle le retour à la paix est si compliqué : la Société des Nations créée en 1919 a pour but de maintenir la **paix** dans le monde.

6 Se repérer dans le temps

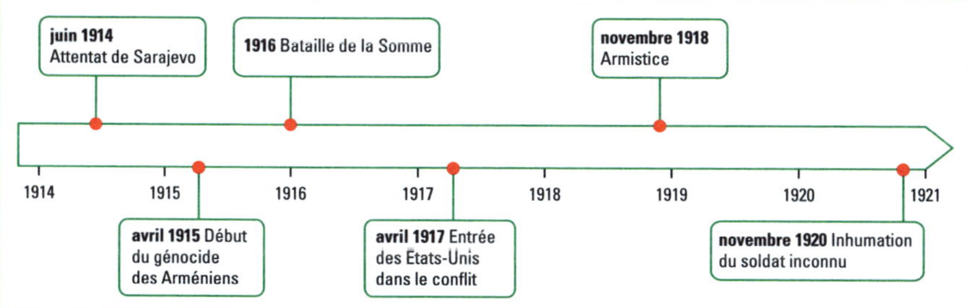

7 Réviser le cours en 8 questions flash

1. Les alliances en présence en 1914 sont la **Triple Entente** (France, Royaume-Uni, Russie) et la **Triple Alliance** (Empires allemand et austro-hongrois, Italie).

2. Jusqu'à l'automne 1914 les armées se déplacent sur un front mouvant, c'est une **guerre de mouvement**. À la fin de l'année 1915 les soldats s'enterrent dans des tranchées (**guerre de position**). En 1918, les offensives reprennent.

3. L'effort de guerre correspond à la **mobilisation économique de l'arrière**. Les civils travaillent pour ravitailler le front.

4. La mobilisation des esprits désigne l'usage par les États en guerre de la **propagande** et de la **censure** pour maintenir le moral des populations.

5. Le droit des peuples à disposer d'eux-mêmes est le principe selon lequel **chaque peuple doit pouvoir choisir son régime politique librement**, et donc être souverain sur un territoire délimité par des frontières.

6. L'Allemagne doit payer de **lourdes réparations**. Elle perd ses colonies, l'Alsace-Moselle et Dantzig. Elle est **démilitarisée**, la rive gauche du Rhin est **occupée** par les Français et son armée est réduite à 100 000 hommes.

7. Pour assurer une sécurité collective, des pays signent un accord selon lequel si l'un des membres est menacé ou attaqué, les autres pays lui apporteront leur **aide**.

8. Un monument aux morts est une **construction** érigée après le conflit pour **rendre hommage aux soldats tombés au front**.

8 Décrire et comprendre un document iconographique

1. a. Sur cette affiche, on voit au premier plan un gorille armé d'une batte, qui enlève une femme, dénudée, la tête penchée en arrière.

b. Le gorille représente l'**Allemagne** : il porte un casque à pointe, comme tous les soldats de l'Empire allemand en 1914 (jusqu'en 1916) et sur sa batte est écrit « *kultur* », comme s'il essayait de diffuser la culture germanique par la force.

c. La femme dans les bras du gorille est une **allégorie**. Elle représente la liberté (elle ressemble à la statue de la liberté) menacée par l'Allemagne.

> **INFO**
> Une **allégorie** est un personnage, un élément, représentant une idée abstraite. En sculpture et en peinture, les allégories sont courantes.

2. Ce type de document est un **dessin de propagande.** Il cherche à diaboliser l'ennemi en le déshumanisant, en le comparant à une bête féroce.

3. Cette affiche de propagande a été commanditée par l'**État américain** dans le but de mobiliser des volontaires dans le cadre de l'intervention militaire en Europe.

9 Préparer la réponse à une question problématisée

1.

Les civils, acteurs de la guerre	Les civils, victimes de la guerre
• les civils sont mobilisés pour l'effort de guerre ex. : travail, emprunts nationaux • **les civils soutiennent moralement le front** ex. : **courrier, marraines de guerre** • **les civils sont mobilisés par la propagande** ex. : **affiches, rôle de l'école**	• **les civils sont victimes au quotidien** ex. : **pénurie, rationnement, réquisitions** • **les civils sont victimes des violences de guerre** ex. : **bombardement, génocide** • les civils sont en deuil ex : bilan humain, monuments aux morts, commémorations

2. Si les soldats sont mobilisés au front pour combattre l'ennemi, à l'arrière les civils sont également des acteurs directs de la guerre.

Les civils sont entièrement tournés vers l'**effort de guerre.** Il s'agit pour les femmes, les jeunes, les hommes réformés et les ouvriers qualifiés, rappelés du front, de travailler principalement dans les usines d'armement et sur les exploitations agricoles. De nombreux étrangers et des « indigènes » venus des colonies participent à cette mobilisation économique organisée par les États. Ces derniers sont également à l'origine de nouveaux impôts ou d'emprunts nationaux pour financer la guerre.

> **INFO**
> La première phrase introduit la première partie, elle en présente le thème général.

La mobilisation des civils passe aussi par le **soutien moral** qu'ils apportent au front, notamment via le courrier ou les lettres écrites par les « marraines de guerre » à des soldats qu'elles ne connaissent pas. Les liens entre l'arrière et le front développent un **patriotisme défensif**.

Enfin, les civils sont eux-mêmes soumis à une **mobilisation morale**. Les États organisent une intense **propagande** afin de diaboliser l'ennemi et de justifier un conflit qui s'éternise. La censure de la presse permet de dissimuler les mauvaises nouvelles du front, voire de divulguer de fausses informations afin d'épargner le moral des civils.

10 Analyser une photographie

1. Le monument représenté sur la photographie est un monument aux morts. L'inscription « À nos morts » permet de l'identifier avec certitude.

2. Il s'agit du monument aux morts de la ville de **Péronne**, dans la Somme, région où s'est déroulée la bataille la plus meurtrière, de juin à novembre 1916.

3. a. La statue représente un soldat mort, gisant. Derrière lui, une femme à genoux tend le poing devant elle. Son expression est celle de la **colère**. Derrière les personnages, on aperçoit le pied d'une colonne cassée.

b. Le **soldat mort** représente les **victimes du front**, notamment les soldats originaires de Péronne et de toute la Picardie. La **femme** pourrait être sa mère ou son épouse. Elle représente la **société en deuil**, toutes les veuves mais peut-être aussi la patrie, la région ou la commune qui pleure ses morts. Son attitude dénote la tristesse mais son poing tendu représente la **colère**. La **colonne cassée** évoque les destructions causées par la guerre, les dégâts matériels.

> **CONSEIL**
> N'hésitez pas à émettre des hypothèses, du moment qu'elles s'appuient sur vos connaissances. L'interprétation d'une œuvre est subjective.

4. Ce monument, parce qu'il dénonce les effets de la guerre et en raison de l'attitude de la femme, peut être qualifié de **pacifiste**. C'est une dénonciation de la guerre tout autant qu'un hommage rendu aux défunts.

OBJECTIF BAC

11 Question problématisée

[Introduction] La Grande Guerre a profondément bouleversé les sociétés qui l'ont vécue. Premier conflit d'ampleur mondiale, c'est aussi une guerre inédite, de 1914 à 1918, où le front et l'arrière sont entièrement mobilisés par les États avec le même objectif : vaincre l'ennemi.

Pourquoi la Première Guerre mondiale peut-elle être qualifiée de guerre totale ? Pendant le conflit, les États mobilisent toutes les forces humaines, au front comme à l'arrière **[I]**. Ils mettent en place une économie de guerre dirigée **[II]** et encadrent les esprits pour vaincre l'ennemi **[III]**.

> **CONSEIL**
> Cette façon de présenter le plan allège l'introduction.

I. Une guerre qui mobilise toutes les ressources humaines

■ La mobilisation concerne d'abord les combattants : plus de 67 millions d'hommes sont mobilisés pour combattre, et l'on fait appel à de nombreuses troupes venues des colonies.

■ La mobilisation concerne aussi les civils : ils ravitaillent le front en nourriture, armes et munitions. Leur travail quotidien est assujetti aux besoins du front. Les civils sont en lien permanent avec le front par le courrier, notamment celui des marraines de guerre qui soutiennent les soldats dans leur quotidien.

[transition] En bref, le front défend l'arrière et l'arrière soutient le front. Ce soutien concerne aussi les domaines économique et financier ainsi que les ressources scientifiques.

II. Une guerre qui mobilise toutes les ressources économiques et scientifiques

■ Les sociétés sont mobilisées économiquement et financièrement. Les États dirigent toutes les productions, lancent des emprunts nationaux et internationaux, créent de nouveaux impôts : c'est l'économie de guerre.

■ Le travail des scientifiques permet l'apparition de nouvelles armes comme les mitrailleuses, les gaz, les chars et les premiers avions de combat.

■ La médecine de guerre, la chirurgie réparatrice et la psychologie font des progrès importants. Il s'agit de soigner mais aussi de prendre en charge les « gueules cassées » et les soldats souffrant de choc post-traumatique (« l'obusite »).

[transition] La mobilisation économique et scientifique des sociétés relève donc des États, tout comme l'utilisation de la censure et de la propagande.

III. Une guerre qui nécessite une mobilisation des esprits

■ Au front, que ce soit par la contrainte militaire, qui limite les désertions et les actes de mutinerie, ou par une culture de guerre visant à diaboliser l'ennemi, tout est mis en œuvre pour développer le patriotisme.

■ À l'arrière, la propagande minimise les défaites et glorifie le courage des combattants. La presse, dont certains titres diffusent de fausses informations, est régulièrement censurée afin de maintenir le moral de l'arrière et minimiser les défaites.

[Conclusion] La Première Guerre mondiale est donc bien un conflit total : toutes les ressources humaines, économiques, scientifiques et morales des populations sont mobilisées dans un seul but, vaincre l'ennemi. Cette mobilisation sans précédent de toutes les sociétés est organisée par les États belligérants. C'est à eux, en 1918, qu'il reviendra d'organiser la paix.

7 Urbanisation et métropolisation dans le monde

La City de Londres, centre du pouvoir économique et financier de la métropole, témoigne de son statut de ville mondiale. Les gratte-ciel sont l'expression spatiale du rayonnement de Londres à toutes les échelles géographiques.

FICHES DE COURS

EXERCICES & SUJETS

CORRIGÉS

29 Une planète de citadins vivant de plus en plus dans des métropoles

En bref *Le monde connaît une urbanisation croissante, en particulier dans les pays en développement. Ces citadins de plus en plus nombreux vivent notamment dans des métropoles regroupant plusieurs millions d'habitants, territoires essentiels et emblématiques de la mondialisation.*

I Une urbanisation croissante de la population

1 La transition urbaine mondiale

- Depuis 2015, **55 % de la population mondiale vit en ville** (contre 30 % en 1950). Ce taux devrait continuer à augmenter pour atteindre 60 % en 2030.
- Il y aurait donc environ **4 milliards de citadins sur la planète** aujourd'hui (*a priori* 5 milliards en 2030).

2 Une urbanisation surtout due aux pays en développement

- Le rythme de la croissance urbaine mondiale est relativement soutenu (environ 2 % par an). Cette moyenne cache des disparités. La croissance est **ralentie dans les pays développés** (environ 0,5 % par an) et **très rapide dans les pays en développement** (environ 2,5 % par an, et même 4 % par an dans les PMA) encore marqués par un exode rural et un dynamisme démographique importants.
- L'Amérique latine fait figure d'exception, avec des taux d'urbanisation similaires à ceux des pays développés.

II Le phénomène de métropolisation

- La planète compte aujourd'hui **513 agglomérations** (ensemble urbain composé de plusieurs villes interconnectées) **de plus d'un million d'habitants** (16 en 1900). 45 comptent entre 5 et 10 millions d'habitants et **29 sont des mégapoles** (agglomération de plusieurs millions d'habitants) **de plus de 10 millions d'habitants**. Seules 5 villes dépassent 20 millions d'habitants : Tokyo, Delhi, Shanghai, Mexico, São Paulo.
- Ce phénomène de **métropolisation** est lié à celui de **littoralisation**. Au Brésil, la région littorale du *Sudeste* est très dynamique et s'appuie notamment sur les mégapoles de São Paulo et Rio de Janeiro.
- En Afrique, les métropoles du littoral du golfe de Guinée sont de plus en plus **intégrées aux échanges mondiaux** (Lagos au Nigeria, première métropole du continent africain).

MOT CLÉ

La **métropolisation** désigne la concentration progressive des hommes et des activités dans les métropoles.

III Les caractéristiques des métropoles

1 Des relais essentiels dans la mondialisation

■ Les métropoles concentrent les **pôles décisionnels** politiques, économiques, financiers et culturels. Les quartiers d'affaires des grandes métropoles mondiales accueillent les **sièges sociaux des FTN** (firmes transnationales).

■ Les métropoles sont souvent des **nœuds de transports et de communication** bénéficiant de ports et d'aéroports ou servant de points de jonction des câbles intercontinentaux nécessaires au réseau Internet mondial.

2 La présence d'une main-d'œuvre et de services de haut niveau

■ Ces agglomérations bénéficient d'une main-d'œuvre qualifiée : Paris concentre 40 % des effectifs français de recherche et développement.

■ Elles bénéficient également d'**équipements culturels** qui rayonnent à différentes échelles (le MoMa à New York ou le Louvre à Paris et à Abu Dhabi).

3 Des paysages métropolitains

L'aménagement de **quartiers d'affaires dotés de gratte-ciel**, dessinés par des « starchitectes » permet à une métropole de **montrer sa puissance**.

zoOm

La City de Londres

■ La City, quartier d'affaires de Londres, abrite les sièges sociaux de grandes FTN et le London Stock Exchange, l'une des premières bourses du monde.

■ **Premier hub européen**, Londres est le **point de convergence** de nombreuses voies routières et ferroviaires qui la relient aux autres métropoles du Royaume-Uni et de l'Europe.

30 Des formes urbaines de plus en plus étendues et complexes

En bref *L'urbanisation à l'échelle mondiale laisse apparaître des nouvelles formes d'espaces urbains, liées à la croissance de sa population et à l'extension spatiale des métropoles. Ces dernières forment un réseau cohérent, concentrant et redistribuant les flux de capitaux, de marchandises et d'informations et les mobilités humaines.*

I De la métropole à la mégalopole

Dans certains territoires, les métropoles peuvent être intégrées à des ensembles urbains plus vastes appelés **mégalopoles**.

> **MOT CLÉ**
> Une **mégalopole** est une grande région urbaine regroupant plusieurs métropoles millionnaires reliées entre elles par un réseau dense d'axes de transport et de communication.

1 Trois mégalopoles majeures

- La *Megalopolis* du Nord-Est des États-Unis, ou la « Bos-Wash », s'étend de Boston à Washington en passant par New York, Philadelphie et Baltimore. Elle regroupe environ 55 millions d'habitants.
- La mégalopole européenne rayonne de Londres à Milan et relie de nombreuses métropoles (Bruxelles, Amsterdam, Francfort...) grâce à un maillage serré du réseau de communication et de transport. Elle concentre environ 80 millions d'habitants.
- La mégalopole japonaise, s'étend de Sendai à Fukuoka et sur trois des quatre îles principales du Japon (Honshu, Shikoku et Kyushu). Elle regroupe 100 millions d'habitants sur les 127 millions du Japon. Le tiers des habitants de la mégalopole vit dans la plaine du Kantô où se situe Tokyo. Le train à grande vitesse Shinkansen relie les différentes métropoles de la mégalopole.

2 Corridors urbains et conurbations

- À ces mégalopoles, s'ajoutent de grands corridors urbains ou mégalopoles en cours de formation. C'est le cas aux États-Unis de la « San-San », de San Diego à San Francisco en Californie ou de la « Chi-Pitts » de Chicago à Pittsburgh dans la région des Grands Lacs. Ce façonnage est aussi visible au Sud-Est du Brésil avec le triangle São Paulo, Rio de Janeiro et Belo Horizonte ; en Chine autour de Shanghai, ou encore au sud-ouest de l'Inde dans l'État du Kerala.
- L'extension des villes fait apparaître de nouvelles formes urbaines comme les conurbations, ensembles urbains formés par au moins deux agglomérations dont les banlieues respectives, en s'étendant, finissent par se rejoindre. L'ensemble formé par les villes d'Osaka et Kobé au Japon en est un bel exemple.

II L'archipel mégalopolitain mondial

■ Les métropoles constituent les têtes de pont de l'économie mondiale et jouent un **rôle essentiel dans la mondialisation**. Les métropoles constituent des **nœuds primordiaux pour les échanges internationaux**, en particulier lorsqu'elles sont sur le littoral et adossées à un port d'envergure mondiale. Shanghai bénéficie d'un complexe portuaire de trois ports, dont le port en eau profonde de Yangshan permettant d'accueillir les plus grands porte-conteneurs.

■ Les métropoles fonctionnent en **réseau**. En témoignent les mobilités touristiques qui s'opèrent entre les métropoles européennes : la majorité des touristes européens qui visitent ces métropoles sont issus d'une autre métropole. Olivier Dollfus parle d'un « **archipel mégalopolitain mondial** ».

> **MOT CLÉ**
> L'**archipel mégalopolitain mondial** représente, à l'image d'un archipel, le fonctionnement en réseau discontinu mais cohérent des métropoles dans le cadre de la mondialisation.

■ Toutefois, les métropoles attirent et rayonnent à différentes échelles. Leur **ancrage territorial** est essentiel dans leur fonctionnement, notamment au niveau de la **sphère productive** : la production réalisée sur son territoire ou dans ses espaces périphériques participe, au travers des exportations, à son rayonnement.

zoOm

La Mégalopolis du Nord-Est des États-Unis

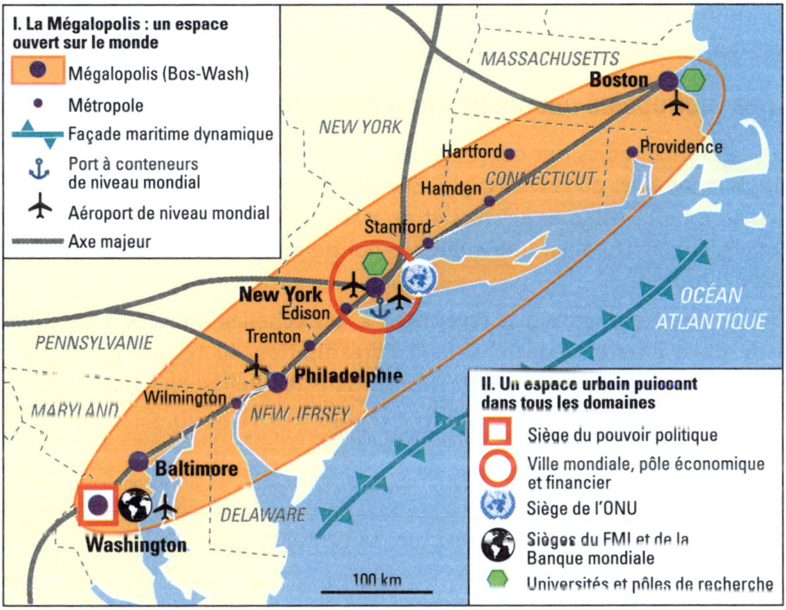

31 Des métropoles variées et inégalement attractives

En bref *Les métropoles présentent des profils variés, qu'il s'agisse de leur nombre d'habitants ou de leur échelle de rayonnement. De ce constat, ressort une hiérarchie des métropoles allant de la ville mondiale à la métropole régionale.*

I Une hiérarchie des métropoles

1 Les villes mondiales

- Les **villes mondiales** ont un rayonnement à toutes les échelles géographiques (de l'échelle mondiale à l'échelle locale) et dans tous les domaines. C'est le cas de Tokyo, New York, Paris, Londres et Shanghai.

MOT CLÉ
On appelle **ville mondiale** une grande métropole bénéficiant de pôles décisionnels ayant une influence mondiale dans les domaines économique, financier, politique et culturel.

- La puissance d'une métropole ne dépend pas uniquement de son nombre d'habitants. Les mégapoles de Jakarta et du Caire, pourtant très peuplées, ne sont pas des villes mondiales car elles ne bénéficient pas de fonctions de commandement de niveau mondial.

- À l'inverse, Londres cumule une population nombreuse (environ 12 millions d'habitants), un pouvoir politique et diplomatique, des sièges sociaux de grandes FTN et une place financière de premier ordre, ainsi qu'une influence culturelle à travers des institutions comme la National Gallery ou la Tate Modern.

2 Des métropoles qui rayonnent à des échelles plus restreintes

- D'autres métropoles ont une envergure continentale. C'est le cas de Madrid, Berlin, Buenos Aires ou encore Lagos. Elles jouent ainsi un rôle important dans la structuration des réseaux urbains et de transport aux échelles continentale et nationale, et peuvent avoir une influence politique à l'image de Berlin au sein de l'Union européenne.

- Enfin, certaines métropoles rayonnent à des échelles limitées à leur région ou leur pays. Elles participent alors à l'organisation du territoire régional et/ou national, en dynamisant les territoires dans lesquelles elles sont implantées (Nantes, Bilbao, Phoenix...).

II Des métropoles spécialisées

■ Certaines métropoles se spécialisent dans différents domaines :

– les **fonctions politique et diplomatique** : institutions européennes à Bruxelles, siège du PCC à Pékin (Beijing), Maison-Blanche à Washington, etc. ;

– l'accueil de **FTN** (3 FTN parmi les 500 premières mondiales à São Paulo) et le développement économique en lien avec des **industries de pointe** (Bangalore) ;

– le rôle de **place financière** : Banque centrale européenne à Francfort, Bourse des matières agricoles à Chicago ;

– enfin, des **secteurs d'activité** tels que la mode (Milan) ou l'industrie cinématographique (Los Angeles) ;

MOT CLÉ
Une **firme transnationale** (FTN) est une entreprise ou un groupe d'entreprises réalisant ses activités dans plusieurs pays du monde par l'intermédiaire de filiales.

■ Les acteurs de ces métropoles cherchent souvent à accueillir des événements ou des congrès mondiaux pour **affirmer l'image d'une métropole complète** (ex. : Jeux olympiques de Beijing en 2008 et de Rio en 2016).

zoOm

La métropolisation au Brésil : dynamiques et contrastes

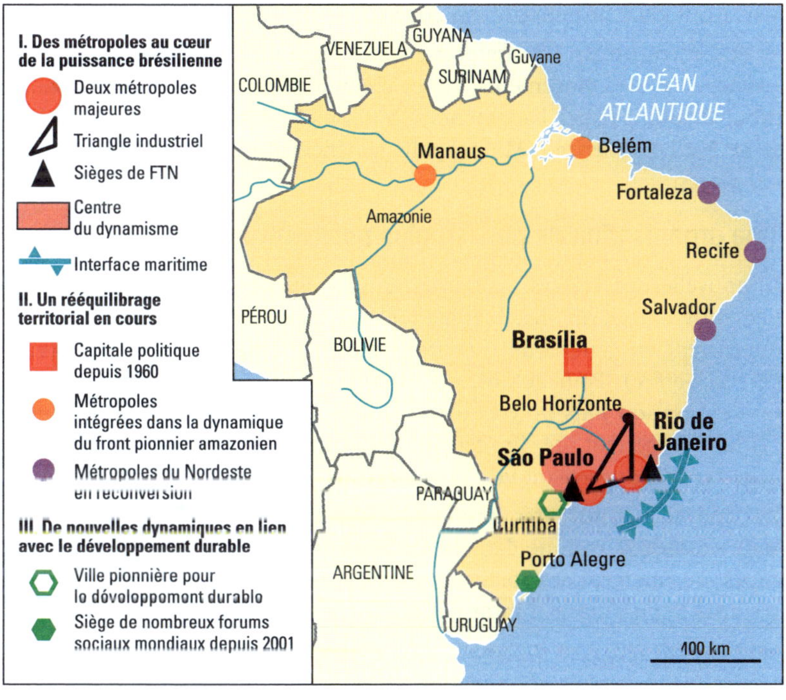

32 La recomposition des espaces intramétropolitains

En bref *Après avoir envisagé le rôle des métropoles et leur fonctionnement en réseau à différentes échelles, il convient de considérer ces espaces à l'échelle intramétropolitaine. Les métropoles connaissent en effet une extension verticale et horizontale, qui contribue à fragmenter les espaces urbains.*

I Étalement urbain et nouveaux centres fonctionnels

1 Une extension verticale et horizontale

- Les métropoles connaissent une **extension verticale** (gratte-ciel, villes à plusieurs niveaux) mais surtout **horizontale** : c'est l'**étalement urbain**. À Phoenix, la densité de population est très faible et certains *suburbs* (banlieues) périphériques sont à plus de 80 kilomètres de la ville-centre.
- Ce phénomène entraîne une **augmentation des mobilités intra-urbaines**, surtout motorisées, à l'origine de pollutions et de nuisances sonore et lumineuse. À Pékin, les seuils de pollution de l'air recommandés par l'OMS sont régulièrement franchis (179 jours de pollution en 2015).
- Cet étalement urbain s'accompagne aussi d'une **fragmentation fonctionnelle des espaces urbains** (logements, zones d'emplois, centres commerciaux...) qui contribue d'autant plus à l'augmentation des mobilités entre les différents territoires. Le *Mall of America* à Minneapolis bénéficie ainsi d'un parking de plus de 10 000 places.

2 Une organisation de plus en plus polycentrique

- De nouvelles centralités apparaissent dans les périphéries des métropoles, appelées *edge cities* (ville-lisière) par Joel Garreau. Dans ces zones d'emplois, se concentrent en général des fonctions moins prestigieuses que dans la ville-centre (*back-office*). Pour autant, ces nouveaux pôles périphériques participent à unc **organisation plus polycentrique des métropoles**. À New York, plusieurs *edge cities* permettent de limiter les navettes domicile-travail convergeant vers l'hypercentre.
- Ces nouvelles centralités prennent parfois la forme de ***clusters*** comme dans la banlieue de New York, où émergent des pôles suburbains spécialisés dans la pharmacie, l'informatique...

MOT CLÉ
Un **cluster** est un territoire spécialisé dans l'innovation mettant en lien différents acteurs d'un même domaine dans le but de créer des synergies.

II Accentuation des contrastes et des inégalités

1 La fragmentation sociospatiale

■ Les métropoles sont marquées par une fragmentation sociospatiale : les inégalités sociales prennent la forme d'**inégalités spatiales**. Les taux de chômage et de pauvreté sont ainsi beaucoup plus élevés dans le Bronx qu'à Manhattan.

■ Dans les **pays en développement**, la croissance urbaine se caractérise souvent par l'émergence de bidonvilles. À Mumbai, le bidonville de Dharavi côtoie l'hypercentre de la capitale économique de l'Inde.

2 Gentrification et nouvelle densification dans les villes-centres

■ Cette segmentation est parfois amplifiée par la **gentrification** des villes-centres des métropoles. À Berlin, dans le quartier populaire de Kreuzberg, la hausse des prix de l'immobilier entraîne le départ progressif des classes populaires vers des quartiers plus excentrés.

MOT CLÉ

La **gentrification** désigne la conquête spatiale de quartiers populaires par des catégories socioprofessionnelles aisées, qui passe par une transformation des logements, des commerces et de l'espace public.

■ Aux États-Unis, le *new urbanism*, un courant d'architectes et d'urbanistes, prône une **densification des espaces centraux** pour limiter l'étalement urbain. Ceci permettrait un urbanisme de la ***walkability*** (« marchabilité ») favorisant les circulations autogènes.

zoOm

La fragmentation sociospatiale à Mumbai

Les inégalités sociales dans le paysage urbain à Mumbai sont visibles : le **bidonville** au premier plan concentre une **forte densité de population** vivant dans des habitats précaires. À l'arrière-plan, on distingue un **quartier d'affaires** et des **résidences** pour une **population beaucoup plus aisée**.

MÉMO VISUEL

La croissance urbaine

Un phénomène mondial à l'intensité inégale

Aujourd'hui, la croissance urbaine est…
- modérée dans les pays développés
- forte dans les pays en développement
- très forte dans les PMA

L'étalement urbain : les bidonvilles à Lagos (Nigeria)

URBANISATION ET

Étalement et fragmentation

L'étalement, corollaire de la croissance urbaine

- Artificialisation des espaces
- Organisation de plus en plus polycentrique
- Accroissement des migrations pendulaires
- Hausse de la pollution

Une fragmentation à différents niveaux

- Fragmentation sociospatiale (renforcée par la gentrification)
- Fragmentation fonctionnelle

MÉTROPOLISATION

Des métropoles inégalement dynamiques

La métropolisation, un phénomène mondial

Deux processus majeurs y contribuent :
- la littoralisation des économies
- la mondialisation

Un fonctionnement en réseau à différentes échelles

- Mégalopoles
- Corridors urbains
- Archipel mégalopolitain mondial
- Nœuds dans les réseaux de transport et de communication

Nœud autoroutier à Los Angeles

Une forte concentration de population et d'activités

- Abondance de la main-d'œuvre
- Diversité des activité
- Présence de services spécifiques
- Pôles décisionnels (politiques et économiques)
- Centres de recherche et d'innovation
- Équipements culturels

SE TESTER QUIZ

Vérifiez que vous avez bien compris les points clés des **fiches 29 à 32**.

1 Une planète de citadins vivant de plus en plus dans des métropoles

→ FICHE 29

1. La part de la population mondiale vivant en ville est de…

☐ **a.** 35 %. ☐ **b.** 75 %. ☐ **c.** 55 %.

2. La croissance urbaine actuelle a surtout lieu…

☐ **a.** dans les pays développés. ☐ **b.** dans les pays en développement.

2 Des formes urbaines de plus en plus étendues et complexes

→ FICHE 30

1. La Mégalopolis étudiée par Jean Gottmann se situe…

☐ **a.** en Europe de l'Ouest.
☐ **b.** au Nord-Est des États-Unis.
☐ **c.** au Japon.

2. Qu'est-ce que le Shinkansen ?

☐ **a.** Un train à grande vitesse
☐ **b.** Un avion
☐ **c.** Un bateau de croisière

3 Des métropoles variées et inégalement attractives

→ FICHE 31

1. Laquelle des villes suivantes n'est pas une ville mondiale ?

☐ **a.** New York ☐ **b.** Washington ☐ **c.** Paris

2. Un paysage de gratte-ciel indique généralement…

☐ **a.** un quartier de logements.
☐ **b.** des universités.
☐ **c.** un quartier d'affaires.

4 La recomposition des espaces intramétropolitains

→ FICHE 32

1. Parmi les affirmations suivantes, laquelle est vraie ?

☐ **a.** L'étalement urbain permet de diminuer les mobilités intra-urbaines et donc la pollution.
☐ **b.** La gentrification amplifie la fragmentation sociospatiale dans les métropoles.
☐ **c.** les *edge-cities* sont des zones d'emploi situés dans les centres-villes.

2. Le *new urbanism* prône…

☐ **a.** un usage plus intense de la voiture.
☐ **b.** une densification des espaces urbains favorisant les circulations douces.

S'ENTRAÎNER

5 Connaître le vocabulaire du cours

→ FICHES 29 à 32

1. Associez chaque notion à un exemple.

mégalopole •	• Osaka-Kobé
métropole de niveau continental •	• de Boston à Washington
conurbation •	• Phoenix
étalement urbain •	• Berlin

2. Complétez le texte avec les termes suivants :

corridor urbain • transport • mégalopole • étalement urbain • métropole • communication • centres de décisions • conurbation

Une .... regroupe de nombreux habitants, des activités, des axes de .... et de .... et des .... Plusieurs métropoles millionnaires reliées efficacement entre elles peuvent former un .... voire une .... Lorsque les banlieues de deux agglomérations se rejoignent, cela forme une .... L'......................... peut alors être très important.

6 Se repérer dans l'espace

→ FICHES 29 à 32

1. Placez sur le planisphère les métropoles suivantes :

New York • Mumbai • Los Angeles • Mexico • São Paulo • Londres • Paris • Lagos • Shanghai • Le Caire • Beijing • Tokyo • Jakarta • Delhi

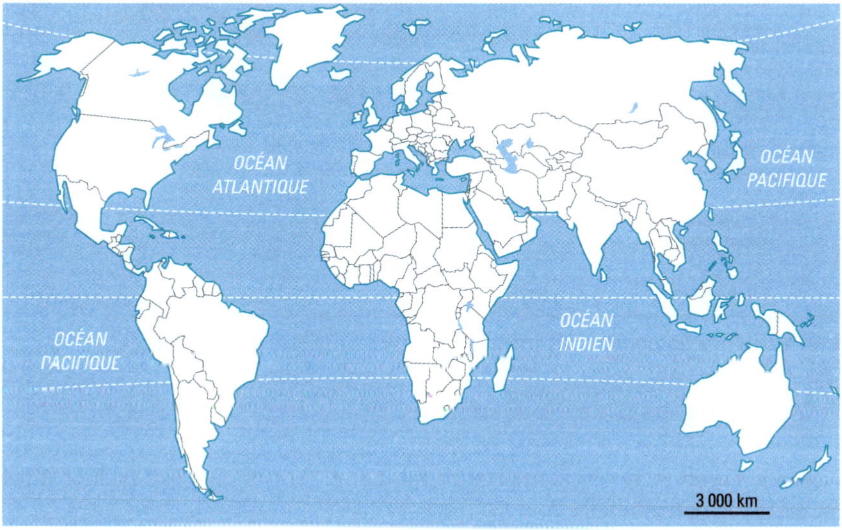

2. Parmi les métropoles localisées, indiquez les villes mondiales à l'aide d'un cercle rouge.

7 Réviser le cours en 8 questions flash

→ FICHES 29 à 32

1. Pourquoi parle-t-on d'une transition urbaine mondiale ?
2. En quoi la métropolisation est-elle un phénomène planétaire ?
3. Qu'est-ce qu'une mégalopole ?
4. Pourquoi Olivier Dollfus parle-t-il d'un « archipel mégalopolitain mondial » ?
5. En quoi Londres peut-elle être qualifiée de ville mondiale ?
6. Une métropole peut-elle présenter une organisation polycentrique ?
7. En quoi l'étalement urbain est-il problématique ?
8. Qu'est-ce que la fragmentation sociospatiale des métropoles ?

8 Comprendre une carte

→ FICHE 32

Document **La fragmentation sociospatiale à Buenos Aires**

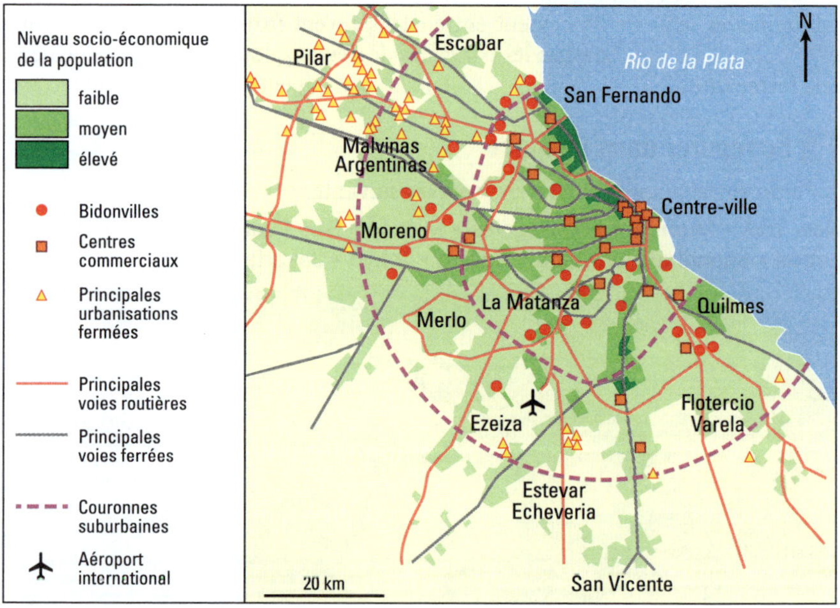

1. a. Surlignez en couleur les principales voies routières et ferroviaires. Que constatez-vous ?

b. Où se situent les centres commerciaux ?

c. En vous appuyant sur l'échelle graphique, mesurez la distance entre le centre de l'agglomération et sa périphérie la plus lointaine. Peut-on dire que Buenos Aires est particulièrement étalée ?

2. a. Où se trouvent les territoires où la population est la plus aisée ?

b. Où se situent les territoires où la population est la plus pauvre ?

3. En vous appuyant sur les questions précédentes, rédigez un texte d'une dizaine de lignes pour montrer que l'on peut parler d'une fragmentation socio-spatiale du territoire à Buenos Aires.

MOT CLÉ

Les **urbanisations fermées**, ou *gated communities*, désignent des résidences ou des quartiers fermés réservés à des personnes aisées. Elles se trouvent souvent dans des périphéries au niveau de vie plus faible, ce qui renforce la fragmentation sociospatiale à l'échelle locale.

9 Comprendre un graphique

Document **Consommation de carburant et densité urbaine**

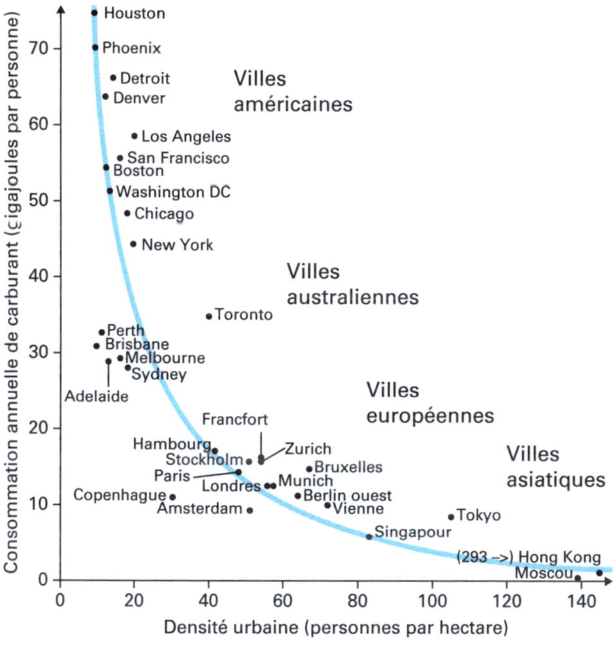

Source : d'après Peter Newman et Jeffrey Kenworthy (version française publiée par Frédéric Héran, 2001)

1. Sur le graphique, surlignez chaque type de ville (américaines, australiennes, européennes, asiatiques) avec une couleur et associez-les aux noms de villes proposées.

2. Quelles sont les villes les plus étalées ?

3. D'après le graphique, qu'entraîne l'étalement urbain des villes ? En quoi est-ce un problème pour l'environnement ?

CONSEIL

Regardez la densité urbaine : plus elle est faible, plus l'étalement urbain est susceptible d'être important.

4. En vous appuyant sur les questions précédentes, expliquez dans un petit paragraphe en quoi la compacité d'une ville peut avoir un impact sur sa durabilité.

OBJECTIF BAC

10 La métropolisation : processus et fonctionnement Question problématisée

1 h

Ce sujet vous propose un entraînement à la question problématisée. Il mobilise l'ensemble des notions du chapitre et vous invite à réfléchir à plusieurs échelles.

LE SUJET

La métropolisation à l'échelle planétaire : un processus urbain incarné par des villes de plus en plus peuplées et étendues, qui connaissent des dynamiques variées et fonctionnent en réseau.

Méthode

Dégager les enjeux d'une question problématisée

Analyser le sujet au brouillon

- Commencez par définir les **notions clés du sujet**, et repérez comment elles s'articulent dans la formulation du sujet.
- Déterminez les **limites spatiales** du sujet (espaces concernés, échelles) : en géographie, il est essentiel de spatialiser la réflexion.
- Identifiez les **acteurs impliqués** : ceux qui vivent sur le territoire concerné, exercent telle ou telle activité, ceux qui organisent ou aménagent ce territoire, etc.

Dégager les enjeux du sujet

À partir de l'analyse du sujet, **rassemblez vos connaissances** et notez les questions que le sujet soulève, ses enjeux. De ces derniers, vous allez peu à peu dégager la problématique.

Reformuler la question

- La question problématisée suggère une **démarche analytique**. Il est toutefois possible de la **reformuler pour mieux en faire ressortir les enjeux**. Votre question commencera souvent par une expression telle que « de quelle manière », « comment » ou « dans quelle mesure », éventuellement « pourquoi ».
- Suivant le sujet, la question invitera à une **réflexion multiscalaire** (échelle locale, régionale, nationale et mondiale) ou à une **analyse du rôle** ou de la **place des acteurs** dans l'organisation et les dynamiques d'un territoire.
- Dans votre devoir, cette reformulation de la question figurera à la fin de l'introduction, avant la présentation du plan.

▶▶▶ LA FEUILLE DE ROUTE

→ Reportez-vous à la méthode détaillée de la question problématisée p. 284

Étape 1 Analyser le sujet

La métropolisation : un processus urbain mondial aux dynamiques variées

Formulation
- Les deux-points indiquent l'angle sous lequel étudier la métropolisation
- Les mots « processus » et « dynamiques » sont indissociables et montrent qu'il ne faut pas faire un tableau figé, mais envisager les évolutions

Bornes spatiales
- Échelle mondiale
- Échelle locale

Type de sujet
Analytique

Notions et mots clés
- Processus : phénomène progressif
- Fonctionnement et dynamiques : nombreux acteurs

Étape 2 Mobiliser ses connaissances

■ Détaillez la notion de métropolisation et ce qu'elle implique à différentes échelles.

■ Le sujet couvre l'ensemble du chapitre. Vous devez montrer comment ce phénomène mondial s'appuie sur des acteurs nombreux et se traduit parfois de manière identique, parfois de manière différente selon les territoires.

Étape 3 Dégager les enjeux du sujet

■ Le sujet invite à considérer la métropolisation comme un phénomène planétaire qui modifie l'organisation des territoires à toutes les échelles géographiques.

■ Ces métropoles connaissent des dynamiques variées, dans leur croissance comme dans leur rôle. Elles fonctionnent en un réseau qui constitue un maillage essentiel de la mondialisation.

Étape 4 Organiser la réponse

Sur ce sujet, on peut proposer un plan en deux parties.

I. La métropolisation, un phénomène mondial.

II. Dynamiques et fonctionnement des métropoles à différentes échelles.

Étape 5 Rédiger le devoir → CORRIGÉ p. 167

CORRIGÉS

SE TESTER QUIZ

1 Une planète de citadins vivant de plus en plus dans des métropoles

1. Réponse c. Depuis 2015, 55 % de la population mondiale vit en ville (50 % en 2006).

2. Réponse b. Aujourd'hui, la croissance urbaine a surtout lieu dans les pays en développement, en particulier dans les PMA (taux de croissance de 4 % par an en moyenne).

2 Des formes urbaines de plus en plus étendues et complexes

1. Réponse b. La Mégalopolis se situe au Nord-Est des États-Unis. Jean Gottmann a identifié cette mégalopole dès la fin des années 1950.

2. Réponse a. Le Shinkansen est un train à grande vitesse qui dessert les grandes métropoles de la mégalopole japonaise.

3 Des métropoles variées et inégalement attractives

1. Réponse b. Washington n'est pas une ville mondiale car en dehors de son rôle politique, elle ne rayonne pas à l'échelle mondiale dans les domaines culturel et économique par exemple.

2. Réponse c. Les gratte-ciel concentrent en général les sièges sociaux et les bureaux de grandes entreprises. Ce paysage indique donc a priori un quartier d'affaires.

4 La recomposition des espaces intramétropolitains

1. Réponse b. L'installation de classes moyennes et supérieures dans des quartiers populaires tend à repousser les catégories populaires vers des espaces périphériques, et donc à amplifier la fragmentation sociospatiale.

L'affirmation **a** est fausse, car l'étalement urbain accroît les distances parcourues et les mobilités motorisées, donc les différentes formes de pollution.

L'affirmation **c** est fausse car les *edge-cities* (ville-lisières) sont situées en périphérie des métropoles.

2. Réponse b. Le *new urbanism* propose de limiter l'étalement urbain et donc de favoriser la marche à pied ou le vélo.

S'ENTRAÎNER

5 Connaître le vocabulaire du cours

1. • mégalopole : de Boston à Washington
• métropole de niveau continental : Berlin

- conurbation : Osaka-Kobé
- étalement urbain : Phoenix

2. Une **métropole** regroupe de nombreux habitants, des activités, des axes de **communication** et de **transport** et des **centres de décisions**. Plusieurs métropoles millionnaires reliées efficacement entre elles peuvent former un **corridor urbain** voire une **mégalopole**. Lorsque les banlieues de deux agglomérations se rejoignent, cela forme une **conurbation**. L'**étalement urbain** peut alors être très important.

6 Se repérer dans l'espace

7 Réviser le cours en 8 questions flash

1. La population mondiale est **de plus en plus urbaine**. Depuis 2006, la moitié de la population mondiale vit en ville. La croissance urbaine a surtout lieu dans les pays en développement.
2. La population urbaine **se concentre** de plus en plus dans de grandes métropoles. Il existe **513 agglomérations de plus d'un million d'habitants** dans le monde.
3. Une mégalopole est une **grande région urbaine reliant plusieurs métropoles**, à l'image de la mégalopole japonaise concentrant environ 100 millions d'habitants et reliant notamment Tokyo, Nagoya et Osaka-Kobé.
4. Olivier Dollfus évoque avec cette expression le **fonctionnement en réseau** des métropoles, puisqu'elles sont connectées par des **flux matériels et immatériels** de tous types.

> **MOT CLÉ**
> Les **flux matériels et immatériels** sont les échanges de marchandises (matériel), de capitaux et d'informations (immatériel).

5. Londres bénéficie d'une **population nombreuse** et cumule **différents pouvoirs** : sièges d'institutions politiques et diplomatiques, sièges sociaux de grandes FTN, Bourse, lieux culturels qui lui assurent un rayonnement à l'échelle mondiale.

6. Une métropole, en s'étalant, peut présenter une organisation polycentrique lorsqu'émergent dans ses périphéries de **nouvelles centralités** (*edge-cities*) qui regroupent emplois, zones d'activités, commerces.

7. L'étalement urbain entraîne une **artificialisation croissante des espaces** et une **multiplication des mobilités intra-urbaines** motorisées, donc un accroissement des pollutions.

8. La fragmentation sociospatiale des métropoles désigne le fait que **les inégalités sociales se traduisent par des inégalités spatiales**. L'espace urbain est ainsi fragmenté, de manière plus ou moins explicite.

8 Comprendre une carte

1. a. On constate un **plan en étoile** autour de la ville-centre de Buenos Aires. Les axes de transport convergent vers l'hypercentre de l'agglomération.
b. Les centres commerciaux se situent à proximité des principales voies routières.
c. Certaines périphéries sont à **80 km du centre** de l'agglomération. On peut donc affirmer que Buenos aires est particulièrement étalée.

2. a. Les quartiers les plus riches se situent notamment **dans le centre de l'agglomération** et le long du Rio de la Plata. Il faut également ajouter les **urbanisations fermées** *(gated communities)*, très nombreuses en particulier dans le nord-ouest de l'agglomération, sur la commune de Pilar par exemple.
b. La population plus pauvre vit notamment dans les **périphéries** de l'agglomération. On constate en effet que plus l'on s'éloigne du centre, plus le niveau de vie diminue. On note aussi la présence de nombreux **bidonvilles**, y compris dans la ville-centre de Buenos Aires.

3. On peut parler d'une fragmentation sociospatiale de Buenos Aires, car **les inégalités sociales se traduisent dans la structure de l'agglomération**. Le niveau de vie semble diminuer à mesure que l'on s'éloigne du centre. À cela s'ajoute l'opposition entre des **urbanisations fermées** comme le complexe Nordelta, réservées aux plus riches, et les **bidonvilles**, où de nombreuses personnes pauvres vivent dans des conditions de vie très précaires. On peut également mentionner le fait que l'accès à certains centres commerciaux n'est possible qu'en passant par de grandes voies routières, ce qui exclut donc indirectement les populations ne possédant pas de véhicule.

9 Comprendre un graphique

1. • **Villes américaines** : Houston, Phoenix, Detroit, Denver, Los Angeles...
• **Villes australiennes** : Perth, Brisbane, Melbourne, Sydney et Adélaïde.
• **Villes européennes** : Hambourg, Stockholm, Francfort, Zurich, Paris...
• **Villes asiatiques** : Tokyo, Singapour et Hong Kong.

2. Les villes les plus étalées sont les **villes américaines** comme Houston ou Phoenix (moins de 20 habitants par hectare).

3. D'après le graphique, l'étalement urbain entraîne indirectement une **augmentation du carburant consommé**. En effet, l'étalement urbain favorise des migrations pendulaires de plus en plus étendues et motorisées, ce qui a pour impact une hausse de la consommation de carburant. Ceci a aussi un impact environnemental à différentes échelles (utilisation d'énergies fossiles, pollution de l'air, pollution sonore, artificialisation des sols...).

4. Une ville compacte dispose d'atouts importants pour être plus durable. En effet, dans une ville étalée, la fragmentation fonctionnelle des espaces urbains est plus importante, et les mobilités intra-urbaines motorisées sont également plus nombreuses et plus longues. À l'inverse, une ville compacte devrait permettre des **connexions plus rapides** et plus simples entre les différents quartiers de la ville, et des mobilités intra-urbaines **plus respectueuses de l'environnement** (marche à pied, vélo, transports en commun).

OBJECTIF BAC

10 Question problématisée

[Introduction] Les futurs Jeux olympiques de Paris 2024 et les enjeux qu'ils recouvrent, montrent comment une métropole peut devenir un lieu planétaire. La métropolisation désigne la concentration progressive des hommes et des activités dans les métropoles, qui modifie la structure des territoires. Des acteurs publics et privés animent ces métropoles pour les rendre attractives. Mais la métropolisation n'est pas sans défis : croissance de la population et des besoins, étalement urbain, etc.

Dans quelle mesure la métropolisation est-elle un phénomène planétaire qui modifie l'organisation des territoires à toutes les échelles ? Tout d'abord, nous considérerons des métropoles toujours plus nombreuses et plus peuplées [I]. Puis, nous étudierons les dynamiques et le fonctionnement des métropoles qui modifient l'organisation de l'espace mondial, notamment avec l'émergence de formes urbaines de plus en plus complexes [II].

I. La métropolisation, un phénomène mondial

- La **croissance urbaine mondiale** est d'environ 2 % mais elle est inégalement répartie. Modérée (environ 0,5 %) dans les pays développés, déjà très urbanisés, elle est très rapide dans les pays en développement (environ 2,5 % par an), surtout dans les PMA (4 %) qui connaissent un exode rural encore important et un dynamisme démographique soutenu.

- Aujourd'hui **513 agglomérations sont millionnaires** en habitants (16 en 1900), dont 45 comptent entre 5 et 10 millions d'habitants et 29 plus de 10 millions d'habitants : Tokyo (35 millions), New York (19,6 millions) ou encore São Paulo (21 millions).

■ L'étalement urbain, vertical et surtout horizontal, s'accompagne d'une artificialisation des surfaces périphériques et du mitage des espaces ruraux.

■ Ces métropoles concentrent les activités et pôles décisionnels : économie et finance (La City à Londres), politique et diplomatique (l'ONU à New York, l'UNESCO à Paris), industriels (triangle industriel de São Paulo, Rio de Janeiro, Belo Horizonte).

II. Dynamiques et fonctionnement des métropoles à différentes échelles

■ Les métropoles s'étendent verticalement mais surtout horizontalement : l'**étalement urbain** conduit à une augmentation des mobilités intra-urbaines et des pollutions. Cette extension peut donner lieu à des **formes d'organisation** complexes : mégalopoles (à l'image de la mégalopole européenne, de Londres à Milan), corridors urbains (« San-San », de San Francisco à San Diego en Californie) ou bien encore conurbations (Osaka-Kobé au Japon).

■ Les métropoles sont des **relais dans la mondialisation**. Elles concentrent des pôles décisionnels : dans les domaines économique et financier (places financières et sièges de FTN), politique et diplomatique (sièges de gouvernements, consulats, ambassades, institutions internationales), industriel (à l'image du Sudeste brésilien) ou encore culturel (Guggenheim à Bilbao).

■ Elles bénéficient d'équipements de **transport** comme des hubs aéroportuaires (Roissy CDG, Dallas...), des lignes ferroviaires, des voies routières ou encore des **ports maritimes et fluviaux**. Ainsi se forme un « archipel mégalopolitain mondial » avec un réseau de métropoles qui dominent la mondialisation.

> **À NOTER**
> La majorité des grandes métropoles sont situées sur des littoraux, ce qui constitue un atout pour la participation aux échanges de marchandises.

[Conclusion] Les métropoles sont ainsi des lieux essentiels de la mondialisation, tant par leurs relations entre elles que par leur rayonnement à différentes échelles.

8 France : la métropolisation et ses effets

Le quartier de la Confluence montre le dynamisme de la métropole lyonnaise, en proposant un territoire avec une mixité fonctionnelle et sociale, bien desservi par les transports en commun et très proche de l'hypercentre. Le contact avec la nature et l'eau est l'une des priorités de ce périmètre urbain.

33 L'inégale attractivité des métropoles françaises

En bref *L'armature urbaine en France fait apparaître une hiérarchie des métropoles. Ce réseau urbain est dominé par Paris, capitale et unique mégapole française, tandis que les métropoles régionales sont de plus en plus attractives et dynamiques.*

I Le poids de la mégapole parisienne

1 Primatie et macrocéphalie parisienne

- La mégapole parisienne réunit près de **12 millions d'habitants**, dont environ 2,5 millions *intra-muros*. Elle est près de 6 fois plus peuplée que Lyon (deuxième métropole du pays avec 2,2 millions d'habitants) : Paris est une **ville primatiale**.
- Le **taux de macrocéphalie** montre le poids de la première ville à l'échelle du pays. Ce taux est d'environ 18 % pour Paris : en France, près d'une personne sur cinq vit dans la métropole parisienne.

MOT CLÉ

Le **taux de macrocéphalie** est le nombre d'habitants de la ville la plus peuplée par rapport au nombre d'habitants du pays, multiplié par 100.

2 Une concentration d'activités et d'emplois

- La métropole parisienne représente près du **tiers du PIB de la France** et environ **5 % du PIB de l'Union européenne**. Elle concentre des activités et des emplois dans tous les secteurs et abrite les sièges sociaux de grandes FTN dans le quartier de La Défense.
- La métropole réunit près de 40 % des actifs employés dans la **recherche et développement**. Le pôle d'innovation de Paris-Saclay est représentatif des synergies possibles entre laboratoires de recherche, entreprises, universités et grandes écoles.
- La capitale **rayonne à l'international** grâce à des établissements culturels comme le Louvre ou le musée d'Orsay.

3 Une métropole connectée à différentes échelles

- La connexion à l'échelle locale et mondiale de Paris participe à son rayonnement et à son attractivité. Les **aéroports** (Roissy-Charles de Gaulle et Orly) font de Paris une porte d'entrée sur le continent européen. Le hub de Roissy connaît un taux de correspondance d'environ 25 %. Au mois d'août, le nombre de passagers peut parfois dépasser le million en 24 heures.
- Les **lignes LGV** relient Paris aux autres métropoles françaises et européennes, desservant notamment tous les jours 40 villes européennes.
- Les **autoroutes** forment un réseau en étoile autour de Paris.

II Des métropoles régionales attractives

1 Les aires métropolitaines

L'Insee répertorie douze aires métropolitaines : Paris, Lyon, Marseille, Lille, Toulouse, Bordeaux, Nice, Nantes, Strasbourg, Rennes, Grenoble et Montpellier. Chacune regroupe plus de 500 000 habitants et au moins 200 000 emplois, parmi lesquels au moins 20 000 cadres des fonctions métropolitaines : conception-recherche, prestation intellectuelle, commerce interentreprises, gestion, culture-loisirs. Le poids de ces villes est cependant inégal.

2 Les différents facteurs d'attractivité

- Ces métropoles régionales connaissent aujourd'hui une croissance démographique importante, en particulier pour celles situées dans un arc allant de la Bretagne à la région Grand Est en passant par le littoral méditerranéen (Nantes, Montpellier, Strasbourg...).
- Les facteurs d'attractivité ne sont pas seulement liés à la présence d'emplois, mais aussi à trois dynamiques : l'**héliotropisme**, la littoralisation et le dynamisme des régions frontalières.

MOT CLÉ
L'**héliotropisme** est l'attractivité de régions ensoleillées.

zoOm

L'aéroport Roissy-Charles de Gaulle

Source : Géoportail

- Roissy-Charles de Gaulle est une des portes d'entrée du territoire européen. Il a accueilli 72,2 millions de passagers en 2018 (croissance de 4 % par rapport à l'année précédente). Combinant courts, moyens et longs courriers, l'infrastructure assume pleinement sa fonction de hub mondial.
- Relié à l'autoroute A1, à la LGV et aux réseaux de transports en commun franciliens, Roissy constitue également une plateforme multimodale.

34 Une recomposition des dynamiques urbaines

En bref *Les mobilités s'accentuent aussi bien entre les métropoles françaises qu'à l'intérieur de celles-ci. Malgré les politiques de la ville, qui tentent de proposer une mixité sociale et fonctionnelle, ces espaces urbains semblent de plus en plus fragmentés.*

I Des mobilités de plus en plus intenses

1 Des mobilités entre les métropoles

■ La concentration des emplois et des activités dans les métropoles en fait des lieux attractifs pour les flux migratoires, internes ou internationaux. Les **mobilités temporaires** sont de plus en plus fréquentes et rapides. Les connexions autoroutières et ferroviaires permettent des **migrations pendulaires** entre les métropoles. Le « tourisme de week-end » se développe considérablement, notamment d'une métropole à l'autre.

■ Les métropoles sont toujours mieux connectées, tandis que certains espaces périphériques sont moins desservis voire délaissés. En effet, des territoires, notamment situés dans une diagonale allant des Ardennes aux Pyrénées occidentales, bénéficient d'un **maillage de réseaux de transports** et de communication moins dense : éloignement des accès autoroutiers, disparition ou rareté de la desserte ferroviaire, moindre couverture par les réseaux numériques (« fracture numérique ») ou de téléphonie mobile.

2 Des mobilités intra-urbaines

■ L'accroissement des mobilités se vérifie également à l'intérieur des métropoles. Différents mécanismes comme le prix de l'immobilier et la recherche d'un cadre de vie plus vert et moins urbanisé poussent les citadins à **s'éloigner des villes-centres** des agglomérations.

■ Ainsi, les **couronnes périurbaines des métropoles** s'étendent chaque jour davantage, accentuant le **phénomène d'étalement urbain**. En parallèle, les territoires ruraux s'artificialisent de plus en plus : on parle de **mitage des espaces ruraux**. → FICHE 48

■ L'étalement urbain entraîne des **migrations pendulaires** de plus en plus longues et motorisées, engendrant pollutions et saturation du trafic routier dans plusieurs métropoles françaises (Paris, Lyon, Marseille, Bordeaux). Des **projets d'aménagement**, tel le Grand Paris Express, visent à améliorer les connexions en transports en commun entre les différents territoires des métropoles et à favoriser le **report modal**.

MOT CLÉ

Le **report modal** désigne le fait de changer de mode de transport au cours d'un trajet, en général de passer de la voiture à un transport en commun.

II Des espaces urbains fragmentés

1 Une fragmentation fonctionnelle

■ L'étalement urbain s'accompagne d'une spécialisation fonctionnelle. Aux différents territoires urbains correspondent des fonctions particulières : logement, commerce, activité industrielle...

■ Une concentration de services dans les centres-villes des métropoles est visible (90 % des actifs travaillent dans le secteur tertiaire à Nantes).

2 La fragmentation sociospatiale et gentrification

■ Les métropoles présentent de fortes inégalités sociales. Le **revenu médian** des actifs résidant à l'ouest de l'agglomération parisienne est 1,5 fois supérieur à celui des actifs résidant dans le nord et le nord-est.

MOT CLÉ

Le **revenu médian** est le revenu tel que 50 % de la population active considérée gagne moins et 50 % gagne plus.

■ Ces inégalités entraînent souvent des inégalités spatiales, avec des territoires moins bien reliés, rendant l'accès à l'emploi plus difficile. La gentrification, processus de conquête spatiale par des catégories aisées, repousse progressivement les catégories populaires vers d'autres quartiers, surtout périphériques.

zoOm

La gentrification à Paris

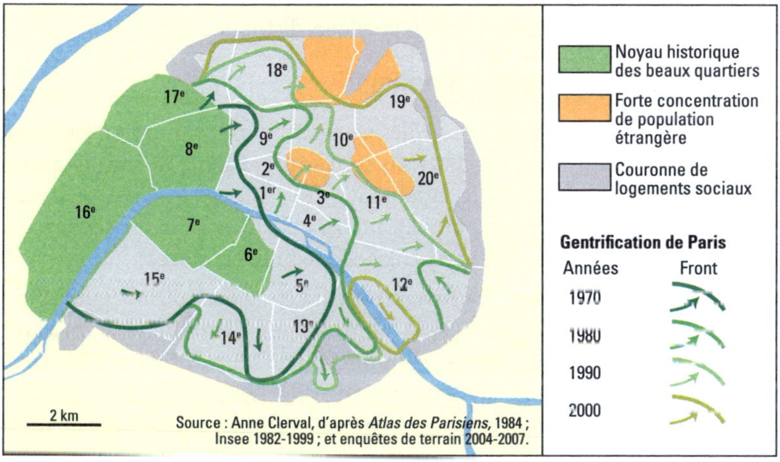

Source : Anne Clerval, d'après *Atlas des Parisiens*, 1984 ; Insee 1982-1999 ; et enquêtes de terrain 2004-2007.

La gentrification à Paris se traduit par un front qui avance depuis les années 1970, vers l'est et le nord de la capitale. Le processus est encore en cours.

35 L'évolution du rôle et de la place des villes petites et moyennes

En bref *En dehors des métropoles, les villes petites (entre 2 000 et 20 000 habitants) et moyennes (entre 20 000 et 100 000 habitants) connaissent des itinéraires variés : certaines sont dynamiques et attractives, d'autres voient leur population diminuer.*

I Pour certaines villes, un renouveau

1 La proximité avec les métropoles : un atout majeur

■ Au-delà de la couronne périurbaine des métropoles, des villes bénéficient de la proximité avec ces dernières et connaissent un spectaculaire développement de la **fonction résidentielle**. Ablis, au sud des Yvelines, a vu sa population tripler en 30 ans, avec une diminution des résidences secondaires et une augmentation des résidences principales.

■ Cette dynamique correspond aussi au mouvement d'**accession à la propriété** d'urbains, qui n'hésitent pas à rallonger leurs trajets quotidiens pour un cadre de vie plus vert. Les prix de l'immobilier, plus accessibles, permettent aux nouveaux arrivants d'acheter leur logement, souvent une maison ou un pavillon.

■ L'économie de ces villes (qui sont parfois d'anciennes communes rurales) est liée à celle de la métropole, avec une forte **tertiarisation** des emplois des actifs résidents. La part de l'emploi agricole y est sensiblement la même qu'à l'échelle nationale, tandis que les fonctions tertiaires (services, fonction publique, distribution…) sont majoritaires.

> **MOT CLÉ**
> La **tertiarisation** est le développement des emplois de services.

2 Une économique locale dynamique

■ L'attractivité et le dynamisme des villes peuvent reposer sur des raisons variées (politiques, économiques, culturelles). Ils sont souvent liés à la **combinaison de plusieurs fonctions** (résidentielle, productive, touristique…). Ainsi, le statut de **préfecture de département** et la présence d'un certain nombre de services associés permettent un rayonnement à une échelle réduite (Limoges).

■ Les **ressources patrimoniales** peuvent contribuer au dynamisme : monument, musée, parc d'attractions (Poitiers et le Futuroscope), proximité d'un parc naturel régional ou national, d'un site exceptionnel ou de sources thermales… Les initiatives locales peuvent également permettre de valoriser à la fois les ressources et le cadre de vie : vente directe, produits locaux et régionaux, développement d'un écotourisme…

■ Enfin, certaines villes choisissent de développer ou de **se spécialiser dans une fonction particulière** (Albi dans l'enseignement supérieur).

II Pour d'autres, une mise à l'écart progressive

1 Une diminution de la population et des services

- Dans d'anciens bassins industriels ou dans des régions agricoles, un **recul démographique** des villes petites et moyennes est visible. Les reconversions économiques difficiles se traduisent en effet souvent par le départ de jeunes actifs. Ainsi, Charleville-Mézières a perdu 10 000 habitants en 25 ans.
- La baisse de la population s'accompagne souvent d'une **dévitalisation des centres-villes**. Parfois, l'intervention des pouvoirs publics est nécessaire, notamment pour réduire la fracture numérique ou accompagner le retour à l'emploi.

2 Des territoires urbains enclavés

> **MOT CLÉ**
> Le **maillage territorial** indique l'appropriation, la gestion et/ou l'aménagement d'un territoire. Les villes constituent des points centraux et des nœuds dans les réseaux de transports.

- Les villes petites et moyennes participent au **maillage territorial**, mais certaines sont enclavées ou isolées à cause de la faible connexion aux réseaux de transports (accès lointain à une bretelle d'autoroute ou à une gare TGV).
- Cet enclavement est parfois renforcé par la fermeture de lignes ferroviaires ou de dessertes moins fréquentées, peu rentables ou déficitaires.

zoOm

Guérande, une petite ville dynamique et attractive

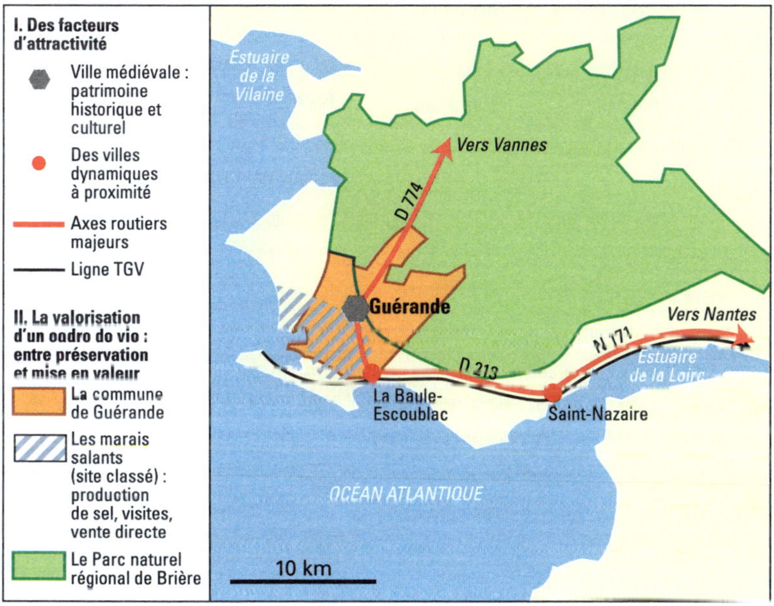

MÉMO VISUEL

France : la métropolisation et ses effets

L'inégale attractivité des métropoles françaises

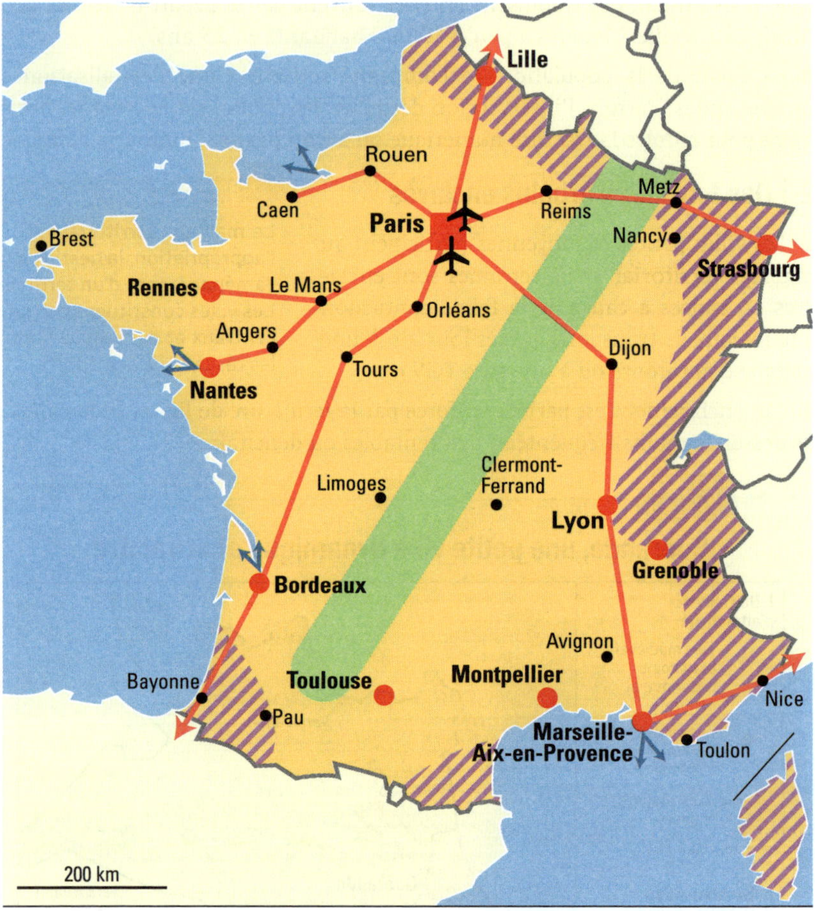

I. Une hiérarchie urbaine

- Paris, une ville mondiale qui domine l'espace urbain français
- Métropoles régionales
- Grandes aires urbaines

II. Des villes connectées à différentes échelles

- Hub aéroportuaire
- Ouverture portuaire
- Axes de transport majeurs (autoroutes, LGV)

III. Un maillage territorial inégal

- Des territoires présentant un maillage urbain complet avec des métropoles et des villes petites et moyennes bien reliées entre elles
- Des territoires frontaliers de plus en plus connectés aux territoires voisins de l'espace Schengen
- Une diagonale Nord-Est / Sud-Ouest avec des villes petites et moyennes en difficulté, moins bien desservies voire marginalisées

Organisation et dynamiques d'une métropole

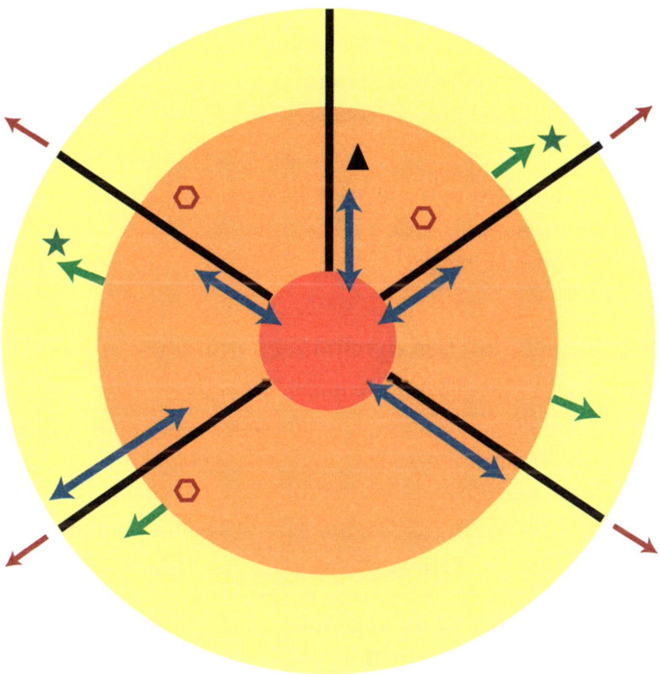

I Une organisation centre/périphéries…

- Une ville-centre qui concentre une population nombreuse, des sièges politiques ou de FTN, des établissements culturels, des universités. Forte tertiarisation des emplois
- Des banlieues qui présentent une fragmentation fonctionnelle et sociospatiale
- Une couronne périurbaine de plus en plus reliée avec le pôle urbain (ville-centre + banlieues)
- Axes majeurs de transport de la métropole
- Aéroport (de niveau national, continental et/ou mondial)

II …marquée par des dynamiques anciennes et récentes

- Migrations pendulaires
- Émergence de nouvelles centralités (centres commerciaux, zones d'activités, pôles universitaires…)
- Accès à la propriété des urbains (recherche d'un cadre de vie plus vert et d'un immobilier moins cher)
- Conflits d'usage (notamment entre promoteurs immobiliers et agriculteurs)
- Étalement urbain

SE TESTER QUIZ

Vérifiez que vous avez bien compris les points clés des **fiches 33 à 35**.

1 L'inégale attractivité des métropoles françaises

→ FICHE 33

1. Qu'est-ce qui caractérise Paris ?

☐ **a.** C'est une ville mondiale.
☐ **b.** C'est une mégapole.
☐ **c.** C'est la ville la plus peuplée de France.

2. En France, le taux de macrocéphalie est…

☐ **a.** élevé. ☐ **b.** faible. ☐ **c.** proche de la moyenne mondiale.

3. Les facteurs d'attractivité d'une métropole peuvent être liés à …

☐ **a.** la présence d'emplois.
☐ **b.** sa situation géographique.
☐ **c.** son accessibilité.

2 Une recomposition des dynamiques urbaines

→ FICHE 34

1. Parmi les affirmations suivantes, laquelle est vraie ?

☐ **a.** Le report modal permet d'atténuer le problème des embouteillages.
☐ **b.** L'étalement urbain limite les migrations pendulaires.
☐ **c.** Les couronnes périurbaines limitent l'étalement urbain.

2. Les métropoles françaises sont marquées par une fragmentation…

☐ **a.** commerciale. ☐ **b.** fonctionnelle. ☐ **c.** sociospatiale.

3 L'évolution du rôle et de la place des villes petites et moyennes

→ FICHE 35

1. Les villes qui connaissent un certain renouveau sont celles qui…

☐ **a.** profitent de la proximité des métropoles.
☐ **b.** conjuguent plusieurs fonctions.
☐ **c.** sont en cours de reconversion industrielle.

2. Quel peut être l'effet de la présence d'un parc naturel près d'une ville ?

☐ **a.** Limiter le développement de cette ville
☐ **b.** Favoriser la création d'emplois dans la ville
☐ **c.** Favoriser le développement du secteur touristique

3. À quoi peut être liée la baisse de population de certaines villes petites et moyennes ?

☐ **a.** L'enclavement et la faible desserte par les réseaux de transports
☐ **b.** La forte attractivité
☐ **c.** La dévitalisation du centre-ville

S'ENTRAÎNER

4 Connaître le vocabulaire du cours

→ FICHES 33 à 35

Associez chaque notion à un exemple.

ville primatiale •	• Roissy-Charles de Gaulle
hub •	• La Défense
« effet tunnel » •	• Paris
littoralisation •	• LGV
tertiarisation •	• Bordeaux

5 Réviser le cours en 6 questions flash

→ FICHES 33 à 35

1. Pourquoi peut-on parler d'une hiérarchie des métropoles en France ?

2. Pourquoi les métropoles régionales sont-elles de plus en plus attractives ?

3. Pourquoi les mobilités intra-urbaines sont-elles de plus en plus importantes dans les métropoles ?

4. Pourquoi les difficultés d'accès aux réseaux de transport peuvent-elles accentuer les inégalités ?

5. Qu'est-ce qui favorise le renouveau de certaines villes petites et moyennes ?

6. Pourquoi certaines villes se retrouvent-elles progressivement à l'écart ?

6 Trouver une phrase d'accroche

→ FICHES 33 à 35

Sujet : Les villes en France : des capacités d'attraction et de rayonnement inégales à l'origine d'une hiérarchie dans le système urbain.

1. Sur quel thème la **phrase d'accroche** pourrait-elle porter ?

2. Parmi ces phrases d'accroche, cochez celle(s) qui vous paraît (paraissent) la (les) plus adaptée(s) au sujet. Justifiez votre choix.

> **CONSEIL**
> En géographie, la phrase d'accroche peut porter sur un **fait d'actualité** ou un **chiffre significatif** (nombre d'habitants, pourcentage, taux de croissance…) concernant le sujet.

☐ **a.** Depuis toujours, les villes françaises sont dynamiques et attractives.

☐ **b.** Selon Roger Brunet, la forme de la ville a un impact sur les mobilités qui la traversent, et à l'inverse les mobilités participent à modifier la forme d'une ville.

☐ **c.** 55 % de la population mondiale vit aujourd'hui en ville, avec des taux d'urbanisation plus élevés dans les pays développés comme en France avec 80 %.

☐ **d.** La gentrification concerne surtout les villes-centres des métropoles.

☐ **e.** Ces quinze dernières années, la ville de Bordeaux a connu de nombreuses transformations liées à sa forte attractivité.

3. Précisez pourquoi vous n'avez pas retenu les autres.

7 Comprendre le plan d'un quartier

→ FICHES 33 à 34

Document **Plan de Lyon-Confluence**

Source : www.lyon-confluence.fr

1. Surlignez les différents types de bâtiments indiqués dans la légende. Peut-on parler d'une mixité fonctionnelle de ce territoire ?

2. a. Surlignez les différents moyens de transport indiqués dans la légende. S'agit-il de transports « doux » ?

b. Entourez les autres axes et moyens de transport visibles sur le plan.

3. Comment la nature se mêle-t-elle à l'espace urbain dans ce quartier ?

CONSEIL

La légende indique différents espaces publics dans lesquels la nature est mise en valeur. De plus, le plan fait apparaître les fleuves, les zones d'eau, ainsi que les parcs et espaces verts. Répondez en localisant ces différents éléments sur le plan.

4. Manque-t-il un élément de cartographie sur ce plan ?

5. En vous appuyant sur vos réponses aux questions précédentes, rédigez un texte d'une dizaine de lignes montrant que Lyon-Confluence est un quartier attractif qui s'inscrit dans une démarche de développement durable.

OBJECTIF BAC

8 Des métropoles françaises inégalement peuplées et attractives Analyse de document

1 h

Ce sujet permet d'étudier, à partir de données démographiques, la hiérarchie et l'inégale attractivité des métropoles françaises. Ces données (nombres d'habitants et de communes, croissance de la population) indiquent les dynamiques actuelles des dix aires urbaines les plus peuplées de France.

LE SUJET

En vous appuyant sur le document et sur vos connaissances, vous montrerez les disparités entre les métropoles françaises, tant dans leur place dans la hiérarchie urbaine que dans les dynamiques qu'elles connaissent.

Document Les dix aires urbaines les plus peuplées en France

Rang	Aire urbaine	Nombre d'habitants 2015	Variation relative annuelle 2010-2015 en %	Nombre de communes[1]
1	Paris	12 532 901	0,5	1 766
2	Lyon	2 291 763	1,1	503
3	Marseille – Aix-en-Provence	1 752 398	0,4	90
4	Toulouse	1 330 954	1,6	453
5	Bordeaux	1 215 769	1,5	252
6	Lille[2]	1 184 708	0,5	125
7	Nice	1 005 891	0,1	129
8	Nantes	949 316	1,5	108
9	Strasbourg[2]	780 515	0,5	259
10	Rennes	719 840	1,4	185

1. Au 1er janvier 2017. 2. Partie française.

Source : Insee, RP 2015

Méthode

Analyser un document statistique

Identifier le document et ses enjeux

- Les données statistiques sont généralement rassemblées dans un tableau. Elles permettent d'étudier une situation à une ou plusieurs échelles.
- Le document est parfois accompagné de **notes** : lisez-les attentivement, elles vous guideront dans la lecture des données ou vous apporteront des précisions.
- Enfin, **repérez la date du document** : elle permet notamment de savoir si la situation présentée a évolué.

Étudier les données

- Commencez par **lire le titre** et les **en-têtes** des lignes et colonnes du tableau pour savoir de quel type de données il s'agit. Notez bien les **unités** utilisées : nombre d'habitants, taux de croissance…
- Repérez les **valeurs significatives** : minimum, maximum, moyenne, évolution d'ensemble… Faites des **comparaisons** entre les lignes et/ou les colonnes du tableau et, si besoin, effectuez des **calculs**.

Utiliser les données

Dans vos réponses, citez précisément le document. Utilisez vos calculs et les comparaisons, que vous avez faites pour faciliter la compréhension du document et lui donner du sens.

LA FEUILLE DE ROUTE

→ Reportez-vous à la méthode détaillée de l'analyse de document p. 285

Étape 1 Présenter le document

Les disparités entre les métropoles françaises (place dans la hiérarchie urbaine, dynamiques)

Nature et source
Tableau, données de l'Insee

Auteur
Insee (Institut national de la statistique et des études économiques)

Espace considéré
Les 10 aires urbaines les plus peuplées de France

Thèmes
- Nombres d'habitants et nombre de communes
- Croissance urbaine

Étape 2 Comprendre la consigne

- La consigne vous demande d'envisager les disparités entre les métropoles françaises sur **deux plans** : leur place dans la hiérarchie urbaine et leurs dynamiques. Pour ce qui est du premier, vous devez notamment distinguer les métropoles qui ont le plus d'impact dans l'organisation du réseau urbain.
- Les dynamiques renvoient aux évolutions, en particulier en termes de population, d'emploi et d'activité économique.

Étape 3 Exploiter le document

- Le document utilise la notion d'« **aire urbaine** » : il s'agit de l'ensemble formé par le pôle urbain (ville-centre + banlieues) et la couronne périurbaine.
- On peut s'intéresser dans un premier temps aux colonnes « nombre d'habitants » et « nombre de communes », afin de considérer les **métropoles qui dominent le système urbain** et, par exemple, calculer le degré de primatie entre Paris et Lyon.
- Pour envisager les **dynamiques** des métropoles, on peut s'appuyer sur la colonne présentant le taux de variation de la population.

Étape 4 Rédiger le devoir → CORRIGÉ p. 186

CORRIGÉS

SE TESTER QUIZ

1 L'inégale attractivité des métropoles françaises

1. Réponses a, b et c. Paris est une ville de rayonnement mondial, peuplée d'environ 12 millions d'habitants ; c'est donc aussi une mégapole.

2. Réponse a. Le taux de macrocéphalie est élevé en France (environ 18 %) : près d'une personne sur 5 vit dans la métropole parisienne.

3. Réponse a, b, c. Les emplois, l'accessibilité ou la situation sur un littoral ou dans une région ensoleillée peuvent être des facteurs d'attractivité d'une métropole.

2 Une recomposition des dynamiques urbaines

1. Réponse a. Le report modal permet d'atténuer le problème des embouteillages.
L'affirmation **b** est fausse : l'étalement urbain entraîne un accroissement et un allongement des migrations pendulaires.
L'affirmation **c** est fausse : le développement des couronnes périurbaines est le résultat de l'étalement urbain.

> **À NOTER**
> À travers le PARM (plan d'aide au report modal), l'Union européenne encourage le report modal sur toutes les distances, pour le transport de passagers comme pour le fret de marchandises.

2. Réponses b et c. Les métropoles françaises présentent une fragmentation fonctionnelle (accentuée par l'étalement urbain) et une fragmentation sociospatiale en lien avec les inégalités sociales.

3 L'évolution du rôle et de la place des villes petites et moyennes

1. Réponses a et b. La proximité d'une métropole et la pluralité des fonctions sont deux raisons pouvant expliquer le dynamisme de villes petites et moyennes.

2. Réponses b et c. La présence d'un parc naturel est un atout pour une ville : il peut favoriser le tourisme et la création d'emplois.

3. Réponses a et c. L'enclavement et la faiblesse des connections aux réseaux de transport contribuent au recul de la population, qui s'accompagne souvent de la fermeture de commerces et de services en centre-ville.

S'ENTRAÎNER

4 Connaître le vocabulaire du cours

• ville primatiale : Paris • hub : Roissy-Charles de Gaulle • « effet tunnel » : LGV • littoralisation : Bordeaux • tertiarisation : La Défense.

5 Réviser le cours en 6 questions flash

1. On observe une hiérarchie des métropoles en France avec Paris ville mondiale, puis 11 métropoles régionales, de grandes aires urbaines (Toulon ou Dijon), et enfin des villes petites et moyennes au dynamisme inégal.

2. Les métropoles régionales sont de plus en plus attractives car elles proposent de nombreux emplois et bénéficient souvent d'autres atouts : ensoleillement, proximité du littoral ou d'une frontière.

3. Les mobilités intra-urbaines ne cessent de croître car les métropoles connaissent une croissance démographique importante, un fort étalement urbain et une fragmentation fonctionnelle.

4. Si les réseaux de transport sont éloignés ou d'accès difficile, les déplacements dans l'espace urbain sont plus compliqués, ce qui rend moins accessible le marché de l'emploi et accentue donc les inégalités.

> **MOT CLÉ**
> La **fragmentation fonctionnelle** consiste à séparer les espaces de logement, d'activités, de loisirs et de commerce, ce qui contribue à l'augmentation des mobilités intra-urbaines.

5. Le renouveau de certaines villes petites et moyennes peut être lié à plusieurs facteurs : proximité d'une métropole, présence de fonctions administratives, dynamisme économique local ou ressources patrimoniales.

6. Certaines villes petites et moyennes se retrouvent à l'écart car elles sont moins bien reliées aux axes majeurs de transport, ce qui limite leur capacité à attirer des activités et des emplois.

6 Trouver une phrase d'accroche

1. Pour un tel sujet, la phrase d'accroche pourrait porter sur la création d'emplois dans les villes. Autre possibilité : une phrase sur l'urbanisation à l'échelle mondiale peut être un point de départ pour amener un changement d'échelle et s'intéresser au phénomène urbain à l'échelle de la France.

2. On peut retenir les propositions suivantes :

• proposition b : citation d'un géographe français sur les mobilités en ville, qui permet ensuite d'évoquer de manière plus générale les villes françaises en introduction ;

• proposition c : on part d'une échelle mondiale pour arriver à l'échelle de la France ;

• proposition e : on part d'un exemple précis avant d'envisager le fait urbain d'une manière plus générale à l'échelle de la France.

3. Les propositions a et d ne conviennent pas.

• La proposition a est trop générale, floue et même fausse. Il faut éviter les expressions « depuis toujours » en géographie, comme en histoire d'ailleurs.

• La proposition d aborde un point précis qui doit être évoqué dans le développement mais permet difficilement d'introduire le sujet.

7 Comprendre le plan d'un quartier

1. Il convient de surligner : bureaux, logements, commerces, équipements publics. On peut parler d'une mixité fonctionnelle de ce territoire puisqu'il concentre différentes activités : commerces, bureaux, écoles, universités, musées, logements, bâtiments administratifs...

2. a. La légende indique notamment les vélos en libre-service (« Vélo'v ») et les voitures électriques. Il s'agit bien de transports doux, peu ou non polluants.
b. On distingue sur le plan une gare ferroviaire, des stations de métro ainsi que des voies routières (routes, autoroutes).

3. Le quartier se situe à la confluence de la Saône et du Rhône. Les berges ont donc été aménagées pour faire « entrer » l'eau dans la ville à plusieurs endroits, notamment à l'ouest du quartier. De plus, des espaces verts sont visibles au nord-ouest et au sud du quartier.

4. Il manque un élément dans la réalisation cartographique de ce plan : l'échelle.

5. Lyon-Confluence apparaît ici comme un quartier attractif mêlant la nature et l'urbain. Son nom provient de la rencontre des deux fleuves qui le bordent mais aussi de la mixité fonctionnelle de ce territoire et des différents secteurs d'activité présents. Il est situé juste au sud du centre-ville de Lyon, bien connecté au reste de l'agglomération, notamment via des mobilités douces, à l'intérieur du quartier comme sur ses berges. Enfin, les espaces verts ou aquatiques sont autant d'espaces publics et de rencontre favorisant la mixité sociale.

OBJECTIF BAC

8 Analyse de document

[Introduction] Les métropoles françaises connaissent des dynamiques variées, comme le montre le document proposé : un tableau de données de l'Insee sur les dix premières aires urbaines françaises. On peut s'intéresser d'abord à la hiérarchie urbaine française, puis aux dynamiques actuelles des métropoles avant de se pencher sur leur organisation administrative.

I. Une hiérarchie urbaine dominée par la métropole parisienne

■ Paris est l'unique **mégapole** française avec 12,5 millions d'habitants au 1er janvier 2017. À elle seule, elle réunit presque le même nombre d'habitants que les 9 autres métropoles présentées dans le tableau.

■ Le degré de primatie est de près de 6 pour 1, puisque Paris est presque 6 fois plus peuplée que Lyon. Toutefois, sept métropoles dépassent le million d'habitants, notamment Marseille-Aix-en-Provence ou encore Toulouse.

II. Des métropoles inégalement attractives

■ L'**évolution de la population** montre que les cinq métropoles les plus attractives sont, dans l'ordre, Toulouse, Bordeaux, Nantes, Rennes et Lyon. Leur variation annuelle relative montre une croissance supérieure à 1 % par an pour la période 2010-2015.

■ **Différents facteurs** permettent d'expliquer l'attractivité de ces métropoles, notamment leur situation sur la façade littorale atlantique (Bordeaux, Nantes, Rennes), l'ensoleillement (Toulouse, Bordeaux) ou encore le rayonnement continental d'une ville proche des frontières (Lyon). De plus, ces métropoles concentrent parfois des fonctions spécifiques (hautes technologies à Toulouse ou Lyon).

CONSEIL
Les **facteurs explicatifs** des différents niveaux d'attractivité des villes françaises n'apparaissent pas dans le document : vous devez donc éclairer celui-ci en faisant appel à vos connaissances.

III. Des caractéristiques variées dans leur organisation administrative

Marseille-Aix-en-Provence réunit 1,7 million d'habitants pour 90 communes, tandis que Rennes réunit un peu moins de 720 000 habitants pour 185 communes, soit un million d'habitants en moins mais le double du nombre de communes. L'aire urbaine de Rennes est donc beaucoup plus **fragmentée administrativement**, avec de nombreuses petites communes autour de la ville-centre de l'aire urbaine.

[Conclusion] Ainsi, ce document permet d'envisager un système urbain hiérarchisé avec des métropoles régionales de plus en plus attractives et variées dans leur organisation.

9 Les espaces de production dans le monde

Marina Bay Sands Hotel, à Singapour : trois tours de 200 mètres de haut surmontées d'une terrasse flottant dans le vide. Le symbole de la réussite d'une cité-État passée « *from Third World to First* » et dont le PIB/hab. est le 2e au monde !

FICHES DE COURS

EXERCICES & SUJETS

CORRIGÉS

36 Les acteurs de la production

En bref *Aujourd'hui, environ 100 000 firmes transnationales (FTN), et leur million de filiales assurent les deux tiers du commerce et l'essentiel de l'économie productive dans le monde.*

I Des acteurs en mutation constante

1 L'adaptation aux mutations de l'économie mondiale

- Avec la deuxième mondialisation (XIXe s.), les premières firmes multinationales apparaissent. Avec la troisième mondialisation (années 1960), elles se développent à l'international ; la crise des pays développés dans les années 1970 les fait basculer dans une vision véritablement mondiale.
- Avec le **triomphe du néolibéralisme** dans les années 1980, les actionnaires et fonds d'investissement contrôlent les stratégies des entreprises.

2 La réorganisation toyotiste et post-fordiste

- Les firmes ont réorganisé leurs processus de production selon le **système toyotiste** → FICHE 41. L'innovation et la recherche-développement deviennent les moteurs de la profitabilité. Les firmes deviennent des **entreprises sans usine**.
- Les grandes firmes se placent ainsi au centre d'un réseau d'entreprises sous-traitantes ou de fournisseurs, se réservant les segments les plus rentables de leur activité, c'est-à-dire les **fonctions tertiaires supérieures**.

3 Les firmes à l'âge du numérique

- Dans une économie post-fordiste → FICHE 41 où la production matérielle se révèle moins profitable que les services ou les logiciels, de nouvelles firmes, basées sur l'**économie numérique**, ont pris une importance mondiale.
- Leur compétitivité repose sur des volumes croissants de données techniques et personnelles (***big data***), traités par intelligence artificielle. L'économie numérique peut aussi être **collaborative** : le particulier devient lui-même producteur (**ubérisation**).

> **MOT CLÉ**
> L'**ubérisation** (du nom de la société Uber) est la mise en relation directe entre clients et professionnels grâce aux nouvelles technologies.

II Les FTN et les autres acteurs de la production

1 La position centrale des FTN

- Les FTN contrôlent les **deux tiers du commerce** (un tiers pour le commerce intrafirmes) et réalisent la quasi-totalité des IDE et **plus de la moitié du PIB mondial** pour seulement 5 % des actifs.

- Leur poids économique explique l'influence considérable qu'elles détiennent sur les autres acteurs, tant étatiques que supra-étatiques. Leur influence peut être publique (forum de Davos) ou plus discrète (lobbying).

2 La permanence du rôle des États

- Les FTN représentent un défi pour les États, qui cherchent à les attirer pour développer les territoires, ce qui entraîne une concurrence fiscale. Les FTN, par de savants montages, parviennent à payer peu d'impôts (paradis fiscaux).
- Mais les États tentent aussi de promouvoir leurs champions nationaux et de les protéger contre leurs concurrents, notamment en Chine.

3 Société civile et ONG

- La société civile a souvent dénoncé les pratiques jugées abusives des FTN. Ainsi, les ONG ont mené campagne contre le travail des enfants ou des femmes, les pratiques environnementales ou sociales.
- Dans une certaine mesure, les FTN ont infléchi leurs stratégies. Elles collaborent souvent avec les ONG, moyennant subsides, afin d'obtenir des certifications et des labels attestant de leur bonne conduite, arguments de vente supplémentaires.

MOT CLÉ

Les **ONG** (Organisations non gouvernementales) sont des organisations à but non lucratif, financées essentiellement par des dons privés, qui se consacrent à l'action humanitaire, environnementale, etc.

zoom

L'industrie aéronautique et aérospatiale européenne

- Les industries aéronautiques et aérospatiales sont un exemple de coopération européenne. Les sites Airbus de Toulouse et Hambourg intègrent des composants venus de 18 sites européens et des États-Unis.
- Ces deux industries comportent un volet militaire (photo : Rafale et A400 M), avec des industriels qui sont parmi les grands exportateurs d'armement (Dassault, Safran, Thalès).

37 Division internationale du travail et territoires

En bref *Les FTN déploient des stratégies mondiales à travers une nouvelle division internationale du travail qui produit des recompositions majeures des espaces productifs mondiaux.*

I La nouvelle division internationale du travail

1 Internationalisation, transnationalisation, globalisation

- La crise du modèle fordiste (années 1970) a accéléré l'internationalisation des firmes. Elles sont devenues globales avec des stratégies à l'échelle planétaire.
- La révolution des transports et des technologies a permis la décomposition internationale du processus productif : la spécialisation repose sur une tâche dans une chaîne de valeur toujours plus segmentée.

2 Délocalisation, sous-traitance, relocalisation

- Les firmes ont transféré à l'étranger une large part de leurs activités de fabrication (délocalisation) ou passé contrat avec des firmes locales (sous-traitance).
- Ces délocalisations ralentissent aujourd'hui et on observe des relocalisations vers les Nords, pour des raisons de logistique, d'image ou de compétitivité.

3 Stratégies d'implantation et recompositions spatiales

- Selon un modèle bipolaire, les firmes conservaient au Nord les fonctions de commandement et d'innovation et délocalisaient au Sud les fonctions de fabrication. D'où la désindustrialisation des Nords.
- Toutefois, ce modèle est remis en question par le développement des FTN issues des pays émergents, qui sont à présent dans une logique de concurrence et non de complémentarité avec les pays développés.

CHIFFRES CLÉS
Parmi les 500 premières firmes transnationales en 2019, **129** sont chinoises et **120** américaines.

II Les firmes transnationales et les territoires

1 À l'échelle mondiale, une sélection territoriale pointue

- Les investissements productifs réalisés par les FTN sont géographiquement très concentrés. Les pays des Nords réalisent encore l'essentiel des flux sortants mais seulement la moitié des flux entrants. Dans les Suds, les BRICS captent l'essentiel des flux entrants. L'Afrique reste relativement délaissée.
- Les espaces productifs issus de ces investissements se concentrent donc dans des régions du monde assez peu nombreuses au départ (surtout les Nords), mais qui tendent à se diversifier (surtout dans les Suds).

2 | Résistance et renaissance de l'échelle régionale

■ Les FTN ont une approche fortement régionale : les FTN européennes tendent à investir préférentiellement en Europe, les américaines dans l'**ACEUM**, les japonaises en Asie du Sud-Est.

■ Une logique birégionale se développe, marquée par une présence sur deux des trois grandes régions économiques du monde. L'économie productive mondiale fonctionne donc sur des emboîtements à de multiples échelles.

MOT CLÉ
L'**ACEUM** est l'accord Canada-États-Unis-Mexique qui remplace l'Alena depuis 2020. La circulation des produits et des capitaux y est libre.

3 | À l'échelle nationale, des espaces privilégiés

■ À l'échelle nationale, les régions les plus riches et les plus peuplées sont privilégiées par le développement des activités productives impulsées par les FTN.

■ Les FTN sélectionnent des espaces en raison de leurs externalités positives : zones franches pour des raisons douanières ou fiscales, métropoles pour leur environnement technique et humain, littoraux pour leur connectivité maritime → FICHE 40, clusters et districts industriels pour leurs synergies interentreprises…

zoOm

La Silicon Valley

■ La Silicon Valley (la « vallée du silicium ») est un pôle d'industries de pointe situé en Californie, près de la baie de San Francisco et des universités mondialement réputées de Stanford et Berkeley.

■ Les plus grandes firmes technologiques américaines y ont leur siège social et leurs laboratoires de recherche : Apple à Cupertino (photo), HP à Palo Alto, Sun et Intel à Santa Clara, Google à Mountain View, Adobe, Facebook…

38 Les flux de capitaux et d'information au cœur des systèmes productifs

En bref *Les systèmes productifs s'appuient aujourd'hui sur des flux immatériels considérables. Ces flux financiers et d'information entraînent une recomposition des espaces productifs.*

I Les flux financiers dans la globalisation

1 La globalisation financière

La révolution néolibérale des années 1980 a permis la globalisation financière par l'accès direct de tous les acteurs aux marchés financiers et la libre circulation des capitaux. Les marchés financiers informatisés prennent le contrôle de l'économie réelle et génèrent des profits considérables. La valeur des flux financiers s'envole. Les flux d'IDE totalisent 1 582 milliards de dollars en 2021.

2 Les acteurs de la globalisation financière

- Les banques demeurent des acteurs majeurs : JP Morgan Chase et Bank of America aux États-Unis, HSBC au Royaume-Uni, BNP Paribas en France. Plus récemment, les banques chinoises se sont imposées (ICBC n° 3 mondial).
- Les investisseurs institutionnels (compagnies d'assurances, fonds de pension et d'investissement) effectuent 80 % des transactions. Les fonds spéculatifs (*hedge funds*) et les fonds souverains (qui dépendent des États) interviennent également.

3 Les risques de la globalisation financière

- La finance mondiale a connu de nombreuses crises, telle celle des *subprimes* en 2007. L'interdépendance des marchés entraîne une contagion mondiale de la crise financière, qui contamine ensuite l'économie réelle via le système bancaire.
- Les capitaux échappent aux régulations étatiques et vont s'investir dans des paradis fiscaux. Les FTN américaines y stockent 2 600 milliards de dollars.

II Les flux d'information au cœur d'un monde en réseau

1 La révolution des technologies de l'information

- Les innovations technologiques ont permis l'avènement d'un Internet mondial favorisé par la convergence des supports (ordinateurs, téléphones...).
- Les flux d'information circulent de façon **réticulaire**, non seulement via de grands groupes multimédias (CNN ou Disney), mais aussi via les réseaux sociaux (Twitter, Instagram...). De nouveaux acteurs se sont imposés (Google ou Facebook).

MOT CLÉ
Circuler de façon **réticulaire** signifie circuler en réseau.

2 | Flux d'information et économie numérique

■ L'économie numérique bouleverse les localisations industrielles : un produit à forte composante technologique dépend d'abord de sa conception, très coûteuse, alors que sa fabrication matérielle devient presque marginale.

■ Le commerce a basculé dans l'ère numérique (Amazon, Alibaba en Chine) et représente aujourd'hui 2 300 milliards de dollars. Le classique **modèle B2C** est concurrencé par le **modèle C2C**, où chaque particulier peut devenir vendeur (eBay, Le Bon Coin).

MOT CLÉ

Dans le **modèle B2C** (*business to consumer*), les entreprises vendent aux particuliers. Dans le **modèle C2C** (*consumer to consumer*), les particuliers s'échangent des biens entre eux, via des plateformes numériques.

3 | Les enjeux de la révolution de l'information

■ La révolution des flux d'information a permis une connexion de la majorité des acteurs à travers le monde, y compris en Afrique, même si la connectivité est encore assez hiérarchisée.

■ Mais ces flux d'information sont de plus en plus contrôlés et gérés par de grandes entreprises (Google, Amazon...) qui ont les capacités de stockage et d'analyse des quantités énormes de données générées par le numérique (*big data*).

zoOm

Singapour, la « Suisse de l'Asie »

■ Micro-État de 719 km² et 6 millions d'habitants, le « Dragon » de Singapour est devenu un pays très développé (2e PIB/hab. mondial).

■ Admirablement situé au commandement du détroit de Malacca, entre océans Indien et Pacifique, Singapour est le 2e port mondial. La cité-État est devenue la 3e place financière mondiale derrière New York et Londres, et le numéro 1 mondial pour la gestion de fortune, avec un effort particulier sur le développement des « Fintech » (la technologie financière)

39 Les flux de marchandises et de services

En bref *Les flux de marchandises et de services ont connu une croissance explosive. Ils expriment et permettent la mondialisation de l'économie. Ils ont toutefois très fortement ralenti pendant la crise du Covid.*

I L'essor des flux de marchandises et de services

1 Les flux de marchandises

- La croissance du commerce international a été supérieure à celle du PIB mondial jusqu'à la crise de 2008. Depuis, elle lui est inférieure. Après une extension démesurée des chaînes de valeur, la production se rapproche des marchés de consommation dans un marché qui tend à se régionaliser.
- À l'échelle mondiale, sur presque 22 330 milliards de dollars d'échanges internationaux, les États-Unis demeurent le 1er importateur et le 2e exportateur mondial. Amérique du Nord, Europe et Asie orientale constituent toujours les pôles majeurs. Les biens manufacturés dominent nettement (71 %), devant les produits primaires (15 %).

2 Les échanges de services

- Les échanges de services s'effectuent selon quatre modes : la fourniture directe du service à travers une frontière (programmes TV satellite), la consommation du service à l'étranger (tourisme international), l'ouverture à l'étranger d'une filiale de services, et le déplacement d'un prestataire. Les services représentent aujourd'hui 23 % des échanges commerciaux dans le monde.
- Leur géographie est encore très concentrée : les pays développés produisent 68 % des services exportés, 43 % pour la seule UE et 15 % pour les États-Unis, mais 2 % pour l'Afrique tout entière. La balance commerciale chinoise dans les services est fortement déficitaire (– 100 milliards de dollars).

> **MOT CLÉ**
> La **balance commerciale** calcule la différence entre exportations et importations, dans les échanges de biens, de services ou dans les échanges totaux.

II La révolution des transports

1 Les modes de transport

- Le transport aérien est le plus rapide mais le plus coûteux. Le transport maritime est devenu le premier outil de la mondialisation, avec plus de 10 milliards de tonnes transportées par de grandes compagnies maritimes (Maersk, MSC, CMA-CGM). Le transport ferroviaire est surtout développé en Europe pour les produits pondéreux. Le transport routier demeure considérable.

■ Certains acteurs se sont imposés comme des compagnies logistiques intermodales : ces « intégrateurs » (UPS ou FedEx) assurent le transport des marchandises jusqu'au client final en utilisant tous les modes de transport nécessaires (aérien, maritime, routier, ferroviaire…).

2 La nouvelle organisation logistique

■ Tous les modes de transport ont mis en œuvre la nouvelle organisation logistique en « *hub and spokes* » (« moyeu et rayons »), qui permet d'optimiser les coûts. Les « hubs » sont de véritables **plates-formes multimodales**, aujourd'hui très automatisées et pilotées par des systèmes informatiques de pointe. La crise Covid a cependant perturbé les chaînes logistiques mondiales et fait augmenter les coûts de transport.

> **MOT CLÉ**
> Une **plate-forme multimodale** est un espace productif permettant le transfert ultrarapide des marchandises d'un moyen de transport à un autre.

■ La géographie de ces espaces productifs de services favorise évidemment les interfaces : zones portuaires et aéroportuaires à proximité des grands foyers de peuplement.

zoOm

Les investisseurs chinois en Afrique

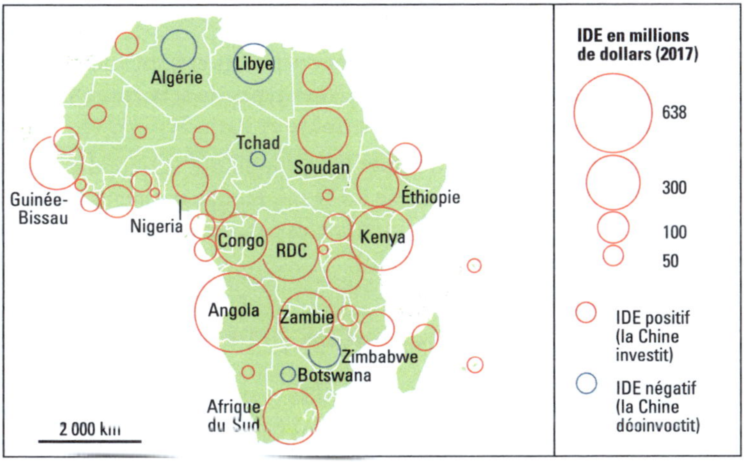

■ Dans les vingt dernières années, la Chine est devenue le premier investisseur en Afrique : le commerce sino-africain progresse de 20 % par an, les IDE de 40 % ! 10 000 entreprises chinoises et 200 000 Chinois travaillent sur le continent.

■ Les IDE se réalisent essentiellement vers des pays producteurs de pétrole (Angola, Soudan) ou de matières premières (RDC, Afrique du Sud), mais aussi par délocalisation manufacturière (Kenya, Éthiopie).

40 Littoralisation et métropolisation des espaces productifs

En bref *Les espaces productifs connaissent un double processus de littoralisation et de métropolisation, car l'économie mondialisée privilégie les lieux connectés dont l'accessibilité est maximale.*

I La métropolisation des espaces productifs

1 La concentration des pouvoirs

■ Les grandes métropoles mondiales sont les lieux où la production de richesses est maximale, parce qu'elles concentrent les **fonctions à plus forte valeur ajoutée** : de commandement et d'impulsion, de création et de services haut de gamme.

■ Les métropoles attirent les emplois en raison de **processus cumulatifs** : leur population qualifiée, leurs moyens de transport et de communication ultramodernes, leur accessibilité depuis les autres métropoles, les **externalités** positives qui s'y associent. Les métropoles constituent des **espaces centraux**.

> **MOT CLÉ**
> Les **externalités** sont les effets produits par un agent économique sans contrepartie monétaire. Elles sont négatives (pollution) ou positives (synergies entre entreprises voisines).

2 L'archipel mégalopolitain mondial

■ Les métropoles fonctionnent elles-mêmes en réseau et sont hiérarchisées au niveau mondial, toutes n'offrant pas les mêmes types de services. **Quatre villes mondiales** dominent : New York, Londres, Tokyo et Paris. → FICHE 31

■ Ces métropoles dessinent un **archipel mégalopolitain mondial** : centré sur les pôles anciens de la **Triade** (Amérique du Nord, Europe occidentale, Japon). Il intègre aujourd'hui de plus en plus de métropoles des **Suds émergents** (Shanghai, Beijing, Singapour, Mumbai ou São Paulo).

II La littoralisation des espaces productifs

1 Espaces littoraux, espaces productifs

■ 40 % de la population mondiale vit à moins de 60 km d'un littoral. Dans une économie mondialisée où le transport maritime assure 90 % du trafic de marchandises, les **interfaces maritimes** sont des espaces productifs privilégiés. La mondialisation accentue donc la littoralisation de l'économie.

■ Les ports ont été modernisés et largement développés en de véritables **zones industrialo-portuaires**. Les industries se sont implantées dans les ports, profitant ainsi des matières premières à moindre coût. Les industries lourdes chinoises ou indiennes se sont ainsi installées près des ports de Shanghai ou Mumbai.

2 | La recomposition des façades maritimes

■ Certaines façades maritimes de grande dimension jouent ainsi un rôle essentiel dans la production de richesses à l'échelle mondiale. Certaines recoupent les métropoles de l'archipel mégalopolitain mondial (mégalopoles américaine et japonaise). Le **Northern Range** constitue la porte d'accès à la mégalopole européenne, via les ports du Havre, d'Anvers, de Rotterdam ou de Hambourg.

MOT CLÉ

Le **Northern Range** (traduit par « rail » ou « rangée » européen/ne) constitue la façade maritime de la mégalopole européenne, centrée sur l'Europe rhénane, dont le débouché essentiel est le premier port d'Europe, Rotterdam.

■ Avec l'émergence de certains pays des Suds et leur insertion dans la mondialisation, les espaces productifs se sont diversifiés. De nouvelles façades maritimes se sont développées, telle la façade est-asiatique (de Singapour à la Corée en passant par les ports chinois), parfois centrées sur de grandes métropoles (Mumbai).

zoOm

L'archipel mégalopolitain mondial

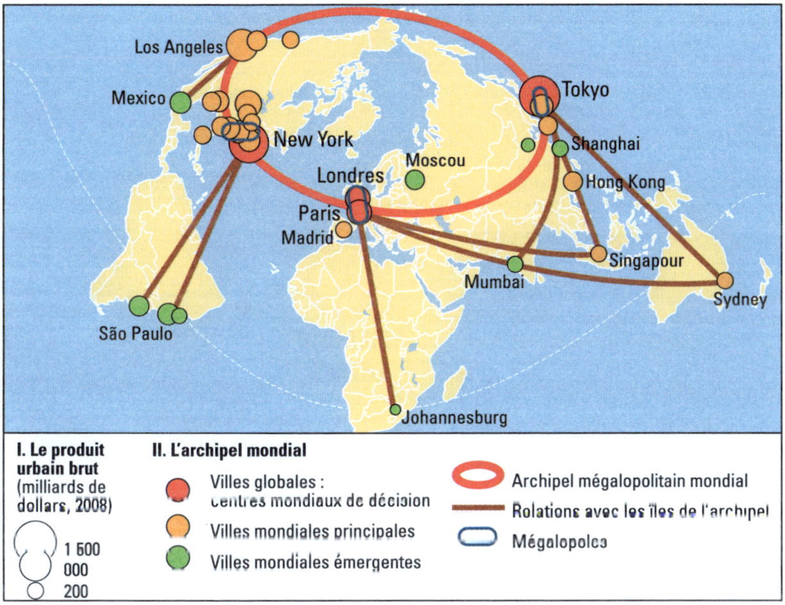

L'archipel mégalopolitain mondial est un système urbain de dimension mondiale, constitué des villes qui contribuent à la direction du monde, fortement connectées les unes aux autres par des réseaux de transport et de communication ultramodernes. Il concentre 90 % des opérations financières et 80 % de la production scientifique.

MÉMO VISUEL

I. Les pôles de la mondialisation

●	Les villes mondiales de l'archipel mégalopolitain mondial		Autres pays des Nords, souvent producteurs de matières premières		Autres pays des Suds, souvent producteurs de matières premières
	Pays de la Triade : espaces productifs avancés mais concurrencés		Grandes puissances émergentes : espaces productifs mondialisés	▲	Pays pétroliers

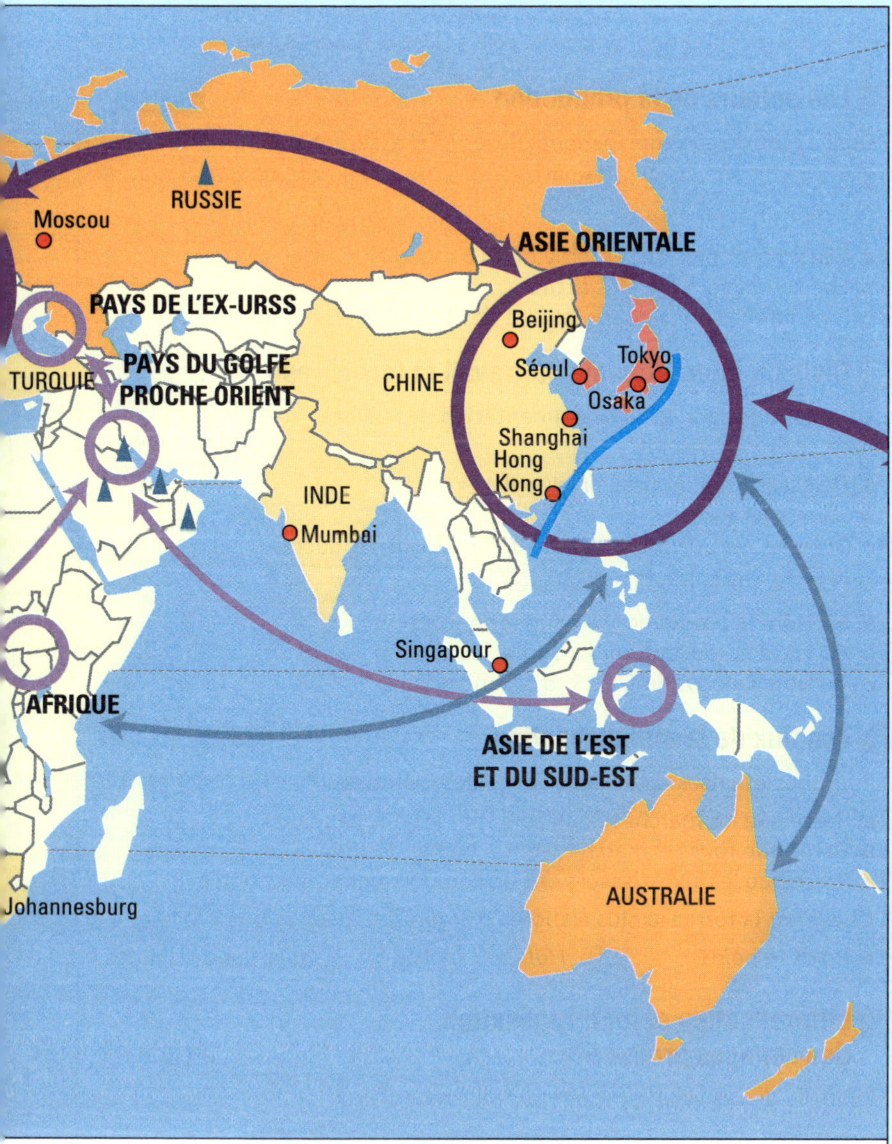

II. Les flux entre les principales zones productives

- Centres productifs majeurs
- Centres productifs secondaires
- Principaux flux d'échanges (marchandises, capitaux, services)
- Flux Sud-Sud en plein essor
- Autres flux Nords-Suds
- Grandes façades maritimes, industrielles et portuaires

SE TESTER QUIZ

Vérifiez que vous avez bien compris les points clés des **fiches 36 à 40**.

1 Les acteurs de la production

→ FICHE **36**

1. Quelle part du commerce mondiale les FTN assurent-elles ?

☐ **a.** 30 % ☐ **b.** 50 % ☐ **c.** 65 %

2. Qu'est-ce qui montre le poids économique énorme des FTN ?

☐ **a.** Elles créent plus de la moitié du PIB mondial.
☐ **b.** Elles emploient 5 % des actifs.
☐ **c.** Elles effectuent la quasi-totalité des IDE dans le monde.

2 Division internationale du travail et territoires

→ FICHE **37**

1. Comment désigne-t-on la segmentation des tâches dans la chaîne de valeur ?

☐ **a.** Délocalisation du tissu productif
☐ **b.** Sous-traitance
☐ **c.** Décomposition internationale du processus productif

2. Qu'est-ce que le modèle bipolaire ?

☐ **a.** Au Nord la production, au Sud la conception
☐ **b.** Au Nord la conception, au Sud la fabrication
☐ **c.** Au Nord l'innovation, au Sud la conception

3 Les flux de la mondialisation

→ FICHES **38** et **39**

1. Pourquoi les crises financières sont-elles mondiales ?

☐ **a.** Parce que les marchés financiers sont interdépendants
☐ **b.** Parce que tous les marchés sont commandés depuis les États-Unis
☐ **c.** Parce que les investisseurs ont un comportement moutonnier

2. Quelle est la forme la plus élaborée d'organisation logistique ?

☐ **a.** *Point to point* ☐ **b.** *Hub and spokes* ☐ **c.** Ni l'une ni l'autre

4 Littoralisation et métropolisation des espaces productifs

→ FICHE **40**

1. Laquelle de ces villes n'est pas une ville mondiale ?

☐ **a.** Londres ☐ **b.** Paris ☐ **c.** New York

2. Quelle façade maritime connaît actuellement le plus fort développement ?

☐ **a.** La façade est-américaine
☐ **b.** Le Northern Range
☐ **c.** La façade est-asiatique

S'ENTRAÎNER

5 Connaître les chiffres du cours

→ FICHES 36 à 40

Entourez le chiffre correspondant à chaque item (Mds = milliards).

• Montant des IDE dans le monde en 2021 :	1 582 Mds $	582 Mds $
• Argent des FTN stocké dans les paradis fiscaux :	260 Mds $	2 600 Mds $
• Services exportés par les pays du Nord :	68 %	48 %
• Échanges mondiaux de marchandises :	22 Mds $	22 000 Mds $

6 Se repérer dans l'espace

→ FICHE 40

Document **Les flux maritimes et la littoralisation des espaces productifs mondiaux**

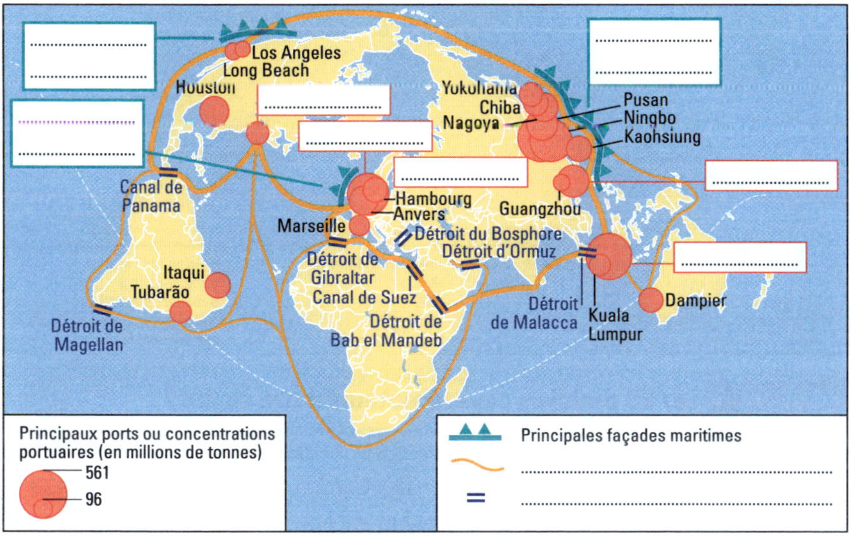

1. Sur la carte ci-dessus, complétez la légende avec les termes qui conviennent.

2. Placez dans les cadres bleus les noms des trois principales façades maritimes puis dans les cadres rouges le nom des ports manquants.

7 Réviser le cours en 8 questions flash

→ FICHES 36 à 40

1. Comment les FTN s'organisent-elles pour dégager les meilleurs profits ?

2. Pourquoi peut-on dire que les FTN sont au centre de l'économie mondialisée ?

3. Qu'est-ce que la nouvelle division internationale du travail ?

4. En quoi les flux financiers sont-ils importants dans l'économie mondialisée ?

5. Quels sont les aspects nouveaux de l'économie numérique ?

6. Quels sont les apports de la révolution des transports de marchandises ?

7. Pourquoi les espaces productifs se localisent-ils préférentiellement dans les métropoles ?

8. Pourquoi les espaces littoraux attirent-ils les activités productives ?

8 Analyser une carte et un tableau de chiffres

→ FICHE 38

Document 1 Les investissements directs étrangers dans le monde en 2013

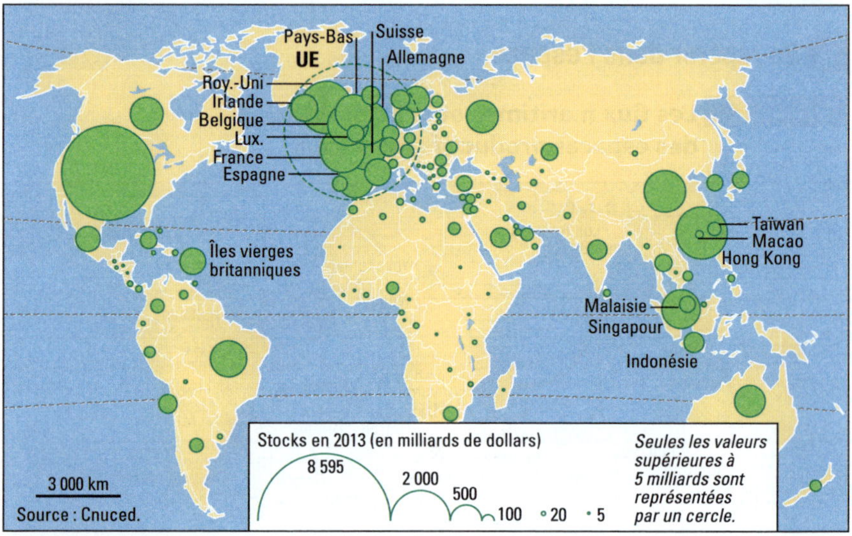

Document 2 Les 20 premiers pays récepteurs d'IDE en 2017

Pays	IDE	Pays	IDE
États-Unis d'Amérique	275 381	Îles Caïman	37 433
Chine	136 320	Allemagne	34 726
Hong Kong	104 333	Mexique	29 695
Brésil	62 713	Irlande	28 975
Singapour	62 006	Fédération de Russie	25 284
Pays-Bas	57 957	Canada	24 244
France	49 795	Indonésie	23 063
Australie	46 368	Espagne	19 086
Suisse, Liechtenstein	40 986	Israël	18 954
Inde	39 916	Autres pays de l'UE	114 463
Îles Vierges britanniques	38 358		

1. a. Quels sont les régions du monde qui reçoivent le plus d'IDE ? D'après le tableau de chiffres, calculez le total investi dans l'UE.

b. Quels sont les régions du monde qui en reçoivent le moins ?

c. Classez en trois groupes les 20 pays mentionnés dans le tableau. Calculez le total des IDE investis dans chaque groupe. Que constatez-vous ?

2. En vous appuyant sur vos réponses aux questions précédentes, montrez comment les flux d'IDE rendent compte des recompositions des espaces productifs dans le monde.

> **CONSEIL**
> Ce classement doit comprendre des catégories de pays, et non des régions géographiques, puisque cela a déjà été demandé dans les questions **a** et **b**.

OBJECTIF BAC

9 Les espaces productifs : l'exemple du port de Rotterdam Croquis

1 h

Cet exercice vous propose un entraînement à la réalisation d'un croquis à partir d'un texte. Il requiert de votre part une lecture attentive du texte et une construction soignée de la légende du croquis.

LE SUJET

À partir du texte ci-dessous et à l'aide du fond de carte fourni, construisez un croquis de synthèse des espaces productifs du port de Rotterdam prenant en compte l'essentiel des informations. Vous veillerez à produire une légende organisée de votre croquis.

Document Les espaces productifs : l'exemple du port de Rotterdam

Rotterdam est le premier port d'Europe. Situé sur la mer du Nord, à l'embouchure du Rhin, il dessert toute la mégalopole européenne.

Le port est structuré en plusieurs zones d'installations s'échelonnant le long de l'embouchure du Rhin. Le port s'est en effet étendu, depuis le port de centre-ville médiéval (aujourd'hui port de voyageurs), en fond d'estuaire, vers la tête d'estuaire, à mesure que les dimensions des navires exigeaient des tirants d'eau supérieurs.

Venant de la mer du Nord et remontant le fleuve vers l'amont, on rencontre d'abord les terminaux et les darses de Maasvlakte 2 (depuis 2008), de Maasvlakte (entre 1970 et 2008), puis ceux de l'Europoort (1957-1970), du Botlek (1952-1959), de Pernis et Heijplaat (avant 1939) et enfin ceux du centre-ville (avant 1914).

Toute la zone du Maasvlakte (la « plaine de la Meuse ») 1 et 2 est construite sur des terre-pleins gagnés sur la mer. Ce sont pour l'essentiel des terminaux à conteneurs en eaux profondes, mais aussi des terminaux pétroliers, gaziers et minéraliers : les cargaisons déchargées repartent immédiatement, par conduites, camions, trains, feeders[1] vers l'Europe rhénane et jusqu'à l'Europe centrale, ou vers les autres ports du Northern Range, ce qui montre le rôle de hub, de port d'éclatement de Rotterdam dans la façade maritime nord-européenne.

La zone d'Europoort (la porte de l'Europe) est une gigantesque zone de stockage et de raffinage pétrolier, dont les oléoducs approvisionnent tout l'hinterland[2], mais aussi de pétrochimie. Botlek joue le même rôle, comme Pernis et Heijplaat.

Source : d'après Wikipédia

1. Porte-conteneur de petites dimensions qui dessert les destinations secondaires.
2. L'arrière-pays, toute la zone desservie par le port.

Fond de carte à compléter et légender

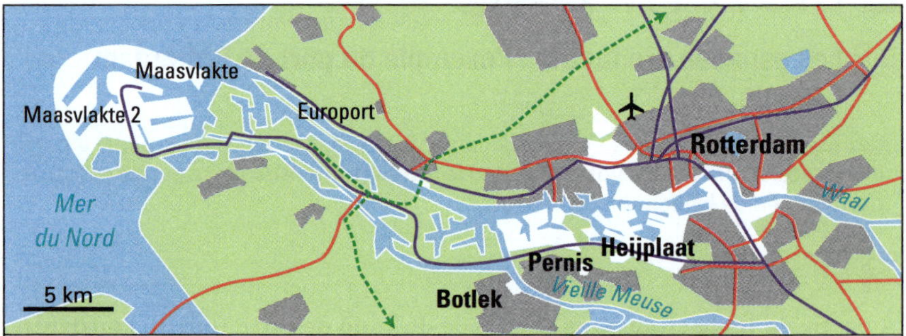

Organisation de l'espace
- Zone urbanisée
- Zone à dominante rurale
- Zone industrialo-portuaire

Infrastructures de transport
- Autoroute et route
- Voie ferrée
- Aéroport
- Oléoduc

I. Une évolution spatiale vers la tête d'estuaire	II. Les aménagements fonctionnels multimodaux	III. Un hub au cœur de la mondialisation
....	....	....
....	....	....
....	....	....

Méthode

Organiser la légende d'un croquis

Suivre les éléments indiqués par le sujet

Au brouillon, reportez les parties spécifiées dans le sujet (ici 3) et notez dedans les éléments relevés.

Répartir les éléments du texte dans les parties de la légende

En fonction des thèmes, classez les éléments. L'ordre peut être logique (en fonction des idées), géographique (en fonction de leur localisation) ou chronologique (en fonction de leur ordre d'apparition).

■ **Choisir les figurés**

Déterminez les éléments surfaciques (zones chronologiques), linéaires (réseaux) et ponctuels (fonctions). Choisissez des couleurs et des formes symboliques simples.

▶▶▶ LA FEUILLE DE ROUTE

→ Reportez-vous à la méthode détaillée du croquis en p. 286

Étape 1 Analyser le sujet

Espace productif du part de Rotterdam

Notions
- Espaces productifs
- Port-ZIP-communications

Espace considéré
- Port de Rotterdam
- Localisation du fond vers la tête d'estuaire

Fond de carte
- Noms de lieux
- Amont/aval

Élements de légende
- Échelle locale : le port
- Échelle mondiale : connexion avant-pays / arrière-pays

Étape 2 Se remémorer les grands thèmes du cours

■ Commencez par cadrer le sujet en notant au brouillon des connaissances. Le sujet va développer des aspects de la littoralisation des espaces productifs.

■ Puis posez-vous la question suivantes : quels thèmes et mots-clés devrait-on retrouver à propos du sujet sur Rotterdam ?

Étape 3 Exploiter le texte

■ Sur une feuille de brouillon, tracez trois colonnes et indiquez les trois parties données en légende dans trois couleurs différentes.

■ Lisez le texte en détail. Surlignez dans l'une des trois couleurs les éléments pouvant être localisés sur la carte. Recopiez-les ensuite sur le brouillon.

Étape 4 Construire la légende

■ Sur votre brouillon, réfléchissez au type de classement que vous pouvez faire. Par exemple, la partie 1 (évolution spatiale) pourra vraisemblablement être chronologique, ce que confirment les dates du texte.

■ Demandez-vous quels figurés et couleur vous pouvez adopter pour chaque élément (choisir par exemple un dégradé de couleur pour l'évolution chronologique).

Étape 5 Réaliser le croquis

→ CORRIGÉ p. 210

CORRIGÉS

SE TESTER QUIZ

1 Les acteurs de la production

1. Réponse c. Les FTN assurent les 2/3 du commerce mondial, et un tiers pour les seuls échanges intrafirmes.

2. Réponses a et c. Toutes les réponses sont justes, mais seules les a et c font état du poids économiques des firmes transnationales. La réponse b montre leur extrême productivité.

2 Division internationale du travail et territoires

1. Réponse c. La décomposition internationale du processus productif permet de faire jouer les avantages comparatifs de chaque acteur (chaîne de valeur).

2. Réponse b. Le modèle bipolaire – aujourd'hui obsolète – reposait sur le partage des tâches entre un Nord qui conservait les tâches de commandement et un Sud dédié à la fabrication.

3 Les flux de la mondialisation

1. Réponse a. Les marchés financiers sont interconnectés et fonctionnent en permanence. Une crise déclenche généralement le rapatriement des capitaux placés à l'étranger donc contamine les autres marchés.

2. Réponse b. Malgré les contraintes logistiques importantes qui pèsent sur le hub, le modèle « ***hub and spokes*** » est bien plus rentable que le « *point-to-point* ».

INFO

En français, on peut traduire *hub and spokes* par « moyeu et rayons », mais l'usage autorise à utiliser les termes anglais.

4 Littoralisation et métropolisation des espaces productifs

1. Aucune réponse n'est correcte. Ces trois villes (avec Tokyo) sont des villes mondiales, dont le rôle de commandement de l'économie mondialisée est avéré.

2. Réponse c. La façade est-asiatique est notamment liée à la croissance économique chinoise.

S'ENTRAÎNER

5 Connaître les chiffres du cours

- Montant des IDE dans le monde en 2021 : 1 582 milliards $
- Argent des FTN stocké dans les paradis fiscaux : 2 600 milliards $
- Services exportés par les pays du Nord : 68 %
- Échanges mondiaux de marchandises : 22 000 milliards $

6 Se repérer dans l'espace

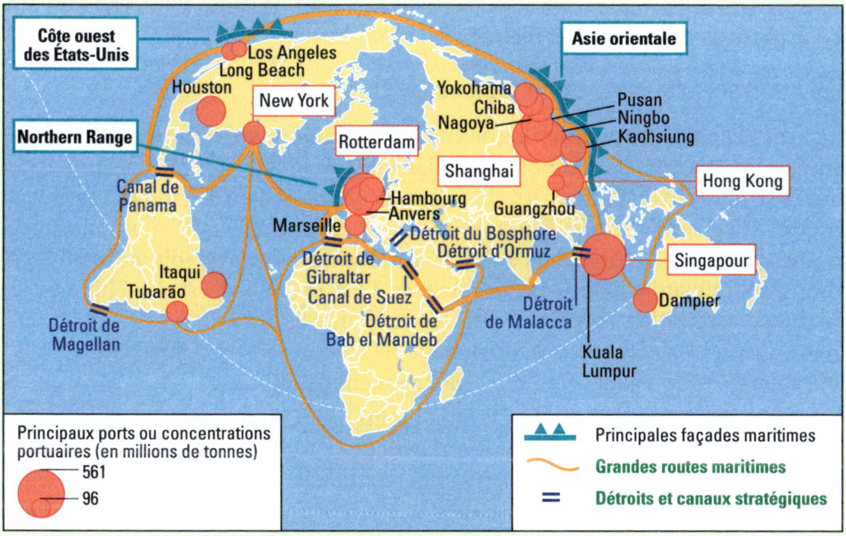

7 Réviser le cours en 8 questions flash

1. Les FTN **conservent les segments productifs à plus forte valeur ajoutée** et délèguent les tâches moins rentables à des sous-traitants. Certaines deviennent des entreprises industrielles sans usines.

2. Avec 5 % des actifs, les FTN réalisent environ **50 % du PIB mondial et les deux tiers du commerce**, dont un tiers pour le seul commerce intrafirmes. Elles contrôlent la quasi-totalité des IDE.

3. La nouvelle division internationale du travail repose sur une **segmentation de la chaîne de valeur**, chaque acteur produisant une partie de la richesse en fonction de ses avantages comparatifs.

4. Les flux financiers se chiffrent en milliers de milliards de dollars. Les marchés financiers **contrôlent les entreprises** et les transferts de capitaux décident du **développement des espaces productifs**.

5. L'économie numérique se différencie de l'économie productive traditionnelle par la **forte valeur ajoutée** de ses produits et le **coût très faible de leur fabrication** en nombre.

6. La révolution des transports a **abaissé le coût d'acheminement** des marchandises, **optimisé les délais** et les fréquences de livraison et permis la nouvelle division internationale du travail.

7. Les espaces productifs se développent dans les métropoles en raison de leurs externalités positives, de la **présence de populations diplômées**, de la qualité de leurs **systèmes de transport et de communication**.

8. Les espaces littoraux sont **les plus accessibles** dans une économie fondée sur les échanges de marchandises à 90 % maritimes. Leur situation d'**interface** en fait des espaces de production privilégiés.

8 Analyser une carte et un tableau de chiffres

1. a. Les régions du monde qui reçoivent le plus d'IDE sont l'Europe et l'Amérique du Nord. Les **États-Unis** sont au premier rang, mais **l'Union européenne** dans son ensemble arrive en tête : les cinq pays mentionnés dans le tableau (Pays-Bas, France, Allemagne, Irlande, Espagne) reçoivent environ 190 milliards $, auxquels il faut ajouter les 115 milliards $ des 23 autres pays membres, soit un total d'environ 305 milliards. Vient ensuite l'**Asie de l'Est et du Sud-Est**. La Chine est la deuxième destination mondiale, avec 136 milliards $, mais si on y ajoute les IDE qui se dirigent vers Hong Kong, on obtient 240 milliards $, et 300 milliards $ avec Singapour. Les trois zones sont donc **globalement équilibrées**.

b. Les régions du monde qui reçoivent le moins d'IDE sont, par ordre décroissant, l'Amérique latine, le reste de l'Asie et l'Afrique. L'**Amérique latine** est la moins défavorisée, avec des pays bien représentés, comme le Brésil (63 milliards $) et le Mexique (30 milliards $). Le **reste de l'Asie** – hors Russie – est en retrait, à l'exception de l'Inde (40 milliards $). Quant à l'**Afrique**, les IDE s'y font très rares, l'Égypte tirant son épingle du jeu.

On peut noter enfin une faiblesse relative des IDE dans deux pays pourtant très développés : le Japon et la Corée du Sud.

c. On peut classer les 20 pays du tableau en **trois groupes** : les pays développés des Nords, les pays émergents des Suds et les paradis fiscaux.

Pays développés	IDE	Pays émergents	IDE
États-Unis d'Amérique	275 381	Chine	136 320
Singapour	62 006	Hong Kong	104 333
Pays-Bas	57 957	Brésil	62 713
France	49 795	Inde	39 916
Australie	46 368	Mexique	29 695
Suisse, Liechtenstein	40 986	Fédération de Russie	25 284
Allemagne	34 726	Indonésie	23 063
Irlande	28 975	**TOTAL**	421 324
Canada	24 244	**Paradis fiscaux**	**IDE**
Espagne	19 086	Îles Vierges britanniques	38 358
Israël	18 954	Îles Caïman	37 433
TOTAL	658 477	**TOTAL**	75 791

• Les **pays développés** sont les mieux représentés, avec 658 milliards $ d'IDE : les investissements des FTN se font donc préférentiellement vers ces pays aux économies présentant peu de risques.

• Le deuxième groupe est constitué de grands **pays émergents** des Suds, avec 421 milliards $, avec un fort tropisme vers la Chine, qui représente à elle seule la moitié de cette catégorie.

• Deux éléments sont à relever : les **paradis fiscaux** des Îles Vierges britanniques et Caïman reçoivent plus de 75 milliards $ de placements en 2017, ce qui en dit long sur les circuits financiers opaques de l'économie mondialisée. Enfin, on note l'**absence flagrante des pays en développement les plus pauvres** : aucun pays moins avancé dans la liste et à peine mieux sur la carte.

2. • Les IDE se dirigent d'abord vers les **pays les plus développés** (États-Unis 275 milliards $, Union européenne 305 milliards $). Les avantages comparatifs des économies de l'OCDE demeurent évidents pour les investisseurs. On peut y ajouter les pays riches exportateurs de matières premières, tels l'Australie ou les pays du Golfe.

• Les **pays émergents** constituent une deuxième catégorie importante de pays récepteurs. La Chine au premier chef, avec des IDE cumulés (Chine populaire et Hong Kong) de 240 milliards $. Mais d'autres pays d'Asie orientale et sud-orientale sont de grands récepteurs : Singapour (62), l'Indonésie (23), la Malaisie, les Philippines, la Thaïlande, tous des pays bien insérés dans la mondialisation. L'émergence se lit également sur d'autres parties de la carte : Brésil (63), Inde (40) ou Mexique (30).

• La carte présente enfin un certain nombre d'**anomalies**. D'abord, certains pays très développés (Japon, Corée du Sud) reçoivent peu d'IDE, en raison d'investissements venant de grands groupes nationaux. Ensuite, certains pays minuscules (Îles Vierges et Caïman) reçoivent des IDE considérables : ce sont des **paradis fiscaux**. Enfin, en Afrique, la taille modeste des économies limite celle des investissements possibles.

• Les IDE permettent ainsi de rendre compte des recompositions qui affectent les espaces productifs mondiaux. Ces recompositions – comme la montée en puissance de l'Asie orientale – sont réelles, mais les **continuités** ne le sont pas moins : les grandes économies des Nords demeurent des espaces productifs de première importance et l'émergence africaine un processus d'une lenteur certaine.

OBJECTIF BAC

9 Croquis

Les espaces productifs : l'exemple du port de Rotterdam

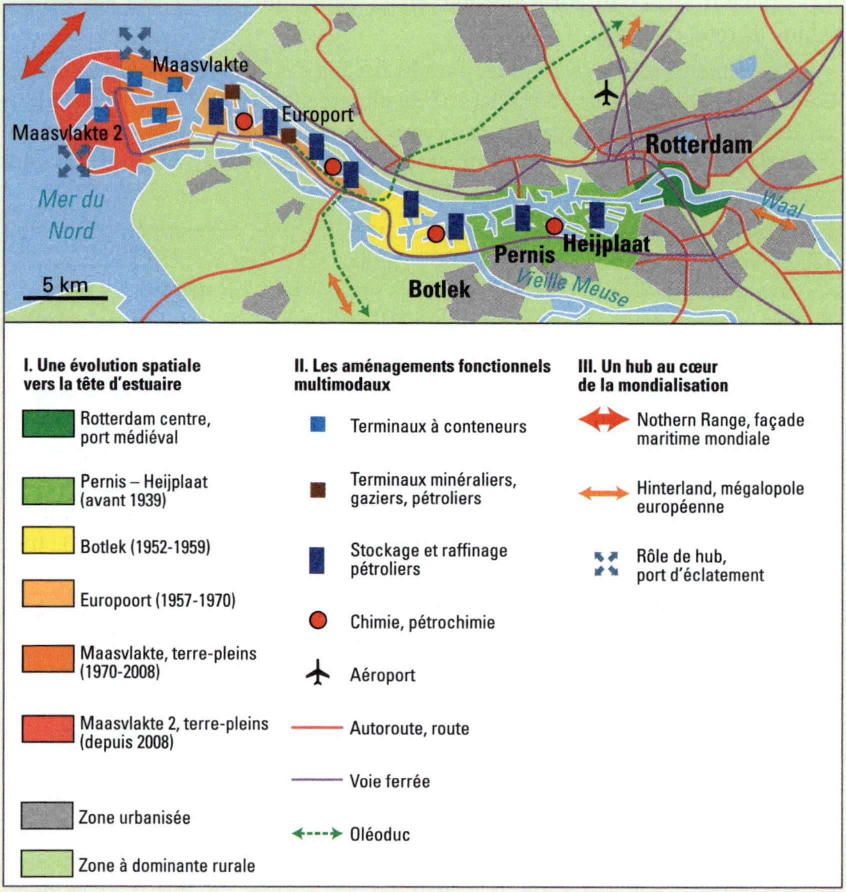

10 Les systèmes productifs français

La Défense (Hauts-de-Seine) : 2e quartier d'affaires en Europe et 4e dans le monde, où viennent travailler chaque jour 180 000 salariés pour 3 000 entreprises produisant 10 % du PIB français.

41 Des modèles et systèmes productifs mondialisés

En bref *La localisation et l'organisation des activités productives se sont tellement complexifiées que l'on parle aujourd'hui de systèmes productifs. La production se réalise à travers une chaîne de valeur globale qui associe de multiples acteurs à de multiples échelles d'intervention.*

I Les mutations du système capitaliste en France

1 Le fordisme

- Le fordisme se développe en France à partir des années 1950. La **production de masse d'objets standardisés** est réalisée par une main-d'œuvre spécialisée à faible coût, aux méthodes de travail optimisées par le **taylorisme**.
- La conception se concentre dans les métropoles. Les espaces de la fabrication dépendent des **voies de communication** plus que de la proximité des matières premières. Les zones industrialo-portuaires se développent (Fos, Le Havre).

2 Le toyotisme et le post-fordisme

- La crise des années 1970 provoque l'émergence du modèle toyotiste, basé sur les **flux tendus** d'une production sans stock, encore plus dépendante des réseaux.
- Avec le post-fordisme, les robots pilotés par ordinateur permettent une **production flexible**. Conjugaison des révolutions informatique et robotique, le post-fordisme emploie des effectifs toujours plus qualifiés mais toujours moins nombreux.

II Les anciens et les nouveaux modèles productifs

1 Le modèle ternaire de Clark (années 1940)

Le secteur **primaire** concerne l'extraction des matières premières, le secteur **secondaire** les transforme et le secteur **tertiaire** rassemble les services. Ce modèle est depuis longtemps **obsolète**.

2 Le modèle de Damette et Scheibling (années 1990)

- Ces géographes proposent un modèle, en trois sphères intégrées : **productive** (activités de production concrète comme l'agriculture ou l'industrie) ; **périproductive** (activités concourant à la production tel que le commerce, le transport...) ; **reproductive** (fonctionnement du territoire et de la société support du système productif comme l'administration, la santé...).
- Cette organisation ne rend toutefois pas complètement compte de la complexité de l'organisation des **chaînes de valeur** dans la mondialisation.

MOT CLÉ
La **chaîne de valeur** est l'ensemble des acteurs qui interviennent dans la fabrication d'un produit ou la fourniture d'un service.

3 Le modèle centre-front-arrière de Veltz (années 2010)

Veltz distingue les activités de conception (dans les métropoles), les activités de front (sur le territoire près des clients) et les activités de l'arrière (production).

III Les logiques productives de la mondialisation

1 À l'échelle nationale

- Les logiques productives de la mondialisation sont spatialement très sélectives. Les zones gagnantes sont les régions frontalières, littorales et métropolitaines.
- Les investissements directs étrangers (IDE) placent la France au 13e rang mondial et 7e européen. Les investisseurs sont surtout européens (58 %). L'insertion de la France dans la mondialisation se fait prioritairement par l'intégration européenne.

2 À l'échelle locale

- Les IDE présentent une grande variété. Les régions gagnantes sont bien représentées (Fujitsu à Paris-Sud).
- Des régions moins favorisées peuvent bénéficier d'atouts géographiques, comme la proximité de la mégalopole européenne (**effet-frontière**). Beaucoup dépend de l'environnement local dans lequel se développe l'entreprise.

MOT CLÉ

L'**effet-frontière** joue du différentiel entre deux zones, l'une riche et active mais manquant de main-d'œuvre, l'autre plus pauvre avec du chômage.

zoOm

Le modèle des sphères emboitées

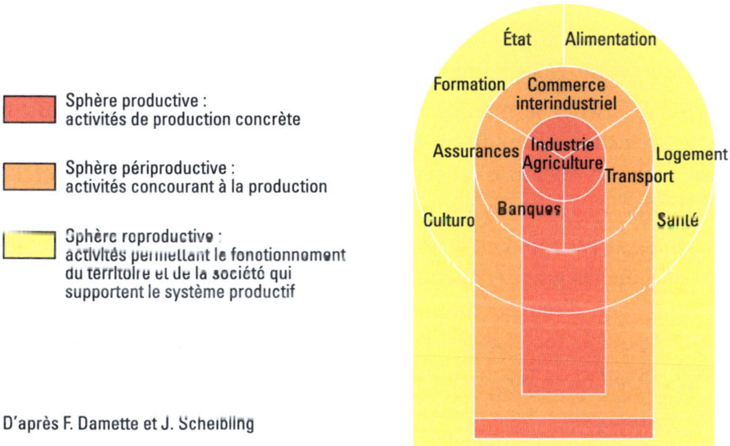

D'après F. Damette et J. Scheibling

42 Mutation et recomposition des systèmes productifs

En bref *Les systèmes productifs français connaissent des recompositions considérables sous l'effet de la mondialisation et de l'intégration européenne, mais aussi des évolutions politiques, techniques ou sociales.*

I Les mutations des systèmes productifs agricoles

■ La **révolution agricole** date en France des années 1950 et met en place une **agriculture productiviste**, à hauts rendements et forte productivité. Mécanisation, motorisation, chimisation et hybridation conduisent à l'apparition d'agrosystèmes. La construction européenne, à travers la **politique agricole commune** (1962), a accompagné cette mutation qui a conduit à l'indépendance alimentaire et au-delà.

■ L'agriculture française est devenue une **agriculture de marché**. Les structures agraires se sont concentrées et les terroirs se sont spécialisés. L'intégration entre agriculture, industrie (mécaniques ou agroalimentaires) et services (banque, commercialisation) débouche sur un **système agro-industriel**.

■ La France n'est toutefois que le **5e exportateur agricole mondial**. Une partie du système productif évolue vers une **agriculture de qualité**, en filières courtes, moins insérée dans le marché mondial ce qui conduit à une hausse radicale des importations agricoles de moyenne gamme : hors vins et spiritueux, la France est déficitaire avec le monde entier.

II Désindustrialisation et recomposition industrielle

■ La désindustrialisation se mesure au **recul du nombre d'emplois** (11 %), à la **part dans le PIB national** (12 %), aux **pertes de part de marché à l'exportation** (3,5 %). Cependant, certains secteurs demeurent **compétitifs** : aéronautique, armement, luxe, agroalimentaire. Mais nombre sont en **déclin**, voire en voie d'extinction.

■ Ce déclin industriel se marque par la crise des anciennes **régions du Nord et de l'Est**. La **reconversion** de ces friches industrielles est difficile. La situation géographique de ces régions n'est cependant pas dépourvue d'**atouts** : développement métropolitain à Lille, IDE Toyota près de Valenciennes.

■ Parallèlement à ces zones en crise, les **industries high tech** se déploient en Île-de-France et dans les grandes métropoles, qui offrent un **écosystème propice à l'innovation** (main-d'œuvre, aménités, réseaux). Ces régions sont aussi les plus performantes pour la **localisation des services**, avec lesquels les activités industrielles sont intégrées de façon croissante.

III Des systèmes productifs largement « tertiarisés »

- L'économie française compte **75 % de sa population active dans les services**, qui constituent un secteur très intégré avec les deux autres secteurs. Les services présentent une très **forte hétérogénéité** : services marchands (payés à l'acte) et non marchands, publics ou privés, banals ou rares (tertiaire supérieur).
- La répartition géographique des services est très différenciée. Les **services banals** se calquent sur la répartition de la population (commerce, transports), ils survivent plus difficilement dans les zones peu denses. Les **services aux entreprises à forte valeur ajoutée**, tels les quartiers d'affaires, se localisent en centre-ville ou en périphérie connectée (La Défense).
- La France est le **4e exportateur mondial de services** (314 milliards de $ en 2022), avec un solde commercial positif (+ 53 milliards de $). Certains services sont **délocalisables**. D'autres dépendent de l'**économie résidentielle ou présentielle** ou bénéficient de facteurs territorialisés (tourisme) ou du besoin d'un face-à-face physique.

MOT CLÉ
L'**économie résidentielle** dépend de la population installée sur le territoire (ex. : coiffeur ou plombier). L'**économie présentielle** dépend de la population présente, donc inclut les touristes.

zoOm

Les recompositions spatiales des systèmes productifs français

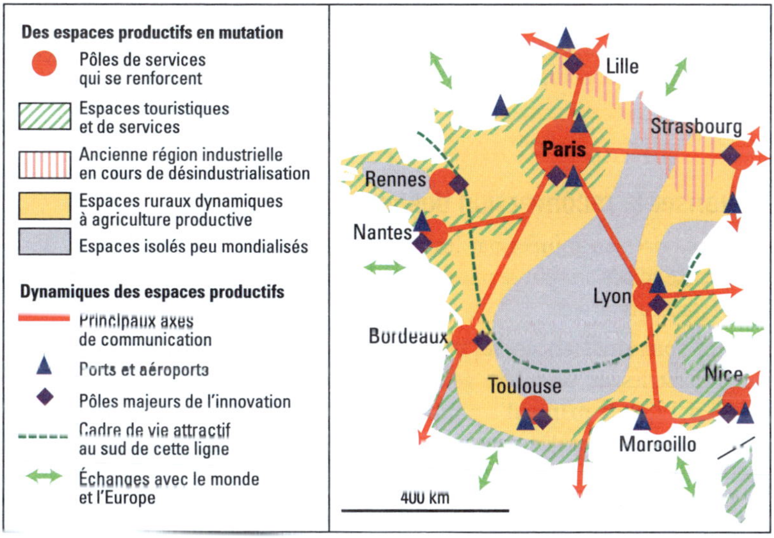

43 Dynamiques et politiques des systèmes productifs

En bref *Les dynamiques mondialisées ont de puissants effets sur les territoires, que les politiques d'aménagement tentent d'organiser.*

I Les dynamiques spatiales

1 La métropolisation des systèmes productifs

■ Si persiste l'opposition classique entre une France du Nord et de l'Est plus industrielle et une France du Sud et de l'Ouest plus agricole, les emplois tertiaires l'emportent partout avec plus de 70 % de l'emploi total.

■ Les métropoles ont cependant tendance à concentrer les emplois, l'Île-de-France en tête. La région-capitale demeure la 1re région industrielle (20 % de la valeur ajoutée), et pour les services.

2 Délocalisation, relocalisation : des dynamiques contradictoires ?

■ L'intégration à la mondialisation des systèmes productifs français s'est traduite par la transnationalisation des plus grandes firmes (délocalisations, IDE, sous-traitance).

■ Cependant, ces logiques ne sont pas exclusives de phénomènes de relocalisation. Les systèmes territoriaux, avec leurs réseaux d'acteurs et leurs qualifications parfois anciennes, présentent des atouts considérables dans une **économie de la connaissance** où le coût de la main-d'œuvre est moins décisif que sa compétence.

MOT CLÉ

L'**économie de la connaissance** repose sur le traitement de l'information et la création de nouvelles connaissances. Elle met en œuvre un capital immatériel décisif : la haute qualification et la créativité de la main-d'œuvre.

II Les politiques d'aménagement

1 Favoriser la reconversion des territoires en crise

■ Face aux crises entraînées par les mutations des systèmes productifs, des politiques ont été mises en œuvre par de multiples acteurs : État, collectivités territoriales, UE, acteurs privés.

■ En 1967 sont ainsi lancées les zones de conversion dans les territoires marqués par les industries de première génération (mines, sidérurgie, textile, chantiers navals). En 1982, la prime d'aménagement du territoire fait son apparition. En 1984 sont lancés les pôles de conversion. Suivront en 2002 les conventions de revitalisation.

■ Tous ces dispositifs, financés par l'État, puis l'Union européenne (fonds structurels), tentent de recréer de l'emploi dans ces zones sinistrées, de réhabiliter les friches industrielles, d'attirer de nouvelles entreprises... avec des succès divers.

2 Favoriser l'innovation des territoires compétitifs

- Pour bénéficier d'économies d'agglomération, se sont constitués des **systèmes productifs locaux**. Ces derniers prennent parfois la forme de districts industriels, centrés sur un type d'activité spécifique, tel le décolletage de la vallée de l'Arve. Les clusters associent entreprises et centres de recherche.

MOT CLÉ

Les **systèmes productifs locaux (SPL)** sont des groupes d'entreprises en réseaux, fortement ancrés dans leur territoire.

- L'État peut créer des regroupements d'entreprises et de centres de recherche et de formation, publics et/ou privés : ce sont les technopôles (Sophia-Antipolis dans l'arrière-pays niçois). Aujourd'hui, toutes les métropoles ont le leur.

- Enfin, l'État a lancé, en 2004, la politique d'aménagement des pôles de compétitivité, territoires de projet réunissant entreprises et centres de recherche et de formation autour d'une thématique commune, fortement ancrés dans le territoire mais ouverts sur la mondialisation. Il en existe aujourd'hui 54 (ex. : Mov'eo, à Rouen, sur les mobilités du futur, ou la Cosmetic Valley, à Chartres) rassemblant 2 000 laboratoires et universités et 10 000 entreprises innovantes avec 7,5 milliards d'euros d'investissements.

zoOm

Paris-Sud, premier technopôle français

- Le technopôle français le plus puissant, de niveau mondial, est celui de Paris-Sud. Il associe le Centre national de la recherche scientifique (CNRS), le Commissariat à l'énergie atomique (CEA), l'université de Paris-Sud et des grandes écoles telles que Polytechnique, Centrale et HEC.
- Il représente 20 % de la recherche scientifique française et compte plus de 10 000 enseignants-chercheurs. Situé sur le plateau de Saclay, son extension est prévue au moins jusqu'en 2029.

MÉMO VISUEL

Mondialisation

Mutations du système capitaliste

- Fordisme
- Toyotisme
- Post-fordisme

Anciens et nouveaux modèles productifs

- **Clark** : primaire / secondaire / tertiaire
- **Damette et Scheibling** : productif / périproductif / reproductif
- **Veltz** : centre / front / arrière

Logiques productives de la mondialisation

- Interaction entre l'échelle nationale et l'échelle locale
- Régions frontalières, littorales et métropolitaines favorisées
- Importance de l'environnement local

LES PRODUCTIFS

YSTÈMES
RANÇAIS

Mutation et recomposition

Mutations des systèmes productifs agricoles

- Agriculture productiviste et PAC
- Agriculture de marché et agrobusiness
- 5e exportateur agricole mondial

Tertiarisation

- **75 % de la population active** dans les services
- Services à forte valeur ajoutée dans les métropoles
- 4e exportateur mondial de services

Désindustrialisation et recomposition industrielle

- Industrie en recul, malgré des secteurs d'excellence
- Régions du Nord et de l'Est en **reconversion**
- Île-de-France et métropoles : foyers d'**innovation**

Dynamiques et politiques

Dynamiques spatiales

- Métropolisation
- Délocalisation d'activités
- Relocalisations et systèmes territoriaux

Politiques d'aménagement

- **Accompagner la reconversion** :
  - zones de conversion
  - primes d'aide à la conversion
  - pôles de conversion
  - conventions de revitalisation
- **Favoriser l'innovation** :
  - SPL, districts, clusters
  - technopôles
  - pôles de compétitivité

SE TESTER QUIZ

Vérifiez que vous avez bien compris les points clés des **fiches 41 à 43**.

1 Modèles et systèmes productifs mondialisés

→ FICHE 41

1. Dans quel système le niveau de formation de la main-d'œuvre est-il le plus élevé ?

- ☐ **a.** Le système fordiste
- ☐ **b.** Le système toyotiste
- ☐ **c.** Le système post-fordiste

2. Dans la mondialisation actuelle, les régions gagnantes sont les régions…

☐ **a.** frontalières ☐ **b.** littorales ☐ **c.** métropolitaines

2 Mutation et recomposition des systèmes productifs

→ FICHE 42

1. Qu'est-ce qui montre que les systèmes productifs agricoles sont intégrés à la mondialisation ?

- ☐ **a.** Les exportations de céréales
- ☐ **b.** Les exportations de vins et spiritueux
- ☐ **c.** Le développement des filières courtes

2. Quels sont les points forts des systèmes productifs industriels français ?

☐ **a.** L'aéronautique ☐ **b.** Les chantiers navals ☐ **c.** L'armement

3. La mondialisation provoque-t-elle des délocalisations dans les services ?

- ☐ **a.** Non, les services ne sont pas délocalisables.
- ☐ **b.** Oui, la plupart des services consommés en France sont importés.
- ☐ **c.** Oui, mais de nombreux services ne sont pas délocalisables.

3 La nouvelle géographie des systèmes productifs

→ FICHE 43

1. Quels facteurs expliquent la métropolisation des systèmes productifs ?

- ☐ **a.** La présence de réseaux de transport et de communication performants
- ☐ **b.** La proximité physique
- ☐ **c.** Le haut niveau de formation de la population

2. Quelles sont les formes possibles de transnationalisation des entreprises ?

- ☐ **a.** La délocalisation d'unités de production
- ☐ **b.** La sous-traitance
- ☐ **c.** Les investissements directs à l'étranger

3. Pourquoi une entreprise française décide-t-elle de s'implanter à l'étranger ?

- ☐ **a.** Pour fuir le poids des charges sociales et fiscales en France
- ☐ **b.** Pour profiter d'une main-d'œuvre meilleur marché
- ☐ **c.** Pour profiter d'un nouveau marché en croissance

S'ENTRAÎNER

4 Connaître le vocabulaire du cours

→ FICHES 41 à 43

1. Les trois modèles productifs de Clark, Damette & Scheibling et Veltz ont été mélangés. Reliez chaque notion au modèle qui lui correspond.

Notions	Modèles
Secteur primaire •	
Front •	• Modèle de Clark
Sphère périproductive •	
Arrière •	
Secteur tertiaire •	• Modèle de Damette & Scheibling
Conception •	
Sphère productive •	
Secteur secondaire •	• Modèle de Veltz
Sphère reproductive •	

2. Complétez le texte avec les mots suivants :

districts industriels • pôles de compétitivité • technopôles • systèmes productifs locaux • clusters

Les .... sont des groupes d'entreprises complémentaires, fortement ancrés dans leur territoire. À plus petite échelle, les .... sont de véritables écosystèmes productifs centrés sur un type d'activité spécifique. Quand les activités associent entreprises et centres de recherche, on parle de .... L'État peut créer des regroupements d'entreprises et de centres de recherche et de formation : ce sont les .... Enfin, est lancée, en 2004, la politique des ...., réunissant entreprises et centres de recherche et de formation autour d'une thématique commune.

5 Se repérer dans l'espace

→ FICHE 43

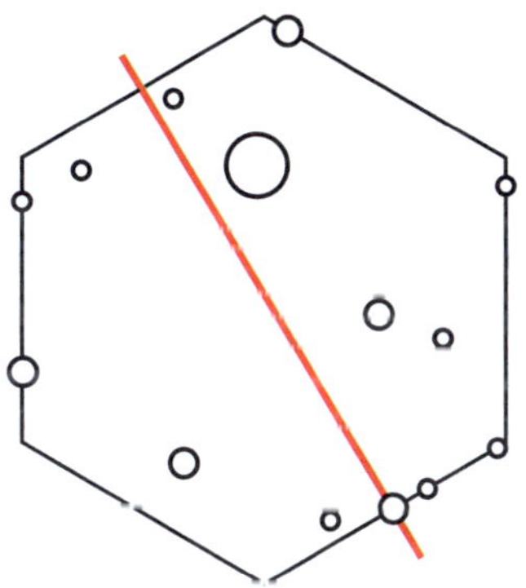

1. Sur le schéma :

a. nommez la ligne rouge ;

b. coloriez en orange la France plus industrielle et en vert la France plus agricole ;

c. hachurez les deux régions industrielles françaises les plus importantes.

2. Placez les métropoles suivantes :

Paris • Lyon • Marseille • Toulouse • Bordeaux • Lille • Nice • Nantes • Strasbourg • Rennes • Grenoble • Rouen • Toulon • Montpellier

6 Réviser le cours en 8 questions flash

→ FICHES 41 à 43

1. Quels sont les trois modèles de production capitaliste qui se sont succédés depuis 1945 ?
2. Comment l'échelle locale interagit-elle avec l'échelle mondiale dans la localisation des systèmes productifs français ?
3. Quelles sont les mutations des systèmes productifs agricoles français ?
4. Quelles sont les mutations des systèmes productifs industriels français ?
5. Quelles sont les mutations des systèmes productifs de services français ?
6. Quelles sont les dynamiques spatiales des systèmes productifs français ?
7. Comment les pouvoirs publics ont-ils tenté de favoriser la reconversion des espaces en crise ?
8. Comment les pouvoirs publics ont-ils tenté de favoriser l'innovation des systèmes productifs ?

7 Compléter et analyser une carte

→ FICHE 43

1. Sur la carte (document 1), placez :
Caen • Dunkerque • Fos-sur-Mer • Nancy • Saint-Étienne.
2. Complétez le tableau (document 2) avec les termes suivants :
extraction minière • zone portuaire • industrie lourde.
3. À partir du tableau, en suivant les couleurs indiquées, complétez la légende et la carte.
4. En vous appuyant sur les questions précédentes, montrez en quoi la carte rend compte de la nouvelle géographie industrielle de la France et du rôle de l'État.

Document 1 **Les pôles de conversion (politique lancée en 1984)**

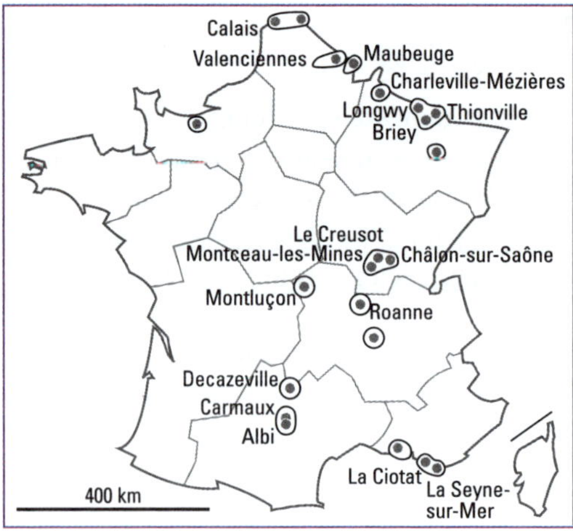

☐	....
	....
☐	....
	....
☐	....
	....
☐	Zones d'emploi sinistré

Document 2 **Typologie des pôles de conversion**

Type de pôle	Pôles de conversion
a.	Fos-sur-Mer
	Dunkerque-Calais
	La Seyne et La Ciotat
b.	Bassin sidérurgique lorrain sud (Nancy)
	Bassin sidérurgique lorrain nord (Longwy-Briey-Thionville)
	Métallurgie de Caen
Zone d'emploi sinistré	Montluçon
	Roanne
	Saint-Étienne
c.	Albi-Carmaux + Decazeville
	Chalon-sur-Saône-Le Creusot-Montceau-les-Mines
	Valenciennois Vallée de la Sambre (Maubeuge)
	Vallée de la Meuse (Charleville-Mézières)

8 Préparer la réponse à une question problématisée → FICHE 43

Quels sont les effets de la mondialisation sur les dynamiques spatiales des systèmes productifs français ?

1. Définissez les termes clés de la question : mondialisation • dynamique spatiale • systèmes productifs.

2. Reformulez la question avec vos propres mots.

3. Pour répondre à la question, parmi les trois plans proposés ci-dessous, lequel choisiriez-vous de développer ?

☐ a. **Plan 1**

I. Les systèmes productifs se métropolisent

II. Les systèmes productifs suivent les politiques d'aménagement de l'État

III. Les systèmes productifs délocalisent leur production

☐ b. **Plan 2**

I. Les systèmes productifs se métropolisent

II. Les systèmes productifs se délocalisent dans d'autres parties du monde

III. Mais les systèmes productifs peuvent aussi se relocaliser

☐ c. **Plan 3**

I. Les systèmes productifs se délocalisent ailleurs dans le monde

II. Les systèmes productifs deviennent de plus en plus performants

III. Les systèmes productifs délocalisent leur production

OBJECTIF BAC

9 Les systèmes productifs français • Analyse de document

1 h

L'étude des systèmes productifs français dans le secteur de l'automobile permet de rendre compte de l'organisation d'un système industriel. Il est important que vous connectiez le document – à l'échelle nationale – aux échelles européenne et mondiale.

LE SUJET

Dans quelle mesure la carte rend-elle compte des spécificités et des dynamiques des espaces productifs industriels automobiles ? Vous montrerez les permanences puis les évolutions des espaces productifs automobiles, pour enfin analyser les dynamiques liées à la mondialisation.

Document Le système automobile français

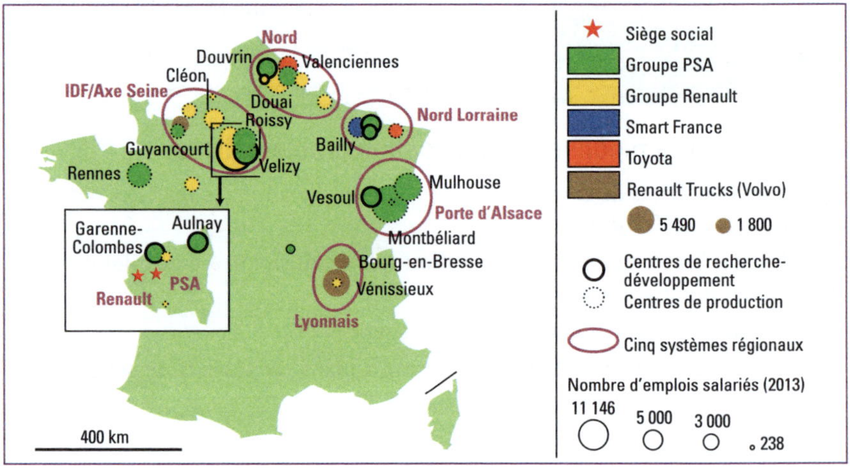

Source : Laurent Carroué, *La France. Les mutations des systèmes productifs*, Armand Colin, 2013

Méthode

Analyser une carte

- **Identifier la carte**
  - Repérez le **titre** et le **thème** (remémorez-vous le cours qui s'y rapporte), ainsi que la **source** : s'agit-il d'un document engagé ou académique ?
  - Lisez la **légende**. Identifiez les variables : taille, couleur, forme.

■ **Étudier son contenu**

Selon les thèmes et les variables que vous avez identifiés, repérez les groupements, les concentrations ou les dispersions. Représentez-vous l'image globale, puis les images à plus grande échelle.

■ **Faire la synthèse des informations**

- Dégagez les informations principales apportées par la carte, et classez-les de façon logique et ordonnée.
- Complétez les informations manquantes en faisant appel à votre cours.

LA FEUILLE DE ROUTE

→ Reportez-vous à la méthode détaillée de l'analyse de document p. 285

Étape 1 Présenter le document

Le système automobile français

Nature et source
- Carte
- Ouvrage sur les mutations des espaces productifs en France

Auteur
Laurent Carroué, géographe

Espace considéré
- France
- Régions industrielles (automobile)

Thème
Le système automobile français

Étape 2 Comprendre la consigne

■ Le sujet porte sur le système productif automobile français. Que représentent les variables de taille, de forme, de couleur ?

■ Il faut chercher à retrouver dans le document ce que vous connaissez déjà des grandes structures spatiales de l'industrie française.

■ Le programme fait clairement référence à « l'intégration européenne et mondiale ». L'échelle de la carte permet-elle cette échelle d'analyse ?

Étape 3 Exploiter le document

■ À l'échelle nationale, quelle grande opposition constatez-vous ? Dans le Nord-Est du pays, quels sont les grands systèmes spatiaux en présence ? Classez-les selon le constructeur, puis selon le type de site.

■ Quelles informations données par la carte rejoignent celles de votre cours ? Quelles informations de votre cours ne figurent pas sur la carte ? Pensez par exemple le sujet à l'échelle mondiale.

Étape 4 Rédiger le devoir → CORRIGÉ p. 229

CORRIGÉS

SE TESTER QUIZ

1 Modèles et systèmes productifs mondialisés

1. Réponse c. Le système fordiste emploie surtout des ouvriers spécialisés ; le système toyotiste des ouvriers polyvalents ; le système post-fordiste des techniciens dans une usine automatisée.

2. Réponses a, b et c. Les régions frontalières bénéficient de différentiels. Les régions littorales profitent du « désir de rivage ». Les régions métropolitaines sont propices à l'innovation.

2 Mutations et recompositions des systèmes productifs

1. Réponses a et b. Les céréales et vins et spiritueux sont largement exportés. En revanche, les filières courtes concernent le plus souvent une clientèle locale.

2. Réponses a et c. L'aéronautique et l'armement sont fortement exportateurs. Les chantiers navals sont en déclin.

3. Réponse c. De nombreux services ne sont pas délocalisables car liés à l'économie présentielle ou dépendants d'une ressource non délocalisable.

3 La nouvelle géographie des systèmes productifs

1. Réponses a, b et c. C'est dans les métropoles que se concentrent les populations, les meilleures formations et les réseaux les plus performants.

2. Réponses a, b et c. Les entreprises peuvent en effet fermer un site en France pour le transférer ailleurs, sous-traiter ou investir à l'étranger sur un nouveau site.

3. Réponses b et c. Dans une activité de main-d'œuvre, le coût du travail est un facteur important. Mais un marché en pleine expansion est une raison essentielle.

S'ENTRAÎNER

4 Connaître le vocabulaire du cours

1. • Modèle de Clark : secteur primaire, secteur secondaire, secteur tertiaire.

• Modèle de Damette & Scheibling : sphère productive, sphère périproductive, sphère reproductive.

• Modèle de Veltz : conception, front, arrière.

2. Les **systèmes productifs locaux** sont des groupes d'entreprises complémentaires, fortement ancrés dans leur territoire. À plus petite échelle, les **districts industriels** sont de véritables écosystèmes productifs centrés sur un type d'activité spécifique. Quand les activités associent entreprises et centres de recherche, on parle de **clusters**. L'État peut créer des regroupements d'entreprises et de centres de recherche et

de formation : ce sont les **technopôles**. Enfin, est lancée, en 2004, la politique des **pôles de compétitivité**, réunissant entreprises et centres de recherche et de formation autour d'une thématique commune.

5 Se repérer dans l'espace

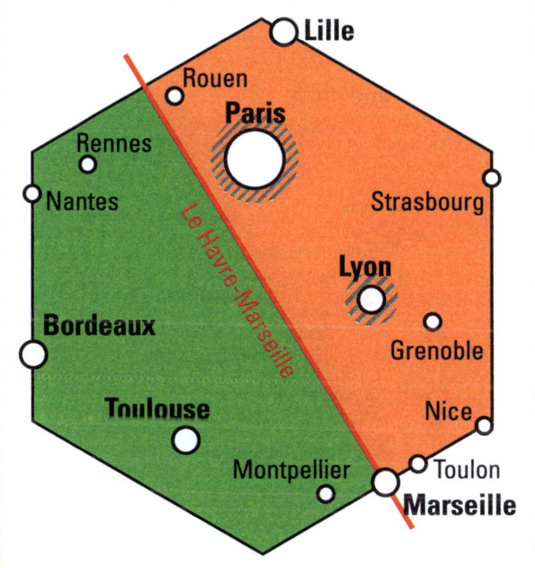

6 Réviser le cours en 8 questions flash

1. Le système **fordiste** se développe après 1945 (production standardisée). Dans les années 1990, s'épanouissent le **toyotisme** (flux tendus), puis le **post-fordisme** (robotique, informatique).
2. L'**environnement local** a une grande importance pour fixer des unités de production qui profiteront également de la **situation à l'échelle européenne ou mondiale**.
3. Les systèmes productifs agricoles ont bénéficié de la révolution agricole et de la PAC pour construire un véritable **système agro-industriel** à forte technicité et tourné vers le marché.
4. Les régions anciennement industrialisées du Nord et de l'Est sont encore en **reconversion**, mais les métropoles fixent des industries **high tech**.
5. Les **services à forte valeur ajoutée** sont concentrés dans les métropoles. Les **services banals** bénéficient d'une puissante économie présentielle.

À NOTER
La boulangerie est un service banal ; l'avocat fiscaliste rend un service à forte valeur ajoutée.

6. Les **métropoles** concentrent les emplois et les activités. Malgré les délocalisations, les **systèmes territoriaux** conservent des atouts importants.

7. Les pouvoirs publics ont mis en place des **politiques de conversion** et des **primes d'aménagement** pour tenter de recréer de l'emploi.

8. Les pouvoirs publics ont développé des **systèmes fortement territorialisés** (SPL, districts, clusters), voire ont créé des **technopôles** (Sophia-Antipolis) puis des **pôles de compétitivité**.

7 Compléter et analyser une carte

1. et 3.

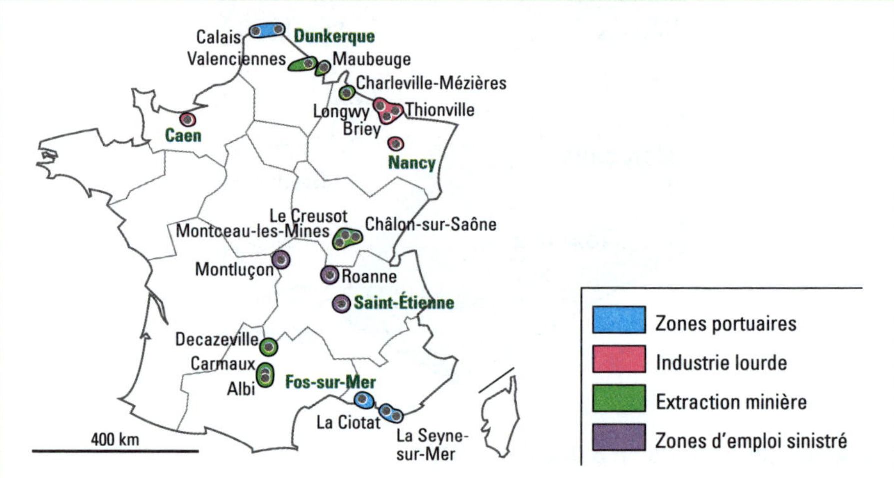

2. a. Zones portuaires. b. Industrie lourde. c. Extraction minière.

4. La carte présente la délimitation des **pôles de conversion** (1984).

Les pôles de conversion correspondent à des **industries de première génération** fermées : **mines de charbon** du Nord ou du Massif Central, **industries lourdes** localisées sur les gisements de fer.

D'où la **politique de l'État**, destinée à recréer de l'emploi industriel dans ces zones sinistrées. Mais l'échec fut patent : dans une économie mondialisée, **les localisations non littorales sont peu compétitives** (Montluçon, Saint-Étienne).

Les **zones portuaires**, Dunkerque et Fos, s'avérèrent **surdimensionnées** par rapport aux besoins. Les **chantiers navals** de La Seyne et de La Ciotat furent également saignés par la concurrence asiatique.

La carte est aussi intéressante par **ce qu'elle ne montre pas** : les zones hors pôles de conversion, qui sont aujourd'hui les régions industrielles les plus puissantes. Cette carte décrit une **France victime de la mondialisation**.

8 Préparer la réponse à une question problématisée

1. • La **mondialisation** est la mise en relation intégrée des espaces géographiques à toutes les échelles.

• Les **dynamiques spatiales** sont les évolutions qui affectent l'organisation des activités humaines sur le territoire.

• Les **systèmes productifs** sont les activités qui fonctionnent en réseau pour mieux créer des richesses.

2. Proposition de reformulation : Quelles évolutions la mondialisation provoque-t-elle sur l'organisation des systèmes productifs ?

3. a. Le **plan 1** n'est pas correct, car la deuxième partie concerne l'influence des politiques de l'État, et non les processus de mondialisation. Il s'agit donc d'une partie hors sujet.

b. Le **plan 2** est correct parce que chaque partie prend bien en compte les trois termes du sujet : mondialisation, dynamiques spatiales, systèmes productifs.

c. Le **plan 3** n'est pas correct non plus, car la deuxième partie ne concerne pas les dynamiques spatiales.

OBJECTIF BAC

9 Analyse de document

[Introduction] La carte permet d'analyser une grande partie des logiques productives mondialisées dans le secteur automobile français, même si elle ne présente pas les **implantations à l'international** des groupes français.

I. Un système productif enraciné dans les territoires historiques des groupes

Localisé dans la France du Nord et du Nord-Est, selon la **classique ligne Le Havre-Marseille**, le système productif automobile témoigne de son statut d'industrie de 2e génération. Les cœurs historiques des constructeurs français sont à Boulogne-Billancourt pour Renault, à Sochaux pour PSA. C'est là que l'on relève de **grosses concentrations d'emplois**. PSA, par exemple, conserve dans la Porte d'Alsace une grande partie de ces usines d'assemblage (Mulhouse et surtout Sochaux, la plus grande de France).

À NOTER

Les constructeurs français sont les groupes PSA (Peugeot et Citroën) et Renault (Renault et Dacia). Les autres constructeurs sont étrangers : le Japonais Toyota, Smart France (filiale de l'allemand Daimler AG), et aussi le Suédois Volvo (qui détient Renault Trucks), aujourd'hui chinois.

II. Des firmes françaises dont la géographie évolue sur le territoire national

En liaison avec les politiques d'aménagement du territoire, PSA et Renault ont développé leurs usines dans de nouvelles configurations géographiques. Renault a ainsi essaimé sur l'axe de la Basse-Seine (Flins en 1952, Cléon en 1958, Sandouville en 1964) et dans le Nord en crise (Douai en 1970). PSA participe à la déconcentration parisienne en s'installant à Rennes en 1961, puis se déploie dans le Nord-Est en crise (Valenciennes, Trémery) en 1979-1980.

III. Un système productif mondialisé

- La carte montre également que le système productif obéit désormais à des logiques productives mondialisées. Les usines d'assemblage ou de pièces détachées bénéficient de localisations stratégiques, connectées aux grands réseaux. Les centres de recherche-développement, en revanche, sont localisés en région parisienne (Guyancourt pour Renault, Vélizy et La Garenne-Colombes pour PSA), où se trouvent les cerveaux nécessaires.
- La carte montre enfin l'importance de la pénétration étrangère (Toyota à Onnaing, Hambach pour Smart). Symbole de cette transnationalisation du système productif, Renault Trucks a été racheté par Volvo, lui-même propriété du Chinois Geely.

[Conclusion] Au total, la carte centrée sur la France ne permet pas de donner au système productif automobile français sa dimension transnationale. PSA produit en France moins de 40 % de ses véhicules, Renault seulement 20 %.

11 Les espaces ruraux : multifonctionnalité ou fragmentation ?

Palmiers à huile sur l'île de Bornéo (Indonésie) : exemple d'une agriculture productiviste dans les Suds qui détruit une forêt tropicale.

44 La fragmentation des espaces ruraux dans le monde

En bref *Les espaces ruraux connaissent d'importantes transformations sous l'effet de la mondialisation, de la métropolisation et du changement climatique. Toutefois, ils continuent d'abriter des activités traditionnelles.*

I Des espaces ruraux en mutation

1 Des dynamiques démographiques contrastées

- À l'échelle mondiale, l'exode rural reste la norme, principalement dans les Suds. Dans les Nords, la transition urbaine est quasiment achevée depuis la fin du xxᵉ siècle.
- Après des décennies de baisse dans les pays industrialisés, la population rurale s'est stabilisée, voire a augmenté (Autriche). Certains géographes ont pu parler de « renaissance rurale ». Il s'agit d'**espaces ruraux** bien spécifiques : proches des axes de communication, des périphéries des villes, des lieux touristiques.

MOT CLÉ
L'**espace rural** se caractérise par une faible densité, par la prédominance des formations végétales dans les paysages et par l'importance des activités agricoles.

- En Asie du Sud-Est, les campagnes ont des densités de population très élevées (Chine, Inde), qui peuvent atteindre 1 000 hab/km^2. En Afrique subsaharienne et en Amérique du Sud, grâce à la transition démographique, des espaces ruraux sous-peuplés ont vu leur population multipliée par dix en l'espace de 50 ans (Chiapas, Afrique des Grands Lacs).

2 La ville, source de croissance et de mutations

- Depuis la fin du xxᵉ siècle, les activités agricoles reculent dans les campagnes sous le double effet de l'étalement urbain et de la modernisation. L'agriculture se maintient mais elle est de plus en plus concurrencée par de nouvelles activités.
- Les agriculteurs pluriactifs, les populations d'origine citadine et la diversification des activités non agricoles entraînent une forte multifonctionnalité.

II Les permanences du monde rural

1 Un fort accroissement naturel de la population rurale

Même si les villes connaissent une forte croissance depuis des décennies, les espaces ruraux continuent à accueillir une part importante de la population mondiale (en 2021, 43 %). Ainsi, le monde rural est à un pic historique avec 3,4 milliards d'habitants.

2 | Des espaces souvent marginalisés

- L'exode rural se poursuit et prend de l'ampleur dans les Suds.
- Dans la plupart des pays pauvres, les espaces ruraux sont marqués par les activités traditionnelles. Ces campagnes, souvent isolées, ont accès à peu de services (Niger ou Bolivie). Ce sont aussi les espaces les plus soumis aux changements climatiques (sécheresse, inondations).
- Dans les Nords, certains espaces sont soumis à la **déprise rurale** (Espagne ou Japon).

MOT CLÉ
La **déprise rurale** est un processus de fragilisation de l'espace rural, qui se caractérise par le dépeuplement des campagnes et par une disparition progressive des activités rurales.

3 | Le maintien des inégalités

- Dans les espaces ruraux des Suds, les structures agricoles anciennes se maintiennent. Dans les pays d'Amérique du Sud, se côtoient les *microfundios* (petites exploitations agricoles souvent vivrières) et les *latifundios* (exploitations de plusieurs milliers d'hectares orientées vers les cultures d'exportation).
- Dans les Nords, les grandes exploitations tournées vers l'agriculture intensive dominent. Toutefois, depuis quelques décennies, de plus en plus de néoruraux créent de petites structures agraires qui adoptent une agriculture de qualité.

zoom

L'évolution de la population rurale dans le monde

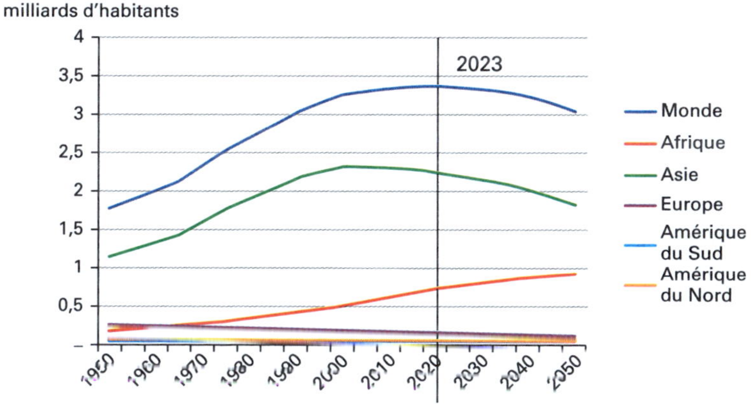

- La population rurale mondiale a atteint un pic à partir des années 2010 grâce à l'accroissement naturel dans les pays pauvres. Toutefois, sous l'effet de l'exode rural, le nombre d'habitant des espaces ruraux risque de stagner dans les années à venir puis de baisser.
- L'affirmation de nouvelles activités non agricoles → FICHE 45 peut redynamiser des espaces en difficulté dans les Nords.

45 Une affirmation des fonctions non agricoles

En bref *Les espaces ruraux voient leurs activités traditionnelles décliner au profit de fonctions non agricoles. On parle désormais d'espaces ruraux multifonctionnels.*

I Habiter les espaces ruraux

1 Les conséquences de la métropolisation

Les espaces ruraux associent une grande diversité de **modes d'habiter**. Face à l'urbanisation croissante → FICHE 44, les campagnes sont soumises à un double processus : l'exode rural et la périurbanisation. Cela entraîne des relations plus étroites avec la ville et une augmentation des inégalités entre les espaces ruraux.

MOT CLÉ
Les **modes d'habiter** renvoient à des processus de construction des individus et des sociétés par l'espace et de l'espace par l'individu, dans un rapport d'interaction.

2 Le périurbain, une nouvelle approche de la vie rurale ?

- Le phénomène de périurbanisation est concomitant à celui d'étalement urbain. Le périurbain, espace fortement connecté à la ville, est apparu, en Europe, dans les années 1960-1970. Dans les Suds, depuis le début des années 2000, il connaît une très forte croissance.
- Cet espace se caractérise par une forte mobilité car les emplois et les loisirs sont souvent urbains. Ainsi, 70 % des périurbains de l'agglomération se rendent quotidiennement à Mumbai pour y travailler.
- Dans les Nords, les périurbains sont issus des classes moyennes et vivent dans des maisons individuelles tandis que, dans les Suds, ce sont généralement des néo-urbains pauvres qui vivent dans des habitats informels.

3 Un renouveau des populations rurales

- Les populations agricoles sont, paradoxalement, de moins en moins nombreuses dans les espaces ruraux. Leurs revenus stagnent et l'impression de déclassement social domine.
- Les néoruraux des Nords ont des professions variées. Ils cherchent à avoir un rapport de proximité avec la nature et des valeurs perçues comme plus authentiques. Ce phénomène est appelé périruralité.

II Des activités non agricoles de plus en plus variées

1 De nouvelles activités industrielles

- Les espaces ruraux accueillent des industries agroalimentaires, agro-énergétiques, minières ou textile.

■ Dans les pays riches, des **districts industriels** se sont spécialisés dans des secteurs de pointe (orfèvrerie au Nord de l'Italie ; horlogerie dans la « *Watch valley* » en Suisse).

■ Dans les pays en développement, l'industrie des espaces ruraux se limite à l'extraction minière (Mali, Bolivie) ou à une petite industrie locale très spécialisée (les *small-scale industries* en Inde).

MOT CLÉ

Le **district industriel** ou système productif local, concentre sur un territoire, des petites entreprises, spécialisées dans un secteur d'activité, à la fois concurrent et complémentaire.

2 Un secteur tertiaire dynamique grâce au tourisme

■ Le secteur tertiaire est celui qui tire la croissance des espaces ruraux et représente 70 % des richesses créées grâce notamment au télétravail, au *coworking* ou aux sociétés tournées vers les nouvelles technologies.

■ Le tourisme demeure la principale dynamique. Les campagnes sont des espaces récréatifs, depuis les années 1950, dans les pays du Nord et, depuis le début du XXIe siècle, dans les pays émergents.

■ Les espaces ruraux touristiques sont des campagnes où les activités spécifiques peuvent se développer : l'agrotourisme, l'écotourisme ou le tourisme culturel.

zoOm

Le district industriel de Poggibonsi (Toscane)

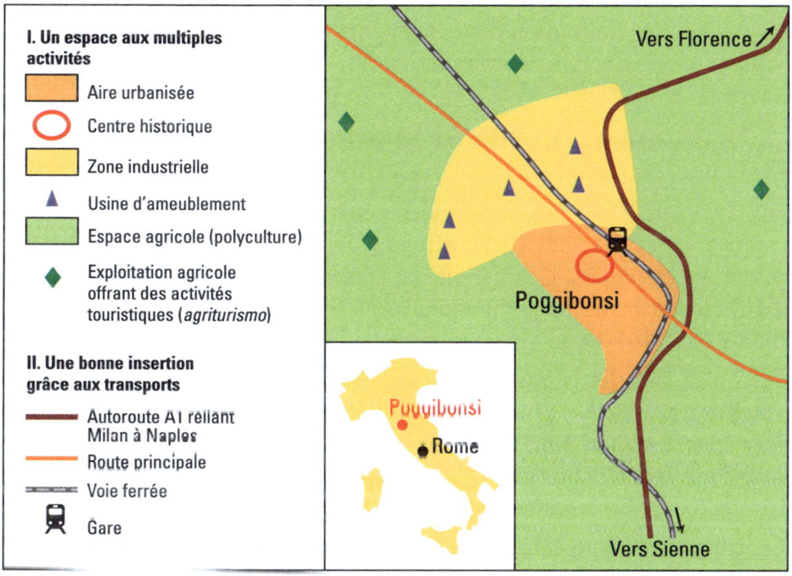

46 Des conflits d'usage à toutes les échelles

En bref *Fortement anthropisés, les espaces ruraux sont traversés par de nombreuses tensions liées à la mise en valeur des ressources et à l'aménagement.*

I Un espace fragilisé à l'échelle mondiale

- Les sols et les habitats naturels subissent de nombreuses atteintes à cause de l'agriculture : salinisation, érosion, contamination des eaux, perte de biodiversité. Les forêts sont aussi victimes de l'exploitation excessive. Les **fronts pionniers agricoles** ont entraîné la disparition de 2,4 millions de km² dans le monde entre 1990 et 2015.

> **MOT CLÉ**
> Un **front pionnier agricole** est un espace mouvant de mise en valeur et de peuplement d'un territoire.

- Les premiers affectés sont les agriculteurs eux-mêmes qui ont des difficultés à maintenir la fertilité des sols. L'agriculture productiviste peut aussi avoir des conséquences sur la santé des consommateurs.
- La digestion animale, le fumier, l'utilisation de fuel et d'engrais, l'agriculture et la foresterie sont responsables de 25 % des émissions de gaz à effet de serre.
- Le changement climatique pourrait profondément transformer les espaces ruraux. Inondations, sécheresses, cyclones sont de plus en plus fréquents. Le GIEC prévoit une diminution des rendements, ce qui remettrait en cause la sécurité alimentaires et accélérerait l'exode rural.

II Les espaces ruraux et la mondialisation

- L'accaparement foncier ou *landgrabbing* connaît un important développement depuis la crise de 2008. De grands investisseurs privés ou publics négocient auprès des États pauvres des Suds (Asie, Afrique). Entre 2000 et 2020, 1 865 transactions ont été effectuées. Ce phénomène concerne les terres les plus productives et se fait au détriment des populations locales. Il peut être à l'origine de tensions (Éthiopie en 2016). La guerre en ukraine pourrait intensifier ce phénomène.
- Aussi bien dans les Nords que dans les Suds, la plupart des États encouragent l'agriculture productive et exportatrice (*agrobusiness*) au détriment des petites exploitations. Aux États-Unis, le gouvernement subventionne, ainsi, les plus grandes exploitations agricoles afin de conquérir des marchés extérieurs (50 milliards de dollars en 2020). Cette politique appauvrit les petits exploitants des pays pauvres.
- Contrairement aux petits producteurs, les grandes exploitations utilisent les techniques les plus modernes pour atteindre des rendements élevés (OGM, intrants disséminés par avion). Les rendements sont très variables d'un pays à l'autre. Ainsi, pour le maïs, le rendement est de 24 t/ha en Israël contre 0,8 t/ha au Congo (2019).

III Des conflits d'usage à l'échelle locale

1 | Une multifonctionnalité source de conflits

- Les tensions les plus nombreuses se situent dans les **campagnes périurbaines** en raison de leur caractère multifonctionnel. Les industriels, les agriculteurs et les professionnels du tourisme n'ont pas les mêmes usages des ressources des espaces ruraux. Une rivière peut être source de concurrence entre différentes activités : refroidissement d'une usine, pompage pour les cultures et rafting.
- En période de sécheresse (comme à l'été 2022), les **tensions s'amplifient** et s'étendent aux populations résidentielles.

2 | Urbanisation et patrimonialisation en question

- Avec l'étalement urbain, **le foncier périurbain prend de la valeur**, ce qui empêche les jeunes agriculteurs de s'installer. Dans les régions arides, comme la vallée du Nil, les terres agricoles diminuent au profit de l'artificialisation des sols.
- La **patrimonialisation** pose des problèmes. L'Unesco ne traite qu'avec les gouvernements pour l'inscription au patrimoine mondial, les populations locales se sentent marginalisées et exclues de ce type de processus (parc des Virunga au Congo).

zoOm

Le rural canadien : un espace menacé

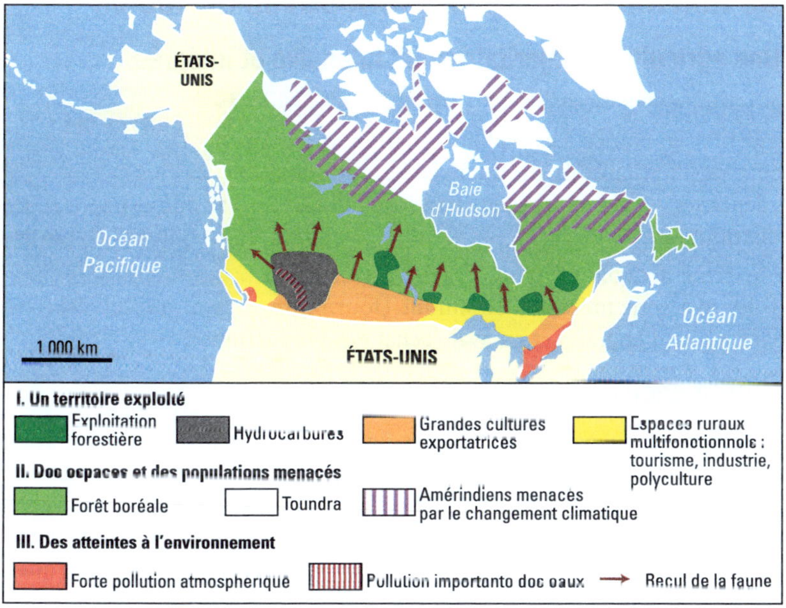

47 Une recomposition productive des espaces ruraux français

En bref *Les systèmes agricoles français ont été profondément remaniés et se sont diversifiés, depuis plusieurs années, du fait de leur insertion dans la mondialisation et de la prise en compte du développement durable.*

I Les défis de la mondialisation

- **Premier producteur européen**, la France exporte 61 milliards d'euros de produits agroalimentaires.
- La France a de plus en plus de **difficultés à pénétrer le marché agricole mondial**. Elle ne représente plus que 4,6 % des exportations agricoles mondiales en 2020 contre 9 % en 1990. Elle subit la concurrence des pays émergents.
- L'Europe reste un marché important pour les agriculteurs français : 66 % des exportations agricoles sont à destination des membres de l'UE. Toutefois, de nombreux pays (Pays-Bas, Allemagne) concurrencent l'agriculture française.
- Depuis le début des années 1960, l'agriculture est **subventionnée** par l'État et l'UE (Politique agricole commune). À l'origine, cette politique avait pour ambition de moderniser l'agriculture. Aujourd'hui, elle vise à **développer une agriculture durable** et à **favoriser la libre concurrence**.

II De nouvelles logiques productives agricoles

1 Une agriculture majoritairement intensive et intégrée

- La **taille des exploitations agricoles** ne cesse d'augmenter en France. Les exploitants ont ainsi fait le choix de l'**agriculture productiviste** : optimiser leurs dépenses, vendre en grande quantité aux IAA et aux distributeurs.
- Le système agricole est très **intégré à l'industrie**. Ainsi, les IAA sont présentes en amont (fourniture de matériels et d'engrais) et en aval (achat des productions).

CHIFFRE CLÉ
Les IAA ou industries agroalimentaires représentent **16 400 entreprises** pour un chiffre d'affaires de 197 milliards d'euros (2019).

2 L'affirmation de modèles alternatifs

- Le **terroir** est au cœur des logiques agricoles alternatives. Voulant rompre avec les scandales alimentaires, certains exploitants se sont engagés dans une démarche de **traçabilité** et de **labellisation** : AOC (appellations d'origine contrôlée), IGP (indications géographiques protégées) ou AB (agriculture biologique). La France est le **premier pays producteur mondial de produits de qualité**.

■ De plus en plus d'agriculteurs font le choix de « **désintensifier** » en diminuant, voire en supprimant, les intrants. Le ministère de l'Agriculture encourage cette démarche et fixe, d'ici 2030, à 25 % la part de la superficie agricole **certifiée biologique**.

III Une diversification des agrosystèmes

■ Les **agrosystèmes céréaliers** sont associés aux vastes exploitations et à l'*openfield*. Blé et orge dominent, colza, tournesol, betterave, pomme de terre sont les cultures les plus courantes. C'est souvent une **production intensive** et **exportatrice**.

■ Le **secteur laitier** et l'**élevage** souffrent en France depuis le début du XXIe siècle à cause de la **forte concurrence** et des **prix d'achat peu élevés**. Cela s'explique par la forte diversité des productions et la petite taille des exploitations françaises. Ces deux secteurs se sont aussi engagés dans une **démarche qualité**.

■ Les **systèmes viti-vinicoles** français se sont engagés depuis de nombreuses années dans une **logique de terroir** (Bourgogne, Médoc) mais celle du cépage (malbec, syrah, cabernet-sauvignon) et celle de l'agriculture biologique commencent à gagner les esprits des professionnels.

zoOm

Diversité des agrosystèmes, pluralité des espaces ruraux

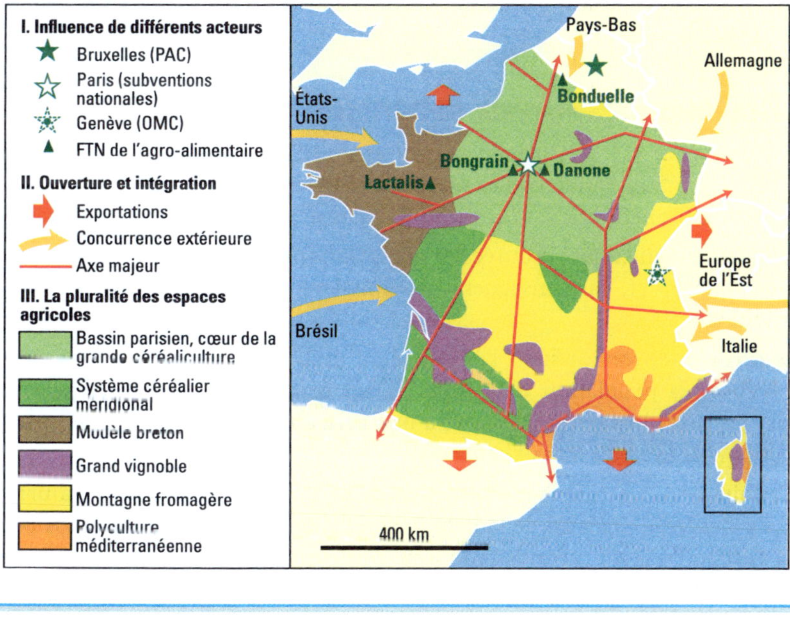

48 Les effets de la métropolisation sur les espaces ruraux français

En bref *Les rapports ville-campagne ont été profondément transformés sous l'effet de la métropolisation. Les activités productives agricoles reculent alors que les néoruraux sont de plus en plus nombreux.*

I Une modification des rapports ville-campagne

- Tous les espaces ruraux connaissent un **renouveau démographique** depuis 1999, même si ce phénomène touche surtout les campagnes proches des villes → FICHE 49.
- Villes et campagnes sont **interdépendantes**. La première fonction des espaces ruraux reste de nourrir les villes. C'est aussi un **espace récréatif pour les urbains** et un **espace disponible pour les stratégies d'entreprises** (faible coût du foncier).
- La **métropolisation** reconfigure les rapports entre les espaces en faisant notamment le vide autour des grandes métropoles. Ainsi, Toulouse a longtemps « aspiré » les activités de la région Midi-Pyrénées.
- Les ménages ruraux sont plus motorisés que la moyenne des Français (93 %), en raison d'une faible desserte par les transports en commun et de la nécessité de se déplacer pour toutes les activités (emplois, loisirs, éducation) et la majorité des services (poste, santé, trésor public).

CHIFFRE CLÉ
Selon les prévisions de l'Insee, **38 millions** d'habitants devraient être périurbains ou ruraux en 2030, soit 56 % de la population, contre 48 % actuellement.

II Des espaces ruraux urbanisés

- « Tiers espace », le **périurbain** se situe entre ville et campagne. On y retrouve une forte fonction résidentielle, une sociologie essentiellement urbaine et des activités multifonctionnelles (agriculture, services, industrie).
- L'**étalement** augmente la durée des **migrations pendulaires**, favorise la congestion des radiales et, par conséquent, les émissions polluantes (Saint-Denis de la Réunion, voir Zoom).
- Le « **rural profond** » subit l'éloignement de la ville. Les activités y sont peu nombreuses, la population vieillissante. Dans certains cas, cet espace peut attirer des touristes lorsqu'ils disposent d'une agriculture de qualité ou de paysages exceptionnels (Sud du Massif central).
- Certains espaces ruraux tirent avantage de l'enclavement avec le **tourisme vert ou d'aventure** (Hauts de la Réunion). D'autres bénéficient des fonds versés par l'Europe : **FEDER** (Fonds européen de développement régional), **FEADER** (Fonds européen agricole pour le développement rural).

III La multiplication des conflits d'usage

■ L'**étalement urbain** entraîne la multiplication des conflits entre les différents acteurs du périurbain et du rurbain. Les néoruraux importent leur mode de vie urbain dans des espaces qui restent le plus souvent agricoles. La chasse, l'exploitation des champs, l'élevage, le chant du coq sont autant de conflits potentiels entre les habitants.

■ La **création d'infrastructures** à destination des urbains dans les espaces ruraux peut susciter aussi de longs conflits (aéroport de Notre-Dame-des-Landes, Center Parcs de Roybon).

■ Enfin, la **disparition de surfaces agricoles** au profit des villes pose à terme des défis majeurs. Toutes les 5,5 années, au rythme actuel, l'équivalent d'un département est bétonné. Procédant par **mitage**, l'urbanisation actuelle répond aux désirs de plus en plus d'urbains de posséder une maison individuelle.

MOT CLÉ
Le **mitage** est l'éparpillement, sans cohérence, d'infrastructures, d'habitats, de zones d'activité dans des espaces initialement ruraux.

zoOm
La quête du foncier à Saint-Denis de la Réunion

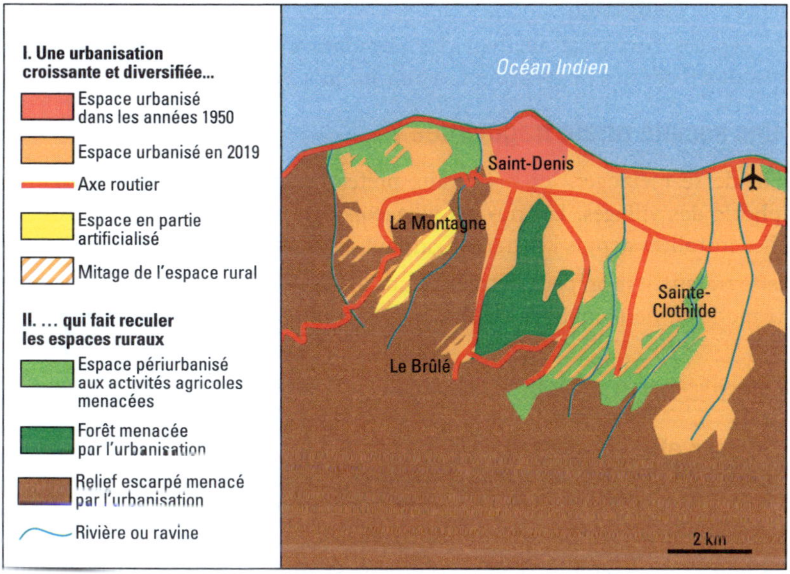

■ Avec 60 000 habitants gagnés en dix ans, La Réunion connaît une vive croissance démographique qui exerce une forte pression sur l'espace rural.

■ Le foncier est rare sur l'île comme dans tous les DROM. L'urbanisation menace donc le fragile équilibre réunionnais, principalement à Saint-Denis.

49 En France, un renouveau des populations rurales ?

En bref *Depuis les années 1990, les espaces ruraux connaissent un renouveau démographique. Si la reprise est inégale, l'arrivée de nouvelles populations annonce, pour certains géographes, la « renaissance du rural ».*

I Une recomposition démographique

1 Des mutations démographiques et sociales

- Les campagnes connaissent un renouveau démographique grâce à la **périurbanisation** et au retour résidentiel de **retraités**.
- Dans les espaces ruraux français, les agriculteurs sont devenus **minoritaires** (environ 6 % des habitants), tandis que les ouvriers représentent un tiers des habitants, les retraités presque la moitié et les cadres près d'un cinquième. Le choix de s'installer à la campagne est souvent motivé par le **prix du foncier**, la volonté d'être plus proche de la nature et la recherche de l'**entre-soi**.

MOT CLÉ
La recherche de l'**entre-soi** désigne la tendance à vivre entouré de personnes semblables à soi sur les plans culturel, social ou économique.

- Les espaces ruraux accueillent des **populations aux revenus très inégaux**. Les revenus modestes peuvent représenter jusqu'à 50 % des habitants.

2 Une société rurale fragmentée ?

- Loin de se mélanger, les néoruraux préfèrent habiter dans des pavillons en **périphérie des villages**. Les noyaux villageois continuent à être occupés par des familles installées depuis longtemps gardant un mode de vie rural (agriculteurs).
- Cette fragmentation peut se traduire sur le plan électoral (listes concurrentes), par le mode de vie (mobilités, loisirs) ou les conflits (bruits, circulation).

II Habiter les espaces ruraux

1 De nouvelles pratiques

- Les ruraux doivent parcourir des distances supérieures à la moyenne des Français → FICHE 48, ce qui a un coût en termes de budget.
- Les **lieux de sociabilité** (cafés, commerces) sont de plus en plus nombreux à fermer malgré les subventions publiques.
- Les **associations** jouent un rôle primordial. Un tiers des ruraux, pour lutter contre la solitude et l'isolement, participent au moins à une association.

2 | Un accès inégal aux services

■ À l'échelle nationale, l'accès aux services est plus élevé dans les espaces ruraux que dans certaines banlieues. Toutefois, on observe d'importantes disparités. Ainsi en Bretagne, 82 % des communes rurales possèdent une épicerie, contre 33 % dans le Jura.

■ Les services publics se raréfient : 28,5 % des communes françaises ne disposent pas d'école.

CHIFFRES CLÉS
En moyenne, les ruraux doivent parcourir **4 km** pour trouver un médecin, **10 km** pour un magasin de vêtements, **25 km** pour se rendre au collège.

3 | Une population vieillissante

■ À l'échelle nationale, les plus de 60 ans représentent le quart de la population. Dans les espaces ruraux, ils représentent jusqu'à un tiers des habitants.

■ Deux facteurs expliquent ce phénomène. Dans le rural profond, la population âgée stagne. Dans les espaces ruraux attractifs, elle progresse grâce à l'arrivée de nombreux retraités, qui ne sont pas originaires de ces régions (arrière-pays et littoraux atlantiques et méditerranéens).

■ Pour certains géographes, la « France ridée » est peu dynamique. Ce constat est à nuancer de nombreux espaces ruraux tirent profit de la « *silver* économie » grâce aux maisons de retraite et aux emplois d'aide à la personne.

zoom

Des espaces ruraux plus ou moins dynamiques

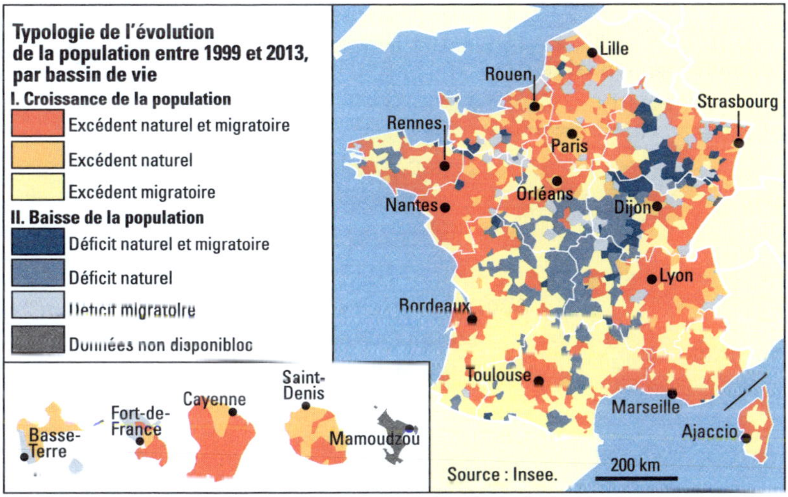

Toutes les régions ne profitent pas de cette embellie démographique. Les campagnes situées à plus de 50 km d'un pôle urbain sont généralement déficitaires.

MÉMO VISUEL

Les espaces ruraux : multifonctionnalité ou fragmentation ?

Des espaces ruraux en recomposition

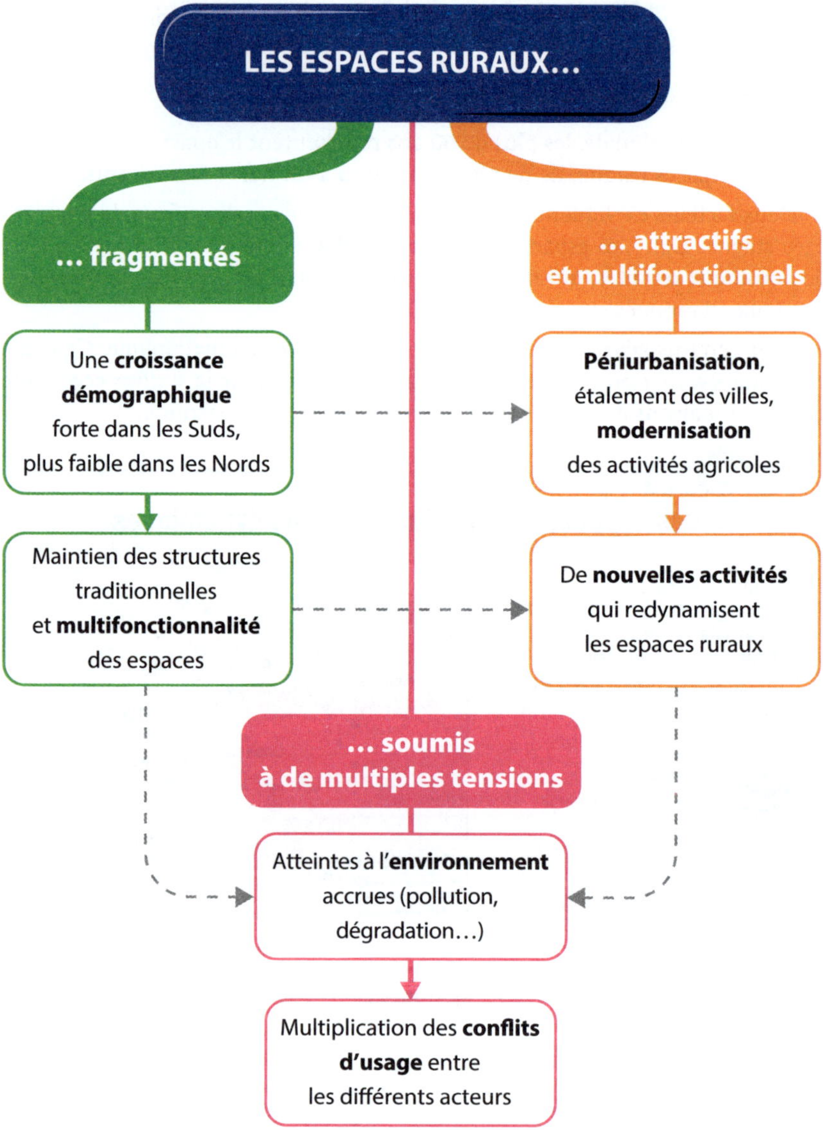

Les bassins de vie à dominante rurale en France

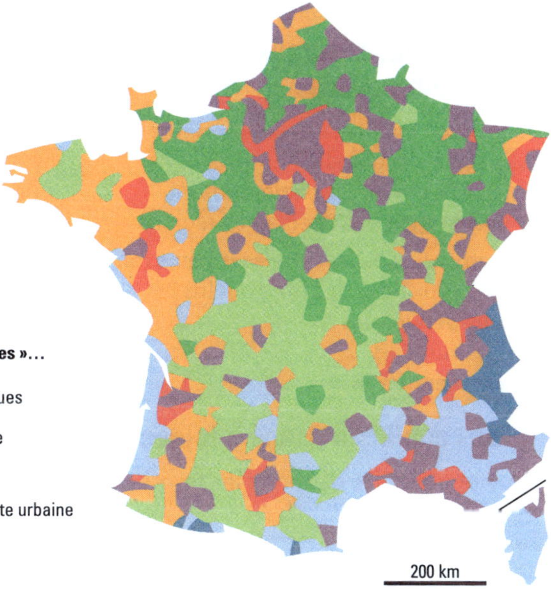

I. Les « campagnes des villes »…

- … les plus proches et les plus aisées
- … en voie de périurbanisation

II. Les « campagnes productives »…

- … en majorité ouvrières et industrielles
- … vieillies et agricoles

III. Les « campagnes résidentielles »…

- … attractives et touristiques
- … à économie touristique et montagnarde

Bassins de vie à dominante urbaine

Source : Insee.

200 km

Les relations ville-campagne en France

- Pôle urbain
- Périurbanisation
- Espace rural
- Étalement urbain, mitage
- Rurbanisation
- (+) (-) Concentration ou diminution des services
- Espace récréatif
- ZAC ou ZI
- Infrastructure de transport
- Conflits d'usage

SE TESTER QUIZ

Vérifiez que vous avez bien compris les points clés des **fiches 44 à 49**.

1 Des espaces ruraux fragmentés et métropolisés

→ FICHES **44** et **45**

1. Comment évolue la population rurale à l'échelle mondiale ?
☐ **a.** Elle baisse globalement.
☐ **b.** Elle augmente globalement.
☐ **c.** Elle stagne dans certaines régions.

2. Comment appelle-t-on les urbains qui s'installent dans les espaces ruraux à proximité des métropoles ?
☐ **a.** Les périurbains
☐ **b.** Les rurbains
☐ **c.** Les néoruraux

2 Des conflits d'usage à toutes les échelles

→ FICHE **46**

1. Quelle superficie de forêts les fronts pionniers ont-ils fait disparaître entre 1990 et 2015 ?
☐ **a.** 2,4 millions de km² ☐ **b.** 30 000 km² ☐ **c.** 16 millions de km²

2. Qui pratique le *landgrabbing* ?
☐ **a.** Des petits paysans ☐ **b.** Des FTN ☐ **c.** Des États

3 Une recomposition productive des espaces ruraux

→ FICHE **47**

1. Qui sont les principaux concurrents agricoles de la France en Europe ?
☐ **a.** La Grèce et la Norvège
☐ **b.** L'Allemagne et les Pays-Bas
☐ **c.** La Russie et l'Espagne

2. La PAC sert à…
☐ **a.** vendre des engrais dans l'UE.
☐ **b.** assurer la transition alimentaire.
☐ **c.** subventionner les agriculteurs de l'UE.

4 Pression urbaine et renouveau démographique

→ FICHES **48** et **49**

1. La croissance démographique dans les espaces ruraux français est due à…
☐ **a.** l'absence de croissance démographique.
☐ **b.** un solde migratoire positif.
☐ **c.** l'accroissement naturel.

2. Qu'est-ce que la « *silver* économie » ?
☐ **a.** L'économie liée aux personnes âgées
☐ **b.** L'exploitation de mines d'argent
☐ **c.** Les nouvelles techniques agricoles

S'ENTRAÎNER

5 Maîtriser le vocabulaire géographique

→ FICHES 44 à 49

Associez chaque notion à sa définition.

Déprise rurale •	• Extension progressive de la ville sur les espaces ruraux
Agriculture intensive •	• Agriculture productive et exportatrice
Périurbanisation •	• Dépeuplement et diminution des activités dans les espaces ruraux
Agrobusiness •	• Agriculture à forts rendements

6 Se repérer en utilisant le langage cartographique

→ FICHE 47

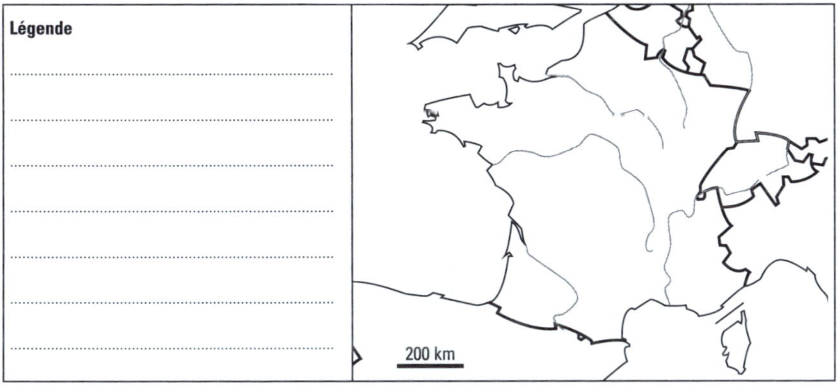

1. En utilisant les couleurs adéquates, complétez le fond de carte ci-dessus avec la nomenclature (mers, océan, fleuves, pays limitrophes).

2. À l'aide de figurés ponctuels, placez les institutions (l'UE, le ministère français de l'Agriculture, l'OMC).

3. Indiquez par des flèches les principales exportations agricoles françaises.

4. Placez les deux principales aires agricoles françaises en choisissant les bons aplats parmi ceux proposés ci dessous :

CONSEIL

Lorsque vous faites un croquis, vous pouvez commencer par la nomenclature pour être sûr de ne rien oublier. Ensuite, les figures de surface (ou aplats) sont à colorier au crayon, les figurés ponctuels et linéaires sont à faire au feutre.

7 Réviser le cours en 8 questions flash

→ FICHES 44 à 49

1. La transition urbaine est-elle achevée partout dans le monde ?
2. Outre l'agriculture, quelles sont les activités présentes dans les espaces ruraux ?
3. Quelles menaces environnementales pèsent sur les espaces ruraux ?
4. En quoi l'agriculture des Suds est-elle menacée par le *landgrabbing* ?
5. Quel est le type d'agriculture dominant en France ?
6. Pourquoi parle-t-on de fragmentation de l'espace rural ?
7. En quoi le mitage peut-il représenter un conflit d'usage ?
8. Dans quelle mesure peut-on parler d'une « renaissance » des espaces ruraux ?

8 Analyser une affiche en mobilisant les connaissances

→ FICHE 47

Document **Affiche de la communauté de communes du Sud-Avesnois (département du Nord), 2018**

1. Pour chaque figuré répertorié dans le tableau ci-après, décrivez ce que vous observez.

2. **Analysez** les éléments relevés en mobilisant au moins un des termes suivants : marketing territorial • revitalisation rurale • modèles alternatifs • nouvelles technologies • collectivités territoriales • diversification • néoruraux.

CONSEIL
Lorsque vous devez **analyser** un document, n'hésitez pas à noter un maximum d'informations dessus : c'est un travail préparatoire absolument nécessaire.

Éléments de l'affiche	Description	Analyse
	Logos de la communauté de communes du Sud-Avesnois	

3. En vous appuyant sur vos réponses aux deux premières questions, rédigez une analyse de l'affiche dans un paragraphe d'une dizaine de lignes.

9 Préparer la réponse à une question problématisée

→ FICHES 46, 48 et 49

Sujet : « Comment les espaces ruraux se recomposent-ils à toutes les échelles ? »

1. Complétez le tableau suivant :

Termes du sujet	Définitions	Idées et enjeux
Recomposition	Évolution et transformation dans tous les domaines : économique, social, spatial	• Étalement urbain • Plurifonctionnalité • Néoruraux ....
Espaces ruraux	....	....
Échelles	• Monde • Europe • France	Interaction entre les différentes échelles ....

2. Questionnez le sujet avec la formule « QQOQCCP » (quoi, qui, où, quand, comment, combien, pourquoi).

3. Reformulez le sujet de façon à proposer une problématique différente mais de sens équivalent.

OBJECTIF BAC

10 Les conflits d'usage dans les espaces ruraux Question problématisée

1 h

La question problématisée est abordée ici à travers une étape essentielle : la construction du plan. Vous devez bien analyser le sujet pour mobiliser les connaissances utiles et les répartir dans le plan que vous aurez élaboré.

LE SUJET

Les conflits d'usage se multiplient-ils dans les espaces ruraux ? Vous répondrez de façon nuancée en soulignant le rôle joué par les nouvelles activités, par l'arrivée de modes de vie différents et par la dégradation de l'environnement.

Méthode

Organiser la réponse à une question problématisée

- **Comprendre la question** → MÉTHODE p. 162
- **Choisir le type de plan adapté au sujet**
  - Le plan de votre réponse est généralement suggéré par le sujet. Néanmoins, un autre plan est parfois possible, à condition d'être bien construit : vous devez prouver que vous savez **organiser votre réflexion**.
  - En géographie, on distingue **trois types de plan** : multiscalaire, thématique ou typologique. Dans tous les cas, vous ne devez pas répondre « oui » ou « non », mais construire une réponse argumentée et nuancée.
- **Construire le plan**
  - Vous avez très peu de temps : ne consacrez pas plus de 5 minutes à la construction du plan et ne faites pas apparaître de sous-parties. Vous pouvez vous inspirer des plans suivants.
  - Le **plan multiscalaire** (ou à échelles) peut convenir à un sujet qui demande de décrire un phénomène à toutes les échelles. Le plan comporte alors trois parties : d'abord l'échelle mondiale, puis l'échelle continentale ou nationale, et enfin l'échelle régionale ou locale.
  - Le plan **thématique** convient à tous les types de sujet. Il classe les idées par thème : politique, économie, environnement…
  - Le **plan typologique** est à la fois géographique et problématisé. Il propose d'abord un constat ou la description d'évolutions récentes d'un phénomène ; donne ensuite des explications ou des constantes ; enfin, dans la dernière partie, montre que le phénomène en question se manifeste de différentes manières selon les échelles ou les domaines.

LA FEUILLE DE ROUTE

→ Reportez-vous à la méthode détaillée de la question problématisée p. 284

Étape 1 Analyser le sujet

Les conflits d'usage se multiplient-ils dans les espaces ruraux ?

Formulation
- Le pluriel invite à étudier tous les cas de figure
- La préposition « dans » circonscrit l'espace envisagé
- La réponse ne doit pas être fermée

Bornes spatiales
- Espaces agricoles, périurbains, marges délaissées, fronts pionniers...
- À toutes les échelles

Type de sujet
Sujet descriptif

Notions et mots clés
- Les différentes tensions entre les acteurs (États, agriculteurs...)
- Les formes que prennent ces conflits

Étape 2 Mobiliser ses connaissances

- Pensez aux acteurs, à l'actualité, aux notions. Interrogez le sujet : qui ? quoi ? quand ? où ? pourquoi ? comment ? avec quelles conséquences ?
- Les conflits d'usage ont tendance à se multiplier avec la mondialisation, la raréfaction des terres arables, l'urbanisation, les problèmes environnementaux. Vous devez donc avoir des connaissances actualisées.

Étape 3 Dégager les enjeux du sujet

- Face aux différents défis soulevés par le changement global, la mondialisation et l'étalement urbain, les campagnes sont passées du statut d'espaces marginalisés ou délaissés à celui de territoires convoités.
- La multiplication des conflits d'usage dans les espaces ruraux est-elle le reflet de leur nouveau rôle ?

Étape 4 Organiser la réponse

Tous les plans sont possibles pour ce sujet. Le plan suggéré par la consigne est envisageable mais il ne balaie pas l'ensemble du sujet. Le **plan typologique** permet d'avoir une démarche plus aboutie.

I. La multiplication des conflits d'usage
II. Les différentes causes
III. Les conflits d'usage à toutes les échelles

Étape 5 Rédiger le devoir → CORRIGÉ p. 255

CORRIGÉS

SE TESTER QUIZ

1 Des espaces ruraux fragmentés et métropolisés

1. Réponses b et c. Grâce à l'accroissement naturel, la population rurale mondiale augmente. Dans certains pays riches, elle stagne, augmente légèrement ou baisse (exode rural).

2. Réponses a et c. Les périurbains sont des néoruraux. Ils habitaient le plus souvent en ville auparavant. Ils importent dans les espaces ruraux leur manière de vivre.

2 Des conflits d'usage à toutes les échelles

1. Réponse a. C'est un peu plus que la taille de l'Algérie qui a disparu entre 1990 et 2015. La superficie défrichée augmente chaque année (294 000 km^2 déboisés en 2017).

2. Réponses b et c. Ce sont les États qui vendent les terres les plus fertiles à des fonds souverains d'autres États ou à des FTN.

3 Une recomposition productive des espaces ruraux

1. Réponse b. L'Allemagne et les Pays-Bas ont beaucoup investi dans l'agriculture et l'élevage intensifs. La France se spécialise dans une agriculture de qualité.

2. Réponses b et c. La PAC continue de subventionner les agriculteurs de l'UE. Elle favorise une agriculture plus durable mais elle oriente ses subventions.

4 Pression urbaine et renouveau démographique

1. Réponse b. La croissance démographique des espaces ruraux est uniquement due au solde migratoire positif. L'accroissement naturel demeure négatif faute de l'arrivée importante d'habitants jeunes.

2. Réponse a. Ce sont surtout des personnes âgées qui s'installent dans les espaces ruraux attractifs. Cela crée de nouvelles activités économiques.

S'ENTRAÎNER

5 Maîtriser le vocabulaire géographique

- Déprise rurale : dépeuplement et diminution des activités dans les espaces ruraux.
- Agriculture intensive : agriculture à forts rendements.
- Périurbanisation : extension progressive de la ville sur les espaces ruraux.
- Agrobusiness : agriculture productive et exportatrice.

6 Se repérer en utilisant le langage cartographique

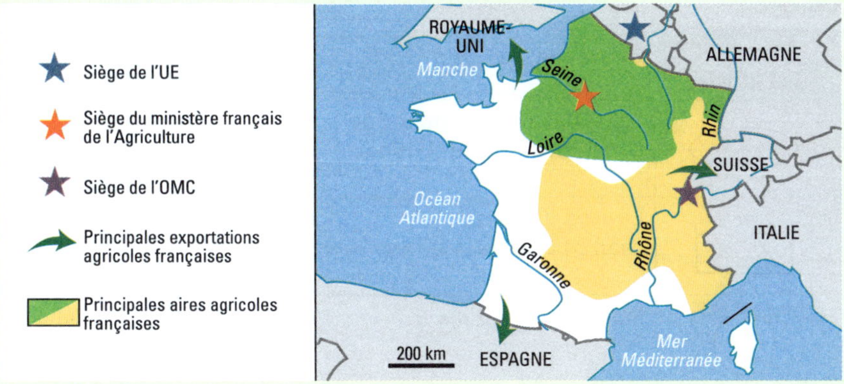

7 Réviser le cours en 8 questions flash

1. La transition urbaine est quasiment **achevée dans les Nords** alors que dans les Suds, l'exode rural reste très fort.

2. Il existe des **activités industrielles** dans les campagnes (*small scale industries* en Inde). Par ailleurs, se développent de plus en plus d'**activités liées au tertiaire** comme le tourisme (parc naturel).

3. Les menaces environnementales qui pèsent sur les espaces ruraux sont **nombreuses** : dégradation des sols, pollutions, diminution de la biodiversité, déforestation, artificialisation, changement global.

4. Avec **l'accaparement des meilleures terres** par des États plus riches et des FTN, les exploitants les plus pauvres des Suds voient la **sécurité alimentaire** menacée.

> **MOT CLÉ**
> La **sécurité alimentaire** est l'accès à une nourriture suffisante pour tous et à tout moment.

5. Le type d'agriculture dominant en France est la **culture céréalière productiviste**. Elle se caractérise, le plus souvent, par de grandes exploitations.

6. Les **campagnes proches** des métropoles profitent de la croissance et de l'arrivée de nouveaux services, contrastant avec le « **rural profond** » qui a de moins en moins de population et d'activités.

7. Le mitage peut **déstabiliser les habitudes des ruraux** et **nuit à la continuité des espaces cultivés**, ce qui entraîne des conflits d'usage entre néoruraux et agriculteurs.

8. La « renaissance des espaces ruraux » est **inégale** : si elle s'observe près des littoraux, dans les régions méridionales ou touristiques, certaines zones voient leur population et leur économie décliner.

8 Analyser une affiche en mobilisant les connaissances

1. et 2.

Éléments de l'affiche	Description	Analyse
	Logos de la communauté de communes du Sud-Avesnois	Logique de marketing territorial pour redynamiser la région
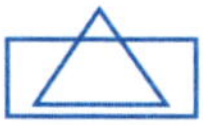	Élevage, abeilles, champs cultivés	Rappeler la diversification des activités agricoles et l'aspect naturel de celles-ci
	Jeunes actifs ruraux	Attirer des néoruraux dans les métiers agricoles afin de redynamiser les campagnes
	Coordonnées : site web, page Facebook, téléphone, mail	Référence aux nouvelles technologies afin de montrer que les jeunes agriculteurs sont connectés
	Slogan sous forme interrogative et jeu de mots	Attirer le regard et interpeller les habitants des campagnes sur les modèles alternatifs

3. Dans une région qui connaît des difficultés économiques depuis des années, l'agriculture semble être un **secteur dynamique**. Sur cette affiche, la communauté de communes du Sud-Avesnois a fait le choix de représenter toute la diversité de cette activité avec la polyculture (élevage, abeilles, champs cultivés).

En faisant figurer de jeunes agriculteurs et en utilisant un jeu de mots, elle cherche à **dépoussiérer l'image** vieillissante de ce secteur. La présence d'un site Internet, de numéros de téléphone, les couleurs de l'affiche renforcent cette impression.

Le but du marketing territorial est ici d'**attirer des néoruraux**. La présence des logos des collectivités territoriales permet aussi de rassurer de futurs agriculteurs : ils pourront bénéficier du soutien des pouvoirs publics.

9 Préparer la réponse à une question problématisée

1.

Termes du sujet	Définitions	Idées et enjeux
Recomposition	Évolution et transformation dans tous les domaines : économique, social, spatial	• Étalement urbain • Plurifonctionnalité • Néoruraux • **Développement des activités non agricoles** • **Rural profond : périurbanisation**

Termes du sujet	Définitions	Idées et enjeux
Espaces ruraux	• Faible densité • Prédominance des formations végétales • Activités agricoles nombreuses	• Concurrence pour le foncier • Dégradation • Définition de plus en plus complexe • Limite ville/campagne en perpétuelle évolution
Échelles	Monde, Europe, France	• Interaction entre les différentes échelles • Étudier un phénomène de différentes manières

2. • **Quoi** : la recomposition.

• **Qui** : tous les acteurs des espaces ruraux.

• **Où** : les espaces ruraux au sens large, sur tous les continents, à toutes les échelles.

• **Quand** : il faut se limiter aux dix dernières années en géographie.

• **Comment** : avec la mondialisation et la diversification des activités, les espaces ruraux deviennent un enjeu.

• **Combien** : espaces de réserve, sources de richesses, les espaces ruraux suscitent les convoitises et voient se multiplier les aménagements.

• **Pourquoi** : posséder la terre est un enjeu majeur ; avec l'augmentation de la population, l'alimentation et l'accès aux ressources deviennent des éléments clés.

3. On peut reformuler le sujet de la façon suivante : La recomposition actuelle des espaces ruraux entraîne-t-elle un recul des activités agricoles ?

OBJECTIF BAC

10 Question problématisée

[Introduction] Selon la FAO (Organisation des Nations unies pour l'alimentation et l'agriculture), les conflits d'usage se multiplient dans les espaces ruraux. Ce constat reflète la préoccupation grandissante pour cette question de la part des institutions internationales mais aussi des différents acteurs de ces espaces ruraux. Ainsi, avec une population en pleine croissance, ces espaces sont devenus stratégiques.

> **CONSEIL**
> La phrase d'accroche doit attirer l'attention du correcteur. Elle peut partir d'un fait d'actualité, d'une publication récente ou encore d'une citation d'un géographe ou d'un homme politique.

La multiplication des conflits d'usage dans les espaces ruraux est-elle le reflet de leur nouveau rôle ? La multiplication des conflits d'usage [I] a des causes multiples [II]. Ces conflits d'usage se manifestent différemment selon les échelles [III].

I. La multiplication des conflits d'usage

■ Ils opposent, par exemple, des populations indigènes aux paysans comme c'est le cas dans la forêt amazonienne. Pour accéder à de nouvelles **terres arables**, le gouvernement brésilien actuel encourage l'avancée des fronts pionniers.

■ Par ailleurs, l'arrivée de **nouvelles activités** (tourisme) et le souci de **préserver l'environnement** peuvent entraîner des tensions. L'extension de parcs naturels pose des problèmes aux éleveurs locaux (déplacements, attaques d'animaux sauvages) comme près de Nairobi au Kenya.

■ Enfin, cette recherche de terres agricoles a des **enjeux économiques et politiques**. En effet, il y a de moins en moins de paysans à l'échelle mondiale et la production a tendance à stagner. Cela entraîne une hausse des prix de l'alimentation et des tensions accrues entre urbains et ruraux.

II. Les différentes causes de la raréfaction des terres agricoles

■ Pour essayer de sortir de la pauvreté, certains pays des Suds ont choisi de miser sur l'**agriculture productiviste et exportatrice**. Ils ont ainsi attribué les meilleures terres à des FTN ou à de grandes exploitations, au détriment des petits paysans. Cela provoque des tensions entre ces acteurs.

■ L'agriculture productiviste a de nombreux **impacts sur l'environnement** : salinisation, érosion, diminution de la biodiversité. L'utilisation massive de produits chimiques est responsable, parfois, d'un appauvrissement des sols et donc d'une perte de productivité. En Inde, beaucoup de paysans ont manifesté leur mécontentement à l'égard de firmes comme Monsanto.

■ L'un des phénomènes majeurs est, enfin, celui de l'**étalement urbain**. Les terres agricoles diminuent au profit de la ville, dans les Nords comme dans les Suds. Les ruraux voient leur quotidien profondément transformé.

III. Les conflits d'usage à toutes les échelles

■ En Éthiopie, de nombreux fonds souverains pratiquent le *landgrabbing*. Cela entraîne une forte **pression sur les terres** dans un contexte de croissance démographique. Des manifestations ont eu lieu contre ces pratiques en 2015 et 2016.

■ Dans l'Alberta (Canada), les espaces ruraux sont menacés par l'extension de l'agriculture productiviste (céréales) et par l'**exploitation du pétrole** non conventionnel (sables bitumineux). Les peuples amérindiens, qui voient la forêt boréale et la faune reculer, se mobilisent contre la destruction de la nature.

■ À Poggibonsi (Italie), les activités traditionnelles (agriculture, petite industrie) sont de plus en plus concurrencées par l'affirmation du **secteur tertiaire** (tourisme principalement).

[Conclusion] Avec l'arrivée de nouveaux acteurs et de nouvelles activités, les espaces ruraux connaissent de plus en plus de conflits d'usage qui pourraient ralentir leur croissance.

12 La Chine : des recompositions spatiales multiples

Le TGV chinois peut atteindre la vitesse de 350 km/h. Avec près de 40 000 km de LGV, la Chine détient le premier réseau à grande vitesse au monde.

50 Développement et inégalités en Chine

En bref *Première puissance industrielle et pays le plus peuplé du monde (1,4 milliard d'habitants), la Chine connaît une forte croissance économique depuis son ouverture au monde en 1979. Toutefois, de grandes inégalités demeurent.*

I Les ressorts du développement

1 Les trois moteurs de la croissance

- Depuis la fin des années 1970, la Chine s'est **ouverte à l'économie de marché** et s'est **intégrée à la mondialisation** : membre de l'OMC depuis 2001, elle était le 1er pays exportateur et 2e pays importateur au monde en 2022.
- La Chine bénéficie aussi d'une **main-d'œuvre peu coûteuse**, bien formée et peu revendicative. Par ailleurs, la **monnaie** (yuan) est plus faible que le dollar ce qui stimule les exportations. Par conséquent, **produire en Chine reste avantageux** pour de nombreuses FTN. Le pays reste « l'atelier du monde ».
- **L'État chinois investit** dans les infrastructures et possède des entreprises dans les secteurs clés (banque, énergie). Il favorise l'émergence d'un marché intérieur pour réduire les inégalités et moins dépendre des exportations.

2 La Chine, investisseur mondial

- Depuis 2002, le gouvernement a lancé la **politique *go abroad*** (« aller à l'étranger ») afin de sécuriser l'approvisionnement en produits primaires → FICHE 51, d'accéder directement aux technologies et aux marchés d'exportation.
- Les FTN chinoises investissent principalement dans les pays occidentaux (États-Unis, UE, Australie), les pays émergents (Brésil, Russie) et en Afrique. Parmi les investissements les plus importants, les « **nouvelles routes de la Soie** » (*Belt and Road Initiative*) ont pour but de développer les échanges avec l'Europe.
- La Chine est le **premier détenteur mondial de devises étrangères et d'or** (3 222 milliards de $ en 2021).

II Une croissance qui profite à tous ?

1 Des inégalités sociales fortes mais une pauvreté en diminution

- La pauvreté a fortement diminué en Chine. 2,1 % des Chinois vivaient avec 1 $ par jour en 2017 contre 78 % en 1980. Les inégalités reculent : l'**indice de Gini** est passé de 0,49 en 2008 à 0,38 en 2019 (Japon : 0,3 ; Brésil : 0,49).

MOT CLÉ
L'**indice de Gini** mesure les inégalités entre 0 (égalité parfaite) et 1 (inégalité complète).

- Une partie de l'enrichissement des Chinois s'explique par le **contrôle de la démographie** (politique de l'enfant unique entre 1979 et 2015).
- En revanche, les **inégalités ville-campagne** restent importantes : le revenu annuel des ruraux s'établissait en 2021 à environ 2 700 euros par personne, contre plus de 5 000 euros en zone urbaine.

2 | Un régime menacé par des tensions ?

- 90 000 « incidents de masse » ont été comptabilisés en Chine en 2016. Face aux soulèvements de certaines popultaitons (Tibet, Xingjiang), le gouvernement utilise des moyens de répression très durs.
- La croissance chinoise montre des **signes d'essoufflement** depuis quelques années (environ 5% en 2022 en partie à cause des mesures sanitaires strictes).
- Ces tensions sont autant d'alertes pour les autorités qui tentent de réagir en faisant condamner des dirigeants corrompus. Xi Jinping, le président chinois, renforce son pouvoir pour **faire taire les oppositions** : plus grand contrôle sur la presse, affirmation du rôle du PCC, promotion du « **rêve chinois** ».

> **MOT CLÉ**
> Le « **rêve chinois** » est une expression de Xi Jinping qui date de 2013. On peut l'associer au « rêve américain ». Il mélange nationalisme, nouvelles technologies et société harmonieuse.

zoOm

La pyramide des âges en Chine (2017)

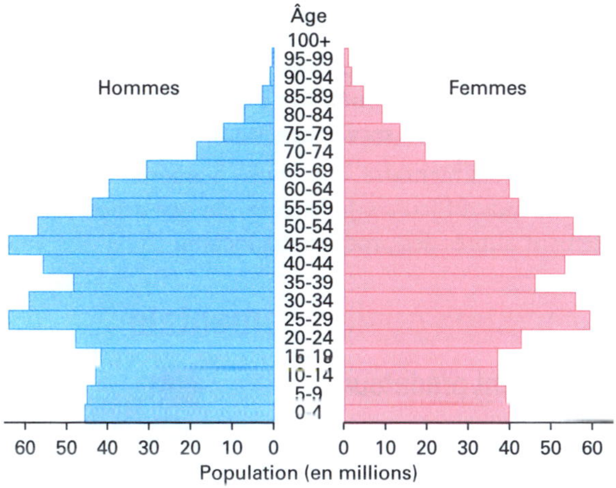

Avec la **politique de l'enfant unique** appliquée rigoureusement entre 1979 et 2015, la génération qui a moins de 30 ans aujourd'hui est environ 25 % moins nombreuse que la précédente. Par ailleurs, l'**avortement sélectif** (selon le sexe du fœtus) est responsable d'un fort déficit de petites filles.

51 Des ressources et des environnements sous pression

En bref *Les défis les plus importants pour l'économie et la population chinoise résident à la fois dans la sécurisation de l'approvisionnement des ressources et dans la prise en compte de l'équilibre environnemental.*

I Le premier pays consommateur de ressources

1 Des besoins essentiels pour soutenir la croissance

- En 2010, la Chine est devenue le **1er pays consommateur d'énergies au monde** (24 %), devant les États-Unis. Plus de 80 % de l'énergie consommée est d'origine fossile. Les consommations industrielle et domestique ne cessent d'augmenter (+ 6 % par an en moyenne sur les deux dernières décennies).
- La Chine dispose de **ressources naturelles qui ne suffisent pas à couvrir ses besoins**. Elle est devenue le 1er importateur de pétrole. Ses ressources en eau s'épuisent aussi face à la hausse constante de la demande.

2 Un impératif : sécuriser les approvisionnements

- Les responsables chinois ont pour priorité de sécuriser les approvisionnements énergétiques et agricoles. Par exemple, la Chine compte **peu de terres arables** (utilisables) en raison du relief (altitude moyenne de 1 840 m) et de l'urbanisation.
- Par conséquent, la Chine cherche à s'assurer des approvisionnements réguliers en provenance de Russie et d'Asie centrale. Elle veut aussi **contrôler des gisements** off-shore (îles Paracels) et **améliorer l'efficacité énergétique**. Enfin, elle a pour ambition de **diversifier son mix énergétique**.
- Les acteurs de l'agroalimentaire ont voulu acquérir des terres à l'étranger (*landgrabbing*). Face aux difficultés juridiques, ils ont redéfini leur stratégie en achetant directement auprès des producteurs locaux.

II Vers la transition environnementale

1 Un développement prédateur

- Le développement économique chinois est responsable d'importantes émissions de gaz à effet de serre (30 % du CO_2 rejeté dans le monde) et d'une **forte détérioration de l'environnement**.

> **CHIFFRES CLÉS**
> Selon l'université de Hong Kong, en 2017, la pollution en Chine aurait coûté **33 milliards d'euros** et entraîné la mort d'**un million de personnes**.

- La Chine est confrontée à une **crise environnementale**. L'atmosphère des villes est souvent irrespirable. La pollution dégrade les sols et les eaux souterraines et de surface. Les déchets sont peu ou mal collectés et recyclés.

2 Une prise de conscience de l'opinion

- Selon l'OMS, la pollution serait responsable de la mort prématurée de centaines de milliers de Chinois et d'une augmentation rapide des cancers.
- Les problèmes environnementaux inquiètent et mécontentent de plus en plus la population. Cette crise devient ainsi un véritable enjeu politique.

3 « Verdir » l'économie

- Un des principaux objectifs du 14e Plan quinquennal lancé en 2021 est de diminuer la dépendance aux énergies fossiles. Un autre est de poursuivre la transition énergétique en investissant dans les énergies alternatives et les technologies vertes (les entreprises chinoises dominent déjà ce secteur). La neutralité carbone est fixée à 2060.
- Le gouvernement chinois cherche à favoriser la **transition environnementale**, mais ne veut pas renoncer pour autant à la croissance qui est la clé pour résoudre « tous les problèmes de la Chine ».

MOT CLÉ
La **transition environnementale** a pour ambition de favoriser la mise en place d'une économie durable.

zoOm

De multiples atteintes à l'environnement

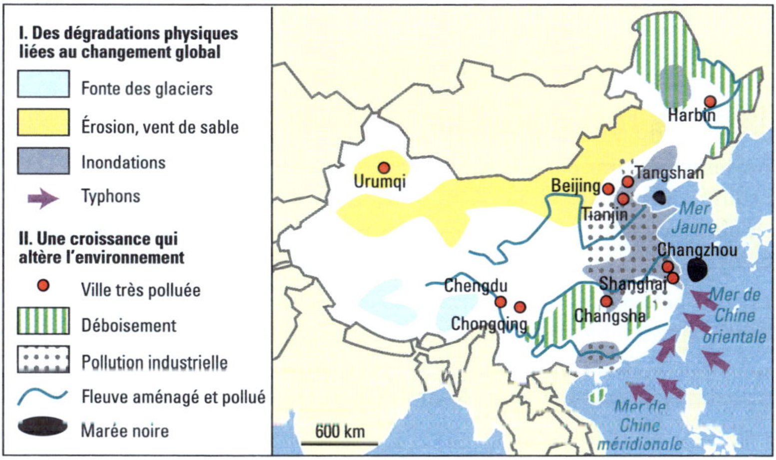

- Le modèle de développement soviétique puis la libéralisation de l'économie et l'urbanisation rapide ont fortement dégradé l'environnement.
- La première loi de protection de l'environnement est concomitante de l'ouverture économique (1979). En mars 2018, la Chine s'est fixé l'objectif de devenir une « civilisation écologique ».

52 L'urbanisation, facteur de recomposition spatiale

En bref *En 2022, 62 % des Chinois sont urbains. L'urbanisation actuelle est un phénomène massif et rapide qui bouleverse la société chinoise, traditionnellement rurale. Le pays compte des villes dynamiques qui rivalisent avec les plus grandes métropoles mondiales.*

I Une transition urbaine rapide

■ Sous-urbanisée jusqu'à la fin des années 1970 (environ 18 %), la Chine connaît une très forte croissance urbaine avec l'ouverture du pays. En effet, les villes ont été les principaux moteurs de l'essor économique, bénéficiant d'impôts faibles et d'un statut spécial (ZES → FICHE 53).

■ Le nombre d'urbains est passé, ainsi, de 65 à 850 millions entre 1980 et 2022. Le taux d'urbanisation au rythme actuel devrait atteindre 75 % d'ici les années 2030.

■ Cette croissance urbaine est alimentée très largement par de considérables flux migratoires internes, des campagnes vers les villes et, toujours, des régions intérieures au littoral. Malgré le système du ***hukou***, des centaines de millions de Chinois ont fui la misère des campagnes pour vivre le « rêve chinois ».

MOT CLÉ
Le ***hukou*** est un permis de résidence délivré par les autorités pour contrôler les migrations intérieures. Le système a été assoupli au début des années 2010.

II Une modification de l'armature urbaine liée à la recomposition spatiale

■ Longtemps dominé par le poids des trois grandes métropoles littorales (Pékin ou Beijing ; Shanghai ; Hong Kong), le réseau urbain chinois se complexifie depuis quelques années avec l'affirmation de villes intérieures comme Chongqing ou Shenyang.

■ Les trois principales régions urbaines et industrielles se situent toujours sur le littoral et rassemblent de nombreuses agglomérations et leurs villes-satellites. Il s'agit du delta du Yangzi dominé par Shanghai, du delta de la rivière des Perles (Shenzhen, Guangzhou et Hong Kong) et de la région « jing-jin-ji » (Pékin et sa région).

■ Trois autres régions s'affirment comme de nouveaux pôles de croissance indispensables au développement économique : l'ancienne région industrielle en cours de revitalisation autour de Shenyang dans le Liaoning, la région autour de Wuhan et celle qui entoure Chongqing.

III Une transformation des espaces urbains

■ Dans les années 1990, les autorités chinoises se sont lancées dans de nouveaux projets d'aménagements pour **restructurer les centres-villes** : modernisation des transports, développement de quartiers d'affaires et de centres commerciaux.

■ Les **périphéries** ne cessent de s'étendre avec l'apparition de vastes logements collectifs, voire de quartiers pavillonnaires, et de zones industrielles. On peut parler d'une spécialisation fonctionnelle des espaces urbains (ou « zonage »).

CHIFFRES CLÉS
Principales aires urbaines chinoises : Chongqing (**32**), Shanghai (**26** millions d'habitants), Beijing/Pékin (**21,7**), Chengdu (**16,3**), Guangzhou/Canton (**15,3**).

■ Par conséquent, le bâti, traditionnellement horizontal, connaît une **verticalisation** généralisée. La spéculation immobilière a joué un grand rôle dans la destruction de quartiers historiques (notamment à Pékin).

■ Les villes chinoises doivent aussi affronter les défis des grandes villes mondiales. La métropolisation a entraîné l'apparition d'une forte **ségrégation sociospatiale** et de résistances locales à la modernisation. Autre enjeu majeur, la **pollution** touche la plupart des grandes villes qui se lancent dans des projets durables pour y remédier, comme les « écocités » (Tianjin) ou la ville-forêt de Liuzhou.

zoOm

Shanghai, une urbanisation maîtrisée ?

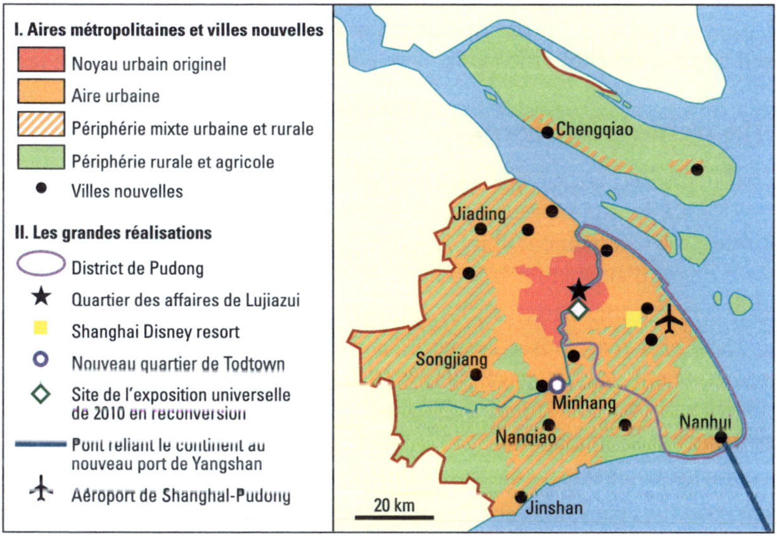

Shanghai est la **vitrine de la modernité chinoise**. Selon Thierry Sanjuan, elle se présente comme « une alternative à Hong Kong et Singapour ».

53 Un déséquilibre territorial sous l'effet de la littoralisation

En bref *Avec seulement 14 % de la superficie de la Chine, le littoral (soit l'ensemble des provinces littorales et Beijing) demeure l'espace clé du dynamisme économique. Il accueille près de la moitié de la population du pays, attire 82 % des IDE et concentre 57 % du PIB.*

I Un territoire tourné vers les échanges maritimes

- Depuis 1980, les autorités chinoises ont misé sur l'**attractivité du littoral** pour développer le pays. Ainsi, les provinces de Guangdong et de Fujian ont bénéficié des quatre premières **ZES**. Celles-ci se sont par la suite étendues à toutes les villes littorales.

> **MOT CLÉ**
> Les **zones économiques spéciales** sont des zones franches visant à attirer les investisseurs étrangers. L'exemple le plus célèbre est celui de Shenzhen.

- Le littoral chinois est la principale interface du pays. **Sur les 10 premiers ports mondiaux, 7 sont chinois.** Modernisés ces vingt dernières années, ils sont devenus de gigantesques *hubs* portuaires (Shanghai, 1er port au monde avec 43,5 millions de conteneurs EVP en 2020).
- Les **entreprises étrangères** investissent principalement dans cette zone qui accueille une abondante main-d'œuvre, les principaux centres de recherche, les universités, les sièges sociaux des grandes entreprises et le pouvoir politique.
- Espace privilégié de l'insertion dans la mondialisation, le littoral est aussi un moyen de pression pour affirmer la **fierté nationale** (contre Taïwan ou le Japon).

II Un espace renforcé

- C'est dans cet espace que l'on retrouve les **principales régions urbaines** → FICHE 52. La densité moyenne est de 472 hab./km² mais l'urbanisation est discontinue. Le gouvernement chinois veut créer des **mégalopoles** afin de favoriser les synergies et d'augmenter la productivité de 3 à 5 %.
- Pour attirer les investisseurs, les autorités continuent de **multiplier les aménagements et à réorganiser l'espace.** Le littoral possède les transports les plus modernes et efficaces du pays : aéroports, autoroutes et surtout à des lignes à grande vitesse (40 000 km en 2022) avec des vitesses moyennes de 350 km/h entre Beijing et Shanghai.
- Le **tourisme balnéaire** connaît une forte croissance. Les Chinois, auparavant davantage attirés par l'intérieur du pays, se tournent de plus en plus vers la plage. L'île de Hainan est particulièrement prisée (81 millions de touristes en 2021, voir Zoom).

III Des contrastes territoriaux accentués

- Le littoral chinois est de plus en plus **saturé**. Entre les grandes métropoles, les aménagements sont de qualité et, souvent, performants. En revanche, au sein de celles-ci, ils restent insuffisants au regard de la **densité du peuplement** (congestion du trafic). Ces fortes densités favorisent les accidents, la pollution et la pression sur les milieux. → FICHE 51

- Certaines régions littorales souffrent de la **concurrence économique** de leurs voisines : la province de Liaoning a un PIB/hab. 2,5 fois plus faible que sa voisine Hebei.

- Pour rééquilibrer le territoire, les autorités chinoises ont décidé de mettre en place des plans régionaux de reconversion (« Développement de l'Ouest », « Revitalisation du Nord-Est ») ou des projets, comme les « **nouvelles routes de la Soie** » vers l'Asie centrale ou la LGV Shanghai-Chengdu. Toutefois, ces mesures ne remettent pas en cause le rôle central joué par le littoral.

CHIFFRE CLÉ
Selon la banque Morgan Stanley, les investissements chinois cumulés dans les pays traversés par ces « nouvelles routes de la Soie » dépasseront **1 200 milliards de dollars** d'ici 2027.

zoOm

Une destination touristique très prisée : Hainan

- Depuis l'ouverture économique, l'État a beaucoup investi pour développer les activités touristiques sur l'île de Hainan, longtemps marginalisée.
- Aujourd'hui, l'île est surtout fréquentée par les touristes chinois, mais elle commence à attirer les visiteurs occidentaux.

54 Des espaces ruraux profondément transformés

En bref *Nourrir plus de 1,4 milliard d'habitants reste un enjeu majeur pour la Chine. Si elle avait réussi à atteindre l'autosuffisance alimentaire, les récentes transformations sociales et démographiques ont remis en cause un fragile équilibre.*

I L'« éclatement » du monde rural

- De nombreux ruraux continuent à quitter les campagnes pour s'installer en ville afin de bénéficier de meilleures opportunités d'emplois et de revenus plus élevés. Pour surmonter le malaise rural, le gouvernement a assoupli le système du *hukou* et entrepris des réformes sociales. → FICHE 52
- Une **dichotomie des campagnes** s'affirme. D'une part, avec l'étalement urbain, on constate une **forte périurbanisation**, qui entraîne un recul de l'agriculture sous l'effet de la pression foncière. Les espaces ruraux industrialisés, bien reliés aux villes, deviennent de nouveaux noyaux urbains.
- D'autre part, une grande partie du monde rural reste **encore en marge**. Il s'agit des petites exploitations mal reliées au marché urbain, dont les habitants alimentent l'exode rural. Les espaces enclavés et isolés (Tibet, Mongolie intérieure) demeurent répulsifs et pauvres.

II Édifier de nouvelles campagnes

- Environ 400 millions de paysans travaillent sur une **exploitation d'une superficie moyenne d'un demi-hectare**. Ces petites structures assurent l'essentiel de la production nationale mais leurs revenus ne sont pas suffisants pour nourrir la famille.
- Autrefois soutiens emblématiques du PCC, les petits paysans voient leurs **conditions de vie stagner, voire régresser**. Ils subissent de plein fouet la concurrence des grandes exploitations nationales.
- Par conséquent, les autorités chinoises encouragent l'**abandon des villages** les plus reculés au profit de nouveaux villages (*xin cun*) construits dans des villes moyennes ou le long de nouvelles infrastructures routières.

> **CHIFFRE CLÉ**
> Le gouvernement chinois veut réduire la part de la population rurale et atteindre un taux d'urbanisation de **70 %** d'ici 2025.

III Les défis de l'agriculture chinoise

1 La transition alimentaire

- La Chine est devenue le 1er producteur mondial de blé et de riz. Mais cette production n'est pas suffisante : elle doit **importer** de plus en plus de produits agroalimentaires (58 % des huiles consommées, 50 % du sucre).

■ Les Chinois sont en pleine **transition alimentaire** sous l'effet de l'augmentation du niveau de vie et de la forte urbanisation.

> **MOT CLÉ**
> La **transition alimentaire** est le passage, pour une population, d'une alimentation essentiellement végétale à une alimentation carnée et sucrée.

2 | L'agriculture, un problème ?

■ L'État est confronté à trois problèmes ruraux : une agriculture peu moderne, un appauvrissement des paysans et des espaces ruraux sous-aménagés.

■ La productivité agricole reste faible à cause de l'hétérogénéité des techniques utilisées : la mécanisation et les variétés hybrides côtoient une agriculture en grande partie extensive. Par ailleurs, l'industrie agroalimentaire est régulièrement secouée par des scandales sanitaires (choux au formol, lait frelaté).

3 | Soutenir une autre agriculture

■ De nombreuses mesures ont été prises pour soutenir l'agriculture depuis 2005 : abrogation de taxes, allocation pour la main-d'œuvre sans emploi, modernisation de l'agriculture et des infrastructures (unités agro-industrielles intégrées, « coopératives »), renforcement de l'éducation et de la santé dans les campagnes.

■ Le 14e plan quinquennal (2021-2025) a fait de l'agriculture sa priorité : revitalisation rurale, modernisation, amélioration de la production quantitativement et qualitativement.

zoOm

L'agriculture chinoise

MÉMO VISUEL

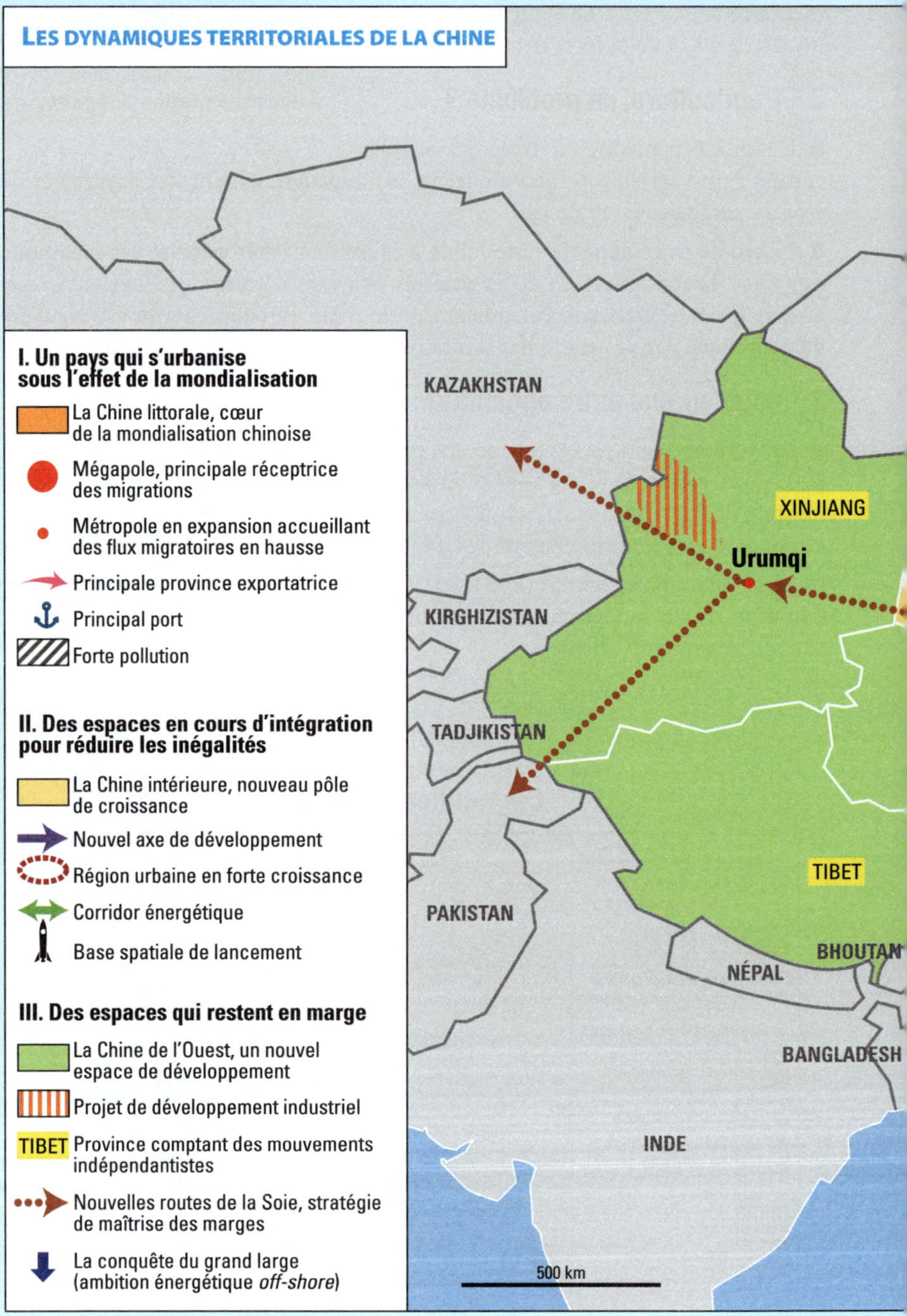
LES DYNAMIQUES TERRITORIALES DE LA CHINE
I. Un pays qui s'urbanise sous l'effet de la mondialisation
La Chine littorale, cœur de la mondialisation chinoise
Mégapole, principale réceptrice des migrations
Métropole en expansion accueillant des flux migratoires en hausse
Principale province exportatrice
Principal port
Forte pollution
II. Des espaces en cours d'intégration pour réduire les inégalités
La Chine intérieure, nouveau pôle de croissance
Nouvel axe de développement
Région urbaine en forte croissance
Corridor énergétique
Base spatiale de lancement
III. Des espaces qui restent en marge
La Chine de l'Ouest, un nouvel espace de développement
Projet de développement industriel
TIBET Province comptant des mouvements indépendantistes
Nouvelles routes de la Soie, stratégie de maîtrise des marges
La conquête du grand large (ambition énergétique off-shore)
KAZAKHSTAN
XINJIANG
Urumqi
KIRGHIZISTAN
TADJIKISTAN
PAKISTAN
TIBET
NÉPAL
BHOUTAN
BANGLADESH
INDE
500 km

RUSSIE
HEILONGJIANG
MONGOLIE
JILIN
LIAONING
CORÉE DU NORD
Mer du Japon
Beijing
MONGOLIE-INTÉRIEURE
Tianjin
HEBEI
Mer Jaune
CORÉE DU SUD
GANSU
SHANXI
SHANDONG
JAPON
R. A. HUI DE NINGXIA
INGHAI
HENAN
SHANXU
SHAANXI
ANHUI
Shanghai
HUBEI
Wuhan
CHONGQING
ZHEJIANG
SICHUAN
Mer de Chine orientale
HUNAN
JIANGXI
Chongqing
FUJIANG
GUIZHOU
GUANGDONG
Shenzhen
TAÏWAN
YUNNAN
Guangzhou
Hong Kong
R. A. ZHUANG DE GUANGXI
Océan Pacifique
MYANMAR
Mer de Chine méridionale
LAOS
HAINAN
PHILIPPINES
THAÏLANDE
VIETNAM
CAMBODGE

SE TESTER QUIZ

Vérifiez que vous avez bien compris les points clés des **fiches 50 à 54**.

1 Développement et inégalités en Chine

→ FICHE 50

1. Quel est le rôle de l'État dans l'économie chinoise ?

☐ **a.** Il laisse l'économie fonctionner de façon autonome.
☐ **b.** Il intervient beaucoup et possède de nombreuses entreprises.
☐ **c.** Il favorise l'insertion dans la mondialisation.

2. Les inégalités sont-elles fortes en Chine ?

☐ **a.** Oui, mais elles diminuent.
☐ **b.** Non, elles sont quasiment inexistantes car il s'agit d'un État communiste.
☐ **c.** Oui, mais seulement au détriment des urbains.

2 Ressources et environnements sous pression

→ FICHE 51

1. La Chine est-elle autonome sur le plan énergétique ?

☐ **a.** Non, malgré ses très nombreuses ressources.
☐ **b.** Oui, sauf pour le charbon.
☐ **c.** Oui, grâce aux énergies renouvelables.

2. Qui est concerné par la dégradation de l'environnement ?

☐ **a.** Les Chinois qui vivent près des zones industrielles et minières.
☐ **b.** Le gouvernement qui a peur que l'image de la Chine soit ternie.
☐ **c.** Les habitants des grandes métropoles inquiets des pics de pollution.

3 La Chine des villes

→ FICHE 52

1. Quelles sont les trois principales régions urbaines chinoises ?

☐ **a.** Pékin, Chongqing et Hong Kong
☐ **b.** Pékin, Shanghai et Wuhan
☐ **c.** Pékin, Shanghai et Hong Kong

2. La métropolisation des grandes villes chinoises se manifeste par…

☐ **a.** le zonage des activités et la ségrégation sociospatiale.
☐ **b.** l'étalement urbain et la verticalisation des centres-villes.
☐ **c.** le départ des urbains pour les espaces ruraux.

4 La littoralisation des activités et la mutation des espaces ruraux

→ FICHES 53 et 54

1. Quelle province littorale est très prisée par les touristes chinois ?

☐ **a.** Taïwan ☐ **b.** Hawaï ☐ **c.** Hainan

2. La Chine importe de plus en plus de produits agricoles à cause de…

☐ **a.** la transition alimentaire.
☐ **b.** la faible productivité de son agriculture.
☐ **c.** l'exode rural.

S'ENTRAÎNER

5 Connaître le cours en donnant des exemples

→ FICHES 50 à 54

Associez chaque élément à une entité géographique en Chine.

Premier port mondial •	• Beijing
Mouvement indépendantiste •	• Yangzi
Métropole intérieure •	• Chongqing
Corridor de développement •	• Shanghai
Ville fortement polluée •	• Xinjiang

6 Réviser le cours en 8 questions flash

→ FICHES 50 à 54

1. Quels sont les déséquilibres démographiques en Chine ?
2. Comment la Chine essaie-t-elle de diminuer sa dépendance aux énergies fossiles ?
3. Citez trois atteintes à l'environnement.
4. Comment les autorités chinoises cherchent-elles à restructurer les centres-villes ?
5. Citez deux projets urbains durables.
6. Pour quelles raisons le littoral attire-t-il l'essentiel des investissements ?
7. Comment expliquer le fort exode rural actuel en Chine ?
8. Pourquoi la productivité agricole est-elle faible en Chine ?

7 Analyser les termes d'une question problématisée

→ FICHE 50

Sujet : La Chine est-elle une puissance complète ?

Dans le tableau ci-dessous, définissez chacun des éléments de cette question problématisée et notez les connaissances qui s'y rapportent.

Termes du sujet	Définition	Idées, connaissances
la Chine	....	....
puissance complète	....	....
?	....	....

8 Critiquer un document

→ FICHES 50 et 51

Document « Les nuages s'amoncellent sur la Chine »

[Les fêtes du Nouvel An chinois sont sacrées. Les familles se réunissent, on fait la paix, on paye ses dettes. À partir du 5 février s'ouvre l'année du cochon, synonyme d'opulence, de bonhomie et de prospérité. Mais cette année 2019 coïncide également avec un certain nombre d'anniversaires politiques délicats à gérer, notamment les 30 ans de la répression des étudiants sur la place Tian-An-Men, le 4 juin 1989. Si le milliard et demi de Chinois va profiter d'une bonne semaine de vacances en oubliant ses soucis, une réalité plus inquiétante s'impose au pays et notamment à son tout-puissant leader Xi Jinping.] L'économie chinoise va mal, les tensions politiques internes grondent, la répression politique prend des dimensions dignes de la révolution culturelle (1966-1976) et pour aggraver encore la situation, l'image de la Chine se ternit aux yeux des opinions publiques internationales. [« La conjonction des astres favorables à Xi Jinping est morte, n'hésite pas à dire Valérie Niquet, responsable du département Asie à la Fondation pour la recherche stratégique. À Davos[1], cette année, la Chine était invisible. La croissance économique a été la plus faible depuis 30 ans (6,6 %), la dette devient incontrôlable, le chômage ne s'améliore pas et le grand projet de la route de la Soie, qui était censé asseoir la puissance de Xi Jinping, ne marche pas aussi bien que prévu. »]

Article de Dorian Malovic dans *La Croix*, 4 février 2019

1. Le Forum économique mondial se tient tous les ans à Davos (Suisse).

1. Présentez le document en évaluant l'objectivité de la source.

2. Analysez le paragraphe entre crochets rouges (l. 1-9) en expliquant son utilité et ce que l'auteur cherche à démontrer.

3. Dans le paragraphe entre crochets verts (l. 13-19), pourquoi l'auteur cite-t-il une spécialiste du sujet ?

CONSEIL

Pour bien mettre en perspective un document, vous devez prendre une distance critique, c'est-à-dire essayer d'identifier l'orientation ou l'opinion de l'auteur sur le sujet traité.

9 Construire la légende d'un croquis à partir d'un texte

→ FICHES 50 à 54

Document Les recompositions territoriales en Chine

[...] L'intégration de la Chine au système économique mondial a privilégié le littoral et se diffuse clairement à l'intérieur des terres depuis le milieu des années 2000. Cinq grands types régionaux peuvent être distingués. Les lieux de la mondialisation comprennent les trois grandes métropoles (Shanghai, Pékin et Tianjin), ainsi que les provinces les plus précocement lancées dans les réformes (Jiangsu, Guangdong et Zhejiang). Les régions en voie d'intégration peuvent être des provinces littorales inscrites dans un processus d'intégration au système économique mondial mais qui ne disposent pas de pôles métropolitains dominants et qui se sont lancés plus tard dans les réformes (Shandong, Fujian, Liaoning et l'île-province de Hainan) et des territoires profitant pleinement de l'axe fluvial du Yangzi et de ses aménagements. Les provinces intermédiaires comptent un pôle intérieur en pleine croissance (le Shaanxi et ses voisins, Henan et Ningxia), s'articulent à l'axe fluvial du Yangzi [...], au pôle pékinois (Mongolie-Intérieure et Hebei), ou relèvent des dynamiques du Nord-Est (Jilin). [...] Les terres enclavées [...] sont intérieures. [...]. Le Shanxi, le Qinghai, le Sichuan et le Guangxi font figure de poches de développement en attente, terres pour la plupart situées à la marge d'axes et de pôles de développement. Les périphéries sont peu dynamiques, pénalisées par une situation frontalière (Heilongjiang) ou un enclavement intérieur (Guizhou et Yunnan). Elles peuvent correspondre à des provinces de l'Ouest chinois.

Franck Tétart (dir.), *Grand Atlas 2019*, Autrement, 2018

1. Formulez une problématique qui corresponde au titre du texte.

2. Complétez le tableau ci-dessous en regroupant les idées du texte.

La Chine, un pays attractif	Des axes et des pôles de développement	Des dynamiques de croissance différentes

3. Quels sont les figurés à sélectionner ci-dessous pour représenter chacune des idées exprimées dans ce texte ?

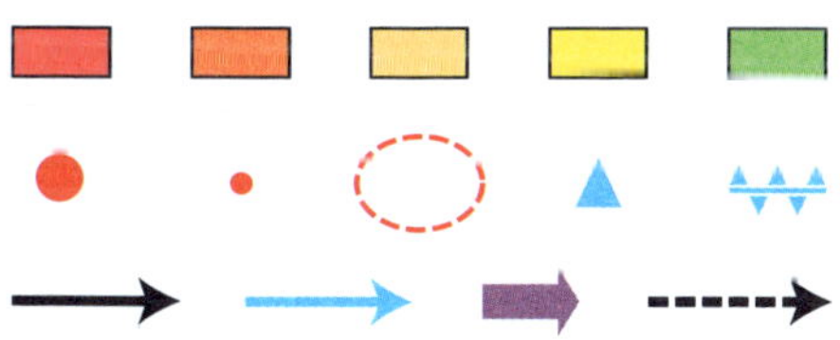

CONSEIL
Les dégradés de couleurs répondent à une certaine logique : le rouge évoque un espace ou un phénomène important ; le jaune, un espace en marge ou peu dynamique.

OBJECTIF BAC

10 Les villes chinoises et la mondialisation
1 h
Question problématisée

Ce sujet est directement lié au thème général du chapitre. Sous l'effet de la mondialisation, les villes chinoises ont connu d'importantes transformations spatiales et démographiques.

LE SUJET

Comment la mondialisation transforme-t-elle les villes chinoises ? Dans votre réponse, vous expliquerez le poids des métropoles chinoises, les manifestations de la mondialisation dans les villes et l'urbanisation croissante du pays.

Méthode

Insérer un croquis dans une réponse à une question problématisée

- **Déterminer la pertinence du schéma**
  - Un schéma (ou un croquis) permet de représenter sous forme graphique un phénomène ou une notion géographique.
  - Choisissez bien le schéma à réaliser. N'essayez pas d'en placer un à tout prix ou à mauvais escient. Il faut qu'il s'insère de manière logique.
- **Réaliser le schéma**
  - Le schéma doit représenter, de manière simple et sous forme graphique, un phénomène (ex. : les échanges de marchandises, l'exode rural, les axes de croissance) ou un espace (pays, ville, port, *hub*...).
  - Il doit comporter un titre, une représentation graphique qui respecte les règles du croquis, et une légende organisée.
- **Insérer le schéma dans le devoir**

Rédigez une petite phrase pour introduire le croquis ou, a minima, faites-y allusion en le mentionnant par les expressions : « comme le montre le schéma suivant » ou « ce phénomène peut se manifester selon le schéma suivant. »

▶▶▶ LA FEUILLE DE ROUTE

→ *Reportez-vous à la méthode détaillée de la question problématisée p. 284*

Étape 1 Analyser le sujet

Comment la mondialisation transforme-t-elle les villes chinoises ?

Formulation
- Le sujet incite à s'interroger sur un processus
- Il faut donc mettre en lien villes chinoises et mondialisation

Bornes spatiales
- Les villes chinoises, des mégapoles jusqu'aux plus petites villes rurales
- Les espaces ruraux seront également évoqués

Type de sujet
Sujet descriptif qui oblige à associer les termes du sujet

Notions et mots clés
- Mondialisation
- Ville
- Mégalopolisation, métropolisation (notions à associer à la mondialisation)

Étape 2 Mobiliser ses connaissances

L'urbanisation est un des phénomènes les plus importants que connaît, actuellement, la société chinoise. Cette évolution rapide et massive provoque de nombreux bouleversements à l'échelle du pays. Elle est étroitement liée à la mondialisation.

Étape 3 Dégager les enjeux du sujet

■ Longtemps attachée aux valeurs traditionnelles du monde rural (confucianisme, puis maoïsme), la Chine est devenue majoritairement urbaine en 2011. La mondialisation a accéléré cette évolution.

■ Le gouvernement s'est d'ailleurs engagé dans une politique d'urbanisation des campagnes.

■ On peut donc se demander comment la mondialisation transforme les villes chinoises, et dans quelle mesure celles-ci s'insèrent dans la mondialisation.

Étape 4 Organiser la réponse

Pour ce sujet, un plan typologique est possible, mais on peut envisager une **approche multiscalaire**.

I. Une population de plus en plus urbaine sous l'effet de la mondialisation (échelle nationale)

II. La mondialisation transforme l'urbanisation (échelle régionale)

III. De nouvelles villes pour pérenniser le dynamisme économique et avoir un développement plus équilibré (échelle locale)

Étape 5 Rédiger le devoir → CORRIGÉ p. 279

CORRIGÉS

SE TESTER QUIZ

1 Développement et inégalités en Chine

1. Réponses b et c. L'État chinois intervient beaucoup dans l'économie. Sur les 5 premières entreprises mondiales, 3 sont chinoises et appartiennent à l'État.

2. Réponse a. Elles sont fortes, surtout entre les ruraux et les urbains qui ont des revenus plus importants, mais elles diminuent.

2 Ressources et environnements sous pression

1. Réponse a. La Chine n'est pas autonome sur le plan énergétique. Elle est obligée d'importer beaucoup d'énergies fossiles, même si elle en produit.

2. Réponses a, b et c. Tous les Chinois souffrent de la dégradation de l'environnement : les urbains comme les ruraux ou ceux qui vivent à proximité des zones industrielles ou minières.

3 La Chine des villes

1. Réponse c. Il s'agit des régions du delta du Yangzi, du delta de la rivière des Perles et de la région « jing-jin-ji ».

2. Réponses a et b. La métropolisation des grandes villes chinoises se manifeste par le zonage des activités, la ségrégation sociospatiale, l'étalement urbain et la verticalisation.

4 La littoralisation des activités et la mutation des espaces ruraux

1. Réponse c. Hainan est la nouvelle destination prisée pour les activités balnéaires. Les autorités veulent en faire le « Hawaï chinois ».

2. Réponses a et b. La transition alimentaire et la productivité moyenne de l'agriculture chinoise obligent la Chine à importer de plus en plus.

S'ENTRAÎNER

5 Connaître le cours en donnant des exemples

- Premier port mondial : Shanghai.
- Mouvement indépendantiste : Xinjiang.
- Métropole intérieure : Chongqing.
- Corridor de développement : Yangzi.
- Ville fortement polluée : Beijing.

6 Réviser le cours en 8 questions flash

1. Les déséquilibres démographiques se caractérisent par un **vieillissement** accéléré de la population chinoise et par une **très faible proportion de femmes** par rapport aux hommes.

2. La Chine cherche à diminuer sa dépendance énergétique en contrôlant des **gisements off-shore**, en améliorant l'**efficacité énergétique** et en **diversifiant** son mix énergétique (hausse des énergies renouvelables).

3. L'**atmosphère des villes** est souvent irrespirable, la **dégradation des sols** se généralise et les **eaux** souterraines et de surface sont de plus en plus **polluées**.

4. Pour restructurer les centres-villes, les autorités chinoises ont modernisé les **transports**, développé des **quartiers d'affaires** et des **centres commerciaux**.

5. De nombreuses villes se lancent dans des projets durables comme Tianjin qui veut devenir une **éco-cité** ou Liuzhou, la **ville-forêt**.

6. Le littoral attire l'essentiel des investissements car les **ports** sont les principales interfaces de la Chine, il y a une forte **concentration de population et d'infrastructures**.

7. L'exode rural que connaît actuellement la Chine s'explique notamment par l'espoir des migrants de bénéficier de meilleures opportunités d'**emplois**, d'une hausse de leurs **revenus** et de meilleures **conditions de vie**.

8. La productivité agricole est faible en raison du grand nombre de **petites exploitations** qui utilisent encore des **techniques rudimentaires**.

7 Analyser les termes d'une question problématisée

• La Chine

Définition	Idées, connaissances
• limites des frontières • rayonnement international • diaspora	• Chine populaire (donc sans Taïwan) • Xi Jinping • PCC

• Une puissance complète

Définition	Idées, connaissances
« Poids territorial, démographique et économique mais aussi les moyens […] pour s'assurer d'une influence durable sur toute la planète en termes économiques, culturels et diplomatiques » (Gérard Dorel)	• 9,5 millions de km² • 1,4 milliard d'habitants • 2e puissance économique mondiale, « atelier du monde » • 2e armée au monde, siège au Conseil de sécurité de l'ONU • Puissance spatiale • *Soft power*

• Le point d'interrogation

Définition	Idées, connaissances
• Suggère une problématique, mais reformulation possible • Invite à s'interroger sur les limites de la puissance	• Quels éléments montrent que la Chine n'en pas encore une puissance complète, ou qu'elle est contestée ? • Inégalités, ralentissement de la croissance, tensions nationalistes, rivalités avec ses voisins, relation avec les États-Unis, ...

8 Critiquer un document

1. L'article a été écrit par Dorian Malovic, journaliste au quotidien français *La Croix*. Il est **récent** (4 février 2019). On peut donc estimer que les informations publiées décrivent ce qui se passe actuellement en Chine. Le journal est proche des milieux catholiques, comme son nom l'indique, mais le sujet ne s'intéresse pas aux questions religieuses. On peut estimer que la source est objective même si c'est un **point de vue occidental**.

2. L'auteur met en opposition le Nouvel An chinois, fête familiale très importante, et la **situation incertaine du pays**. Il cherche à placer le lecteur dans l'ambiance qui règne actuellement en Chine. Cela lui permet aussi de nuancer son propos qui est peu optimiste (« délicats », « répression », « inquiétante »).

3. Après une ouverture nuancée, l'auteur cite une chercheuse pour montrer qu'il s'appuie sur des sources sérieuses (Fondation pour la recherche stratégique). Cela lui permet de convaincre son lecteur de la justesse de ses propos.

9 Construire la légende d'un croquis à partir d'un texte

1. Proposition de problématique : Quelles sont les dynamiques spatiales qui recomposent actuellement le territoire chinois ?

2. et **3.**

• La Chine, un pays attractif

Idées du texte	Figurés
• Les grandes métropoles, lieux de la mondialisation	
• Provinces tôt intégrées dans la mondialisation (ZES)	Guangdong
• IDE (provenance)	
• Mégalopole industrielle en construction, usine de la mondialisation	

• **Des axes et des pôles de développement**

Idées du texte	Figurés
• Axes de développement vers l'intérieur des terres	
• Interface littorale ou maritime	
• Ports	
• Pôles métropolitains secondaires	
• Axe fluvial du Yangzi aménagé	
• Axes terrestres secondaires	

• **Des dynamiques de croissance différentes**

Idées du texte	Figurés
• Un littoral privilégié	
• Régions en voie d'intégration	
• Provinces intermédiaires	
• Territoires enclavées	
• Périphéries peu dynamiques	

OBJECTIF BAC

10 Question problématisée

[Introduction] Depuis 2018, la Chine compte 60 % d'urbains. Son urbanisation croissante est le symbole de son intégration à la mondialisation. Ainsi, les villes chinoises adoptent de plus en plus une organisation ressemblant au modèle occidental et une armature rationnalisée. Comment la mondialisation transforme-t-elle les villes chinoises ? Pour répondre à cette question, il faut, tout d'abord rappeler que la mondialisation est un moteur de l'urbanisation [I], ensuite, qu'elle renforce les villes [II] et, enfin, qu'elle les transforme [III].

I. La mondialisation est un moteur de l'urbanisation

■ La mondialisation, qui favorise la **maritimisation** de l'économie, stimule le développement des **métropoles littorales** comme Shanghai ou Hong Kong. Par conséquent, les activités industrielles et les pôles du tertiaire supérieur (bourses, sièges sociaux d'entreprises) s'y concentrent

■ Pour contrebalancer le poids de ces métropoles, le gouvernement a tenté de dynamiser l'intérieur du pays. Cette politique se traduit par la **création de nouvelles régions urbaines** comme le montre le schéma ci-dessous :

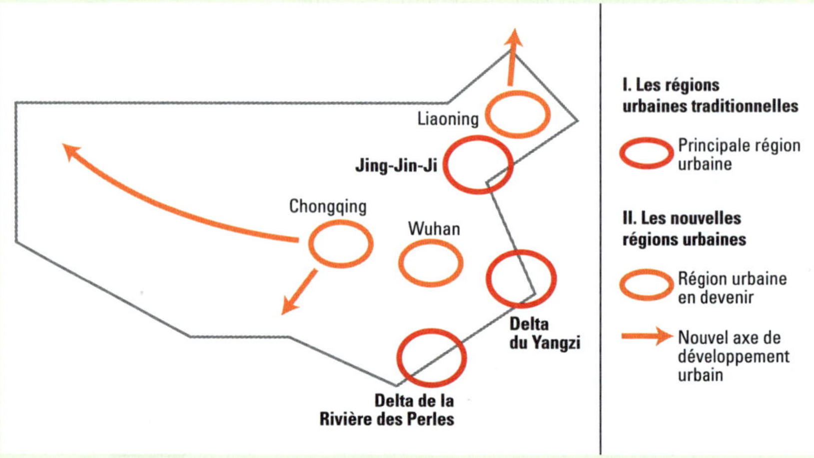

De nouvelles régions urbaines pour rééquilibrer le territoire

■ La pauvreté des campagnes et l'attrait des villes favorisent l'**exode rural**. La mondialisation culturelle fait de la ville le symbole de l'émancipation et de la modernité.

II. La mondialisation renforce les villes

■ La mondialisation spécialise les territoires et favorise par conséquent la **métropolisation**. Ainsi, les métropoles concentrent de plus en plus les fonctions supérieures.

■ Pour pouvoir rivaliser avec les métropoles mondiales, le gouvernement chinois cherche à accroître leur poids et veut créer 19 **mégalopoles**. En ce sens, chaque grande ville cherche à se doter d'édifices prestigieux (ex. : le stade « Nid d'oiseau » à Pékin pour les JO de 2008).

■ Éloignées de la mondialisation, les campagnes chinoises sont traversées par un profond malaise social. Pour y remédier, l'État a décidé d'accélérer l'**urbanisation des campagnes** en favorisant les villes moyennes.

III. La mondialisation transforme les villes

■ Les **métropoles chinoises** connaissent de profondes mutations, à l'image des autres grandes villes mondiales : quartier des affaires, étalement urbain, pollution, destruction des habitats traditionnels et des milieux naturels.

■ Par bien des aspects, **Shanghai** est le symbole de ces évolutions. Voulant s'imposer comme une future « ville globale », elle s'est dotée d'un nouvel avant-port (Yangshan), d'un CBD d'envergure internationale (Pudong) et d'infrastructures pour accueillir des événements internationaux.

■ Le gouvernement chinois cherche aussi à imposer un **nouveau modèle urbain** pour s'imposer dans la mondialisation. Ainsi, conscient des atteintes à l'environnement et des problèmes de transports, il encourage des projets comme la ville-forêt de Liuzhou ou l'écocité de Tianjin.

Les méthodes du bac

1 L'épreuve commune de contrôle continu (E3C) en histoire-géographie

En bref *L'épreuve dure 2 heures et se compose de deux parties, notées chacune sur 10 points. La première partie est une question problématisée ; la seconde vous demande de réaliser soit une analyse de document(s), soit une production graphique.*

I Organisation et objectifs de l'évaluation

- Les épreuves communes de contrôle continu se déroulent en trois sessions :
  - deux au cours de l'année de Première, aux deuxième et troisième trimestres ;
  - une au cours de l'année de Terminale.

- Leur objectif est d'évaluer votre aptitude à mobiliser, au service d'une réflexion historique et géographique, des connaissances fondamentales pour la compréhension du monde. Vous devez être capable d'analyser un document, d'en extraire des informations et de les confronter à d'autres, et de rédiger dans une langue correcte. Vous devez aussi comprendre et manier différents langages graphiques.

II Déroulement de l'épreuve

1 Réponse à une question problématisée

- On attend de vous une réponse argumentée et construite. Vous devez montrer que vous maîtrisez les connaissances du cours et que vous savez les sélectionner et les organiser de manière à répondre à la problématique de la question.

- En Première, la question problématisée suggère des éléments de construction de la réponse.

À NOTER
Si la 1re partie du sujet porte sur l'histoire, la 2e porte sur la géographie (et inversement). Si la 1re partie de la 1re épreuve de contrôle continu est en histoire, la 1re partie de la 2e épreuve sera en géographie (et inversement).

2 Analyse de document(s) ou réalisation d'une production graphique

- L'analyse d'un ou de deux documents comprend une consigne suggérant une problématique (et, en Première, des éléments de construction de l'analyse).

- Lorsque la production graphique est un croquis, celui-ci est réalisé à partir d'un texte élaboré pour l'exercice, et qui présente une situation géographique. Un fond de carte est fourni. En Première, le titre et l'organisation du texte indiquent de grandes orientations pour réaliser le croquis et construire la légende.

- Dans le cas d'une autre production graphique, les consignes et les données servant à l'élaboration de cette production sont fournies avec l'exercice.

2 La question problématisée

En bref *Ce premier exercice comprend une question et des précisions pour vous aider à construire votre réponse. En histoire comme en géographie, celle-ci doit en effet être organisée et hiérarchisée.*

LES ÉTAPES CLÉS

Répondre à une question problématisée

Étape 1 Analyser le sujet

Question problématisée

Formulation
- Question proprement dite
- Éléments de construction et de réflexion suggérés

Bornes chronologiques et/ou spatiales
- Où ? Quand ?
- Quelle(s) échelle(s) ?

Type de sujet
- Sujet évolutif ?
- Sujet tableau ?
- Sujet analytique ?

Notions et mots clés
- Quels sont-ils ?
- Quelle est leur définition ?

Étape 2 Mobiliser ses connaissances

- Au brouillon, notez les notions, mots clés, définitions, événements, acteurs, types d'espaces, etc. en lien avec le sujet.
- Réfléchissez à la manière dont ces éléments **s'articulent**. Quels faits peuvent servir d'arguments ou d'exemples ?

Étape 3 Dégager les enjeux du sujet

- Quelles sont les questions que pose le sujet ? Que devez-vous démontrer ? Reformulez la question du sujet de manière à regrouper tous les enjeux.
- Cette question va vous servir de **fil conducteur**. Elle détermine votre plan.

Étape 4 Organiser la réponse

Trois grands types de plan sont possibles, en deux ou trois parties :
- le **plan chronologique** (en histoire) : deux ou trois grandes périodes ;
- le **plan thématique** : domaines politique, économique, social, etc. ;
- le **plan analytique** (fréquent en géographie) : faits, causes, conséquences.

Étape 5 Rédiger le devoir

Votre devoir comportera une introduction, un développement et une conclusion. Les étapes de votre raisonnement doivent apparaître clairement.

3 L'analyse de document(s)

En bref *L'analyse de document(s) consiste à proposer une réponse organisée à une consigne portant sur un ou deux documents. La problématique et le plan sont suggérés par cette consigne.*

LES ÉTAPES CLÉS

Analyser un document

Étape 1 Présenter le document

Document(s)

Nature, genre, source
- Quel type de document ?
- Quelle provenance ?

Auteur et destinataire
- Qui l'a réalisé ?
- À qui s'adresse-t-il ?

Date et contexte (histoire)
Espace considéré (géographie)
- Au cours de quelle période ?
- Où et à quelle échelle ?

Thème(s)
- De quoi est-il question ?
- Quel est le point de vue, l'intention ?

Étape 2 Comprendre la consigne

- Repérez les **mots clés** et déterminez les **limites** (temporelles, spatiales) de l'étude.
- Reformulez la consigne sous forme interrogative pour en faire une **problématique**.

Étape 3 Exploiter le document

- Relevez toutes les informations permettant de répondre à la consigne. N'oubliez pas de les éclairer à la lumière de vos **connaissances**.
- Regroupez et ordonnez ces éléments en **deux ou trois parties**. Si vous avez affaire à deux documents, pensez à confronter les informations extraites de chacun.

Étape 4 Rédiger le devoir

- Dans une courte **introduction**, présentez le(s) document(s), formulez la problématique puis annoncez le plan. Rédigez votre analyse selon le **plan** choisi. En **conclusion**, répondez à la problématique de façon concise.
- Soignez la **rédaction** et la **présentation** de votre copie. Pensez à sauter des lignes entre les différentes parties.

4 Le croquis

En bref *En géographie, la production graphique demandée est un croquis. Celui-ci propose une réponse cartographique à un sujet composé d'une consigne et d'un texte. Le fond de carte vous est fourni.*

LES ÉTAPES CLÉS

Réaliser un croquis à partir d'un texte

Étape 1 Analyser le sujet

Sujet de croquis

Notions
- Quels sont les mots clés ?
- Quelle est leur définition ?

Espace considéré
- Où ? Quand ?
- Quelle échelle ?

Fond de carte
Quels éléments retrouve-t-on dans le texte ?

Éléments de légende
- Quels sont-ils ?
- Quelle est leur signification ?

Étape 2 Se remémorer les grands thèmes du cours

Sur votre brouillon, jetez quelques idées générales du cours pour cadrer votre sujet. Pouvez-vous retrouver certaines de ces idées dans le texte ? Dès lors, vous devriez pouvoir identifier les thèmes à représenter.

Étape 3 Exploiter le texte

- Lisez le texte en détail. Identifiez les thèmes proposés en légende et affectez-leur une couleur.
- Surlignez dans la couleur propre à chaque thème tous les noms de lieux et phénomènes géographiques indiqués. Faites-en une liste au brouillon.

Étape 4 Construire la légende

- En reprenant les grandes articulations de la légende, ordonnez les éléments relevés selon un ordre logique, géographique ou chronologique.
- Choisissez pour chaque élément un figuré cohérent (surfacique, linéaire, ponctuel), une couleur (chaude, froide, dégradée) et construisez au propre.

Étape 5 Réaliser le croquis

- Commencez par les éléments surfaciques. Poursuivez avec les figurés linéaires, puis ponctuels, et terminez avec la nomenclature.
- Prêtez le plus grand soin à la propreté des coloriages et des tracés. Écrivez en script. N'oubliez pas le titre.

I Choisir des couleurs pertinentes

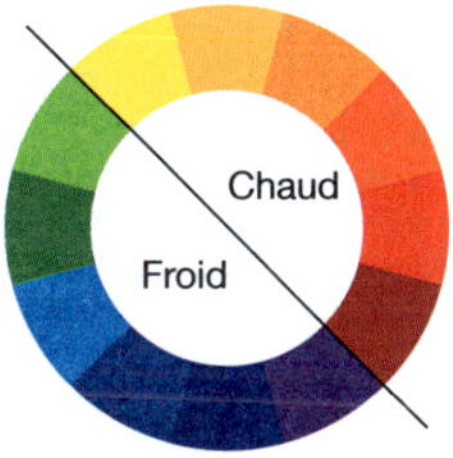

■ Vous pouvez choisir les couleurs en fonction de leur **symbolique** :
- bleu pour les fleuves ;
- vert pour les forêts ou les prairies ;
- couleurs chaudes pour les phénomènes en évolution positive, couleurs froides pour les évolutions négatives...

■ Lorsque vous souhaitez représenter un **ordre**, il faut choisir des couleurs qui suggèrent cet ordre, en dégradé ou en camaïeu. Dans le cas inverse, choisissez des couleurs non ordonnées.

II Traiter les figurés surfaciques, linéaires et ponctuels

■ Pour les **figurés surfaciques**, un seul outil : le crayon de couleur. Évitez absolument les feutres ou les surligneurs, qui feront baver le papier des copies. Veillez à l'uniformité du coloriage.

■ Si vous devez superposer des figurés surfaciques, vous pouvez ajouter des hachures ou des points à un aplat de couleur.

■ Pour les **figurés linéaires**, vous pouvez varier l'épaisseur du trait ou utiliser des pointillés ou des couleurs. Si vous utilisez des flèches, essayez de donner un effet de mouvement.

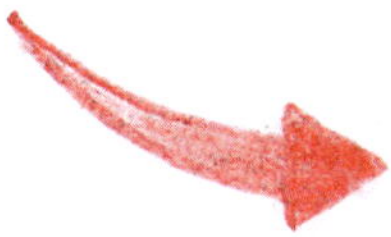

■ Les **figurés ponctuels** peuvent prendre de nombreuses formes, cependant évitez les symboles trop complexes à dessiner : vous perdriez du temps. Évitez aussi de mélanger les ronds et les carrés, trop peu différents. En revanche, vous pouvez faire varier les formes, les couleurs et la taille des symboles.

III Traiter la nomenclature

■ La nomenclature regroupe les **noms de lieux**. Il est indispensable d'indiquer tous ceux cités dans le texte du sujet (à condition de connaître leur localisation).

■ Ecrivez en script, avec un stylo à l'encre, en évitant le stylo-bille, qui risque de marquer la feuille. Disposez les mots à l'horizontale. Adaptez la taille des lettres à l'importance des phénomènes.

■ Le fond de carte devrait déjà comporter l'orientation et l'échelle. Mais n'oubliez pas d'indiquer le titre du sujet !

CRÉDITS PHOTOGRAPHIQUES

rabat 1	ph © Josse / Leemage
rabat 2	ph © Bridgeman Images
rabat 3	ph © DANIAU / ECPAD / Défense
rabat 4	ph © Bridgeman Images
rabat 5	ph © Walter BIBIKOW / Hemis.fr
rabat 6	ph © Gary Yeowell / Getty Images
rabat 7	ph © Visual China Group / Getty Images
rabat 8	ph © Nanang Sujana / CIFOR
3 h, 9	ph © Luisa Ricciarini / Leemage
3 b, 51	ph © Bridgeman Images
4 h, 77	ph © Bridgeman Images
4 b, 121	ph © DANIAU / ECPAD / Défense
5 h, 147	ph © Gary Yeowell / Getty Images
5 b, 187	ph © Walter BIBIKOW / Hemis.fr
6, 231	ph © Nanang Sujana / CIFOR
11	ph © Bridgeman Images / Leemage
14 g	ph © Josse / Leemage
14 d	ph © Josse / Leemage
15	ph © Bridgeman Images / Leemage
17	ph © Bridgeman Images
19	ph © Josse / Leemage
20 h	ph © Franck Raux / RMN-GP
20 b	ph © www.bridgemanimages.com
21	Coll. Bibliothèque nationale de France
25	ph © Bridgeman Images
33	ph © Josse / Leemage
37	ph © Bridgeman Images / Leemage
39	ph © BnF / RMN-GP
40 h	ph © Bridgeman Images
40 bg	ph © Josse / Leemage
40 bd	Coll. Museo del Prado
41	ph © Bridgeman Images / Leemage
55	Coll. Archives Hatier
59	ph © Bridgeman Images
63	ph © Bridgeman Images
64	Coll. The Walters Art Museum
65 h	Doc. Wikipédia
65 b	Doc. Wikipédia
70	ph © Bridgeman Images
81	ph © Bridgeman Images
83	ph © Bridgeman Images
85	ph © Liszt Collection / Leemage
87	Coll. Kharbine-Tapabor
88 g	Coll. Archives Hatier
88 d	Coll. Archives Hatier
89	Coll. Archives Hatier
92	ph © Gusman / Leemage
94	Coll. Dixmier / Kharbine-Tapabor / © Adagp, Paris 2019
101	Coll. Bibliothèque nationale de France
102 g	Coll. Archives Hatier
102 d	Doc. Nadar / Archives Hatier
103	Coll. Kharbine-Tapabor
105	Coll. Kharbine-Tapabor
107	Coll. Archives Hatier
112	ph © ECPAD / La Documentation Française
113	Coll. Bibliothèque nationale de France
127	Coll. Agence Meurisse / Bibliothèque Nationale de France
133	ph © Dutourdumonde - stock.adobe.com
134	ph © Gusman / Leemage
135	ph © Collection Sirot-Angel / leemage
138	Coll. San Francisco Army Recruiting District
139	ph © Claude Dupuis
155	ph © B A Raju / The Times of India / AFP
156	ph © bolarzeal / Shutterstock
157	ph © iofoto / Shutterstock
169	ph © Franck GUIZIOU / hemis.fr
171	ph © Géoportail IGN 2019
189	ph © Ralf Hirschberger / DPA / AFP
191	ph © Steve Proehl / Corbis Unreleased / Getty Images
193	ph © Walter BIBIKOW / Hemis.fr
211	ph © rh2010 - stock.adobe.com
217	© Jeremy Barande / Collections Ecole polytechnique
218	ph © gorodenkoff / iStock / Getty Images Plus
219	ph © jacus / iStock / Getty Images Plus
248	© Arnaud Dieu / Communauté de Communes Sud Avesnois (CCSA)
257	ph © Visual China Group / Getty Images
265	ph © Phoenix Island, Sanya Bay - 02; Anna Frodesiak, design by MAD Studio. - Own | Creative Commons Zero, Public Domain Dedication / Wikipédia

Maquette de principe : Frédéric Jély

Mise en pages : Nord Compo

Schémas : Nord Compo

Cartographie : Claire Levasseur

Iconographie : Hatier Illustration

Édition : Béatrix Lot

IMPRIM'VERT

PAPIER À BASE DE FIBRES CERTIFIÉES

Hatier s'engage pour l'environnement en réduisant l'empreinte carbone de ses livres. Celle de cet exemplaire est de : 1.1 kg éq. CO_2 Rendez-vous sur www.hatier-durable.fr

Achevé d'imprimer en Italie par L.E.G.O. S.p.A. - Lavis (TN)
Dépôt légal : 09500-7/01 - Mai 2023